କଳ୍ପବଟ

କଳ୍ପବଟ

ଶ୍ରୀକାନ୍ତ ଦାସ

ବ୍ଲାକ୍ ଈଗଲ୍ ବୁକ୍ସ
ଭୁବନେଶ୍ୱର, ଓଡ଼ିଶା

BLACK EAGLE BOOKS
Dublin, USA

କଳ୍ପବଟ / ଶ୍ରୀକାନ୍ତ ଦାସ

ବ୍ଲାକ୍ ଇଗଲ୍ ବୁକ୍ସ : ଭୁବନେଶ୍ୱର, ଓଡ଼ିଶା • ଡବ୍‌ଲିନ୍, ଯୁକ୍ତରାଷ୍ଟ୍ର ଆମେରିକା

BLACK EAGLE BOOKS

USA address:
7464 Wisdom Lane
Dublin, OH 43016

India address:
E/312, Trident Galaxy, Kalinga Nagar,
Bhubaneswar-751003, Odisha, India

E-mail: info@blackeaglebooks.org
Website: www.blackeaglebooks.org

First International Edition Published by
BLACK EAGLE BOOKS, 2023

KALPABATA
by **Srikant Das**
Badapada, Kendrapara
Cell: 7873851318

Copyright © **Srikant Das**

Cover & Interior Design: Ezy's Publication

ISBN- 978-1-64560-360-3 (Paperback)

Printed in the United States of America

ମୋ ଗପର ପ୍ରିୟ ପାଠକମାନଙ୍କ ହାତରେ...

ସୂଚିପତ୍ର

ଲେଖକଙ୍କ ଅନ୍ୟ କୃତି

ଗପ:

- ନିଶବ୍ଦ ସଂଳାପ
- ପର୍ଦ୍ଦା ଘୁଚିଯାଏ
- କଳାଘୋଡ଼ାର ସଇସ
- ଆମେ ସମସ୍ତେ ନିଶାଗ୍ରସ୍ତ
- ପ୍ରିୟଶତ୍ରୁ ଓ ଅନ୍ୟମାନେ
- ନିଶବ୍ଦ ଜୀବନସ୍ରୋତ
- ଆମେ ଭଲରେ ଅଛୁ
- ଅନେକ ବାଟ ମଧୁପୁର

ନିବନ୍ଧ ଓ ଆଲୋଚନା

- ନାମତୀର୍ଥ
- ଯୁଗେଯୁଗେ ନାମାଚାର୍ଯ୍ୟ
- ଆଧୁନିକ କବିତାର ସ୍ୱର

ଧର୍ମ ଆଲୋଚନା

- ଗୋପୀକ୍ରିଷ୍ଟ

କଳ୍ପବଟ

ସକାଳର ଚା' ଖାଉ ଖାଉ ସ୍ତ୍ରୀ ସଂଯୁକ୍ତା ପଚାରିଲେ, ଜଗନ୍ନାଥଙ୍କ ଉପରେ ତମର କିଛି ଜ୍ଞାନ ଅଛି ? ନହେଲେ ବି ତ ଶୁଣାଶୁଣିରେ ଜାଣିଥିବ, ଜଗନ୍ନାଥଙ୍କ ପାଖକୁ କେବେ ବି ଯିବାର ଦେଖିନି । ତେବେ ଯଦି ଜାଣିଥିବ ମତେ ଗୋଟେ କଥା କହିଲ ?

କି କଥା ?- ପୁଣି ଜଗନ୍ନାଥଙ୍କ ଉପରେ, କେବେ ତ କାହିଁ ଏ ସବୁ ବିଷୟରେ ଏତେ ଆଗ୍ରହ ଥିବାର ଦେଖିନି । ହଠାତ୍ ପୁଣି ଆଜି କାହିଁକି ? ଏତେ ଜଗନ୍ନାଥ ଅନୁରାଗ ତୁମର ବାହାରି ପଡ଼ିଲା ? ଚା' ଢ଼ୋକେ ପିଉ ପିଉ ମୁଁ ଅତି ଗୁରୁତ୍ୱହୀନ ଭାବରେ କହିଲି ।

ସଂଯୁକ୍ତା ଟିକେ ରାଗିଗଲେ କି କ'ଣ ? କିଛି ନକହି ଚା'ତକ ଶେଷ କରିବାକୁ ଲାଗିଲେ । କ'ଣ ପଚାରୁଥିଲ ପରା ? କୁହ କେଉଁ କଥା କହିବି ? ଆରେ ଦେଖିବା ସେ କଥା ମୋତେ ଜଣା ଅଛି କି ନାହିଁ । ଓଡ଼ିଶାର ପ୍ରତୀକ ଲୋକ ଶ୍ରୀଜଗନ୍ନାଥଙ୍କ ଉପରେ କିଛି ନା କିଛି ଜାଣିଛନ୍ତି । ସେମିତି ମତେ ମଧ୍ୟ କିଛି ଜଣାଥିବ । ଏଥର କହିବା ଆରମ୍ଭ କର ।

ସଂଯୁକ୍ତା କିଛି ନକହି ଦୁଇଟି ଚା'କପ୍ ଧରି ଯିବାକୁ ବାହାରିଲେ ।

ମୁଁ ଦେଖିଲି ସଂଯୁକ୍ତାଙ୍କ ମନରେ ରାଗ ।

ଓ ଏମିତି ରାଗିଲେ କ'ଣ ହେବ ? ଯାହା କହିଲି ମଜାରେ କହିଲି ।

ସଂଯୁକ୍ତା ଯେତେବେଳେ କଥାଟା ଆରମ୍ଭ କରିଛନ୍ତି, କାଳେ ନକହିଲେ ପୁଣି ଜଟିଳତା ଆଡ଼କୁ ଯିବ, ଏହା ଭାବି ଯାଉ ଯାଉ ବସି ପଡ଼ିଲେ । କାରଣ ସେ ଜାଣିଛନ୍ତି ଏଇ ଛୋଟ କଥାକୁ ନେଇ ଝଗଡ଼ା ଆରମ୍ଭ ହେବ । ଗୋଟିଏ କଥାରୁ ଦଶକଥା ଉଠି ଲମ୍ବିଯିବ କାହିଁ କେତେବାଟ ।

ସଂଯୁକ୍ତା ଟିକେ ଗୁମ୍ ମାରି ବସି ପଡ଼ିଲେ ।

ରାଗିବା, ଅଭିମାନ କରିବା ବନ୍ଦ କରି ତୁମର ପଚାରିବାକୁ ଯାଉଥିବା ପ୍ରଶ୍ନଟି କୁହ। ସକାଳୁ ସକାଳୁ ଅନ୍ତତଃ ମହାପ୍ରଭୁଙ୍କ କଥାରେ ଆନନ୍ଦ ମିଳିବ।

ସଂଯୁକ୍ତା କହିଲେ ସେଥିପାଇଁ ତ ମୁଁ ଆରମ୍ଭ କରିଥିଲି, ତମେ କିନ୍ତୁ ପରିହାସ କଲ।

ନାଇଁ ନାଇଁ ତମେ ଏମିତି ଭାବନା। ସେ ଭୁଲ ମୁଁ କରିବିନି। ଶ୍ରୀଜଗନ୍ନାଥଙ୍କ କଥା ଉପରେ କାହାକୁ ମୁଁ ପରିହାସ କରେନା। ବରଂ ଖୁସି ହୁଏ।

ମୋ କଥା ଶୁଣି ସଂଯୁକ୍ତା କହିଲେ-କଥା କିଛି ନାହିଁ। ମୁଁ ଗୋଟିଏ କଥା କେବଳ ଭାବେ। ଶ୍ରୀକ୍ଷେତ୍ରଗଲେ ଲୋକମାନେ ଶ୍ରୀମନ୍ଦିରରେ ଥିବା କଳ୍ପବଟରେ ଡ଼ୋରି ବାନ୍ଧନ୍ତି। ସତରେ ସେମାନଙ୍କ କାମନା ପୂରଣ ହୁଏ ? ନା ଏମିତି ପ୍ରଚଳିତ ପ୍ରଥା ଅନୁସାରେ କରିଥାନ୍ତି ?

ଶୁଣ ସଂଯୁକ୍ତା ! କଳ୍ପବଟରେ ପୁଣି ଡୋର ବାନ୍ଧିବାର ଇଚ୍ଛା କାହିଁକି କଲ ?

କଳ୍ପବଟ ହେଲା କାମନାର ବରଗଛ। ଭକ୍ତମାନେ ଯାହା ମାନସିକ କରନ୍ତି, ସେଇ ଗଛରେ ଡ଼ୋରି ବାନ୍ଧନ୍ତି ତାଙ୍କ କାମନା ପୂର୍ଣ୍ଣ ହେଉଥିବ ବୋଲି ଏକାମ ସେମାନେ କରନ୍ତି ନା କାହିଁକି ? ନିଶ୍ଚୟ ହେଉଥିବ ବୋଲି ମୋର ବିଶ୍ୱାସ। ଆଚ୍ଛା ମୋ କଥାରେ ନରାଗି କହିଲ ? ତମର ପୁଣି କେଉଁ କାମନା ବାକି ରହିଗଲାଯେ କଳ୍ପବଟରେ ଡୋରି ବାନ୍ଧିବା କଥା ଭାବିଛ ? ଅଳ୍ପ ହସି ମୁଁ କହିଲି।

ସଂଯୁକ୍ତାଙ୍କ ମୁହଁ ଉପରେ କିଛି କୁଂଚି ପଡ଼ିବାର ଆଭାସ ମିଳୁଥିଲା। ସେ ମନ ଭିତରେ ମୋ ଉପରେ ପୁଣି ବିରକ୍ତ ହେଲେ କି ? କାହିଁ ଆଉ କିଛି ନକହି ଉଠିଗଲେ।

ତାଙ୍କ ଯିବା ପ୍ରତି ମୁଁ ଆଉ ଗୁରୁତ୍ୱ ନ ଦେଇ ନିରୋଳାରେ ସୋଫାକୁ ଆଉଜି ବସିଲି। କାନ୍ଥରେ ଟଙ୍ଗା ଯାଇଥିବା ଶ୍ରୀଜଗନ୍ନାଥଙ୍କର ଏକ ବଡ଼ ତୈଳଚିତ୍ରକୁ ଚାହିଁଲି। ମୋତେ ଲାଗିଲା ସେ ଖାଲି ବଡ଼ ବଡ଼ ଆଖିରେ ଚାହିଁ ନାହାନ୍ତି, ବରଂ ତାଙ୍କର ସୁନ୍ଦର ଅଧରରେ ମୁରୁକି ହସା ଦଉଚନ୍ତି। ଆଉ ମୁଁ ଅନୁଭବ କଲି, ସେ ହସଟା ଅତି ଶାଣିତ ଭାବରେ ମୋତେ ଦଂଶନ କରୁଛି। ବିବ୍ରତ କରୁଛି। ପ୍ରଶ୍ନ ବି ପଚାରୁଛି।

ମୁଁ ଶମ୍ଭୁନାଥ ମହାରଣା।

ମୋ ଘର କେନ୍ଦ୍ରାପଡ଼ା ଜିଲ୍ଲାର ବହୁତଳେ ଥିବା ଗୋଟେ ଗାଆଁରେ।

ପିଲାଦିନଟା ବି ସେଇଠି କଟିଗଲା। ମାଟି ଚାଳ ଘରେ ସ୍କୁଲ୍ ଜୀବନ ଠାରୁ, ହାଇସ୍କୁଲ ଏକାଦଶ ଶ୍ରେଣୀ ପର୍ଯ୍ୟନ୍ତ। ମୋ ବାପା ଚାଷ କରନ୍ତି। ମୋ ସାନଭାଇ ମୋର ଦୁଇକ୍ଲାସ ତଳେ ପଢୁଥିଲା। ବୋଉ ସୁଗୃହିଣୀ। ଯାହାକୁ ଇଂରାଜୀରେ କୁହାଯାଏ ହାଇସ୍

ୱାଇଫ୍, ସେ ସମୟରେ ବୋଉର ଭାରି ମନ ଦୁଃଖ ଯେ ତାର ଝିଅଟିଏ ହେଲାନି। ଆମ ଦୁଇଭାଇଙ୍କୁ ସେ କହେ ଜଗାବଳିଆ। ସେ ଚାହୁଁଥିଲା ଆଉ ଜଣେ ସୁଭଦ୍ରା ଦର୍କାର। ମୋର ମନେଅଛି ପିଲାଦିନେ ବୋଉ କାନ୍ଦିପକାଏ ନିରୋଳାରେ। ମୁଁ ଭାବେ କାହିଁକି ସେ କାନ୍ଦୁଛି? ବାପାଙ୍କର ପଇସା ପତ୍ରର ଅଭାବ ପାଇଁ ନା ଆଉ କ'ଣ?

ଦିନେ ମୁଁ ପଚାରିଲି- ଆଚ୍ଛା କହିଲୁ ବୋଉ? ଅନେକ ସମୟରେ ଦେଖେ ତୁ ଭାରି ମନଦୁଃଖ କରି ବସୁ। କାନ୍ଦୁ ବି। କାହିଁକି ବହିଲୁ? କଣ ଆମର ଅଭାବ ସଂସାର ପାଇଁ? ନା ଆଉ ସୁଭଦ୍ରା ପାଇଁ? ସେ କିଛି କହେନି ସେହି ସମୟରେ ବରଂ ଅଲଗା କଥା କହି ଭୁଲେଇଦିଏ। ଚାଷ ରୁ ଆମର ଧାନ ଗଣ୍ଡାକ ମିଳେ। ଅଲଗା ଦିନରେ ବାପା ବଢ଼େଇ କାମ ବି କରନ୍ତି। ଚଳିବାରେ ସେମିତି ଉପାସିଆ ଅଭାବ ନଥାଏ। ବୋଉ ମନଦୁଃଖର କାରଣ ତା'ହେଲେ କ'ଣ?

ସଂଜବେଳେ ଆମେ ଦୁଇଭାଇ ଲଣ୍ଠନ ଜାଳି ପାଠପଢୁଥାଉ। ବାପା ବସି ଭାଗବତ ପଢ଼ନ୍ତି। ବୋଉ ରୋଷେଇ ସାରି ଆମ ପାଖରେ ବସେ। ପାଠ ନପଢ଼ି ଦୁଷ୍ଟ ହେଲେ ଗାଳିକରେ। ବାପାଙ୍କୁ କହିଦିଏ। ବାପା ଯଦିଓ ସେ କଥାରେ କିଛି ଜବାବ ଦିଅନ୍ତିନି, ତଥାପି ଆମ ଦୁଇଜଣଙ୍କ ମନରେ ଗୋଟେ ଭୟ ଲାଗେ। ପାଠ ପଢୁ କି ନ ପଢୁ, ସେ ସମୟରେ ତଳକୁ ମୁହଁ ପୋତି ବସୁ। ବହି ଉପରୁ ଆଖି ଫେରେନା। ବୋଉ ଭାବେ ଆମେ ଦୁଇଜଣ ମନଦେଇ ପାଠ ପଢୁଛୁ। ଜଗା କିନ୍ତୁ ମୋ ଆଡ଼କୁ ଅନେଇ ଚୁପ୍ ଚୁପ୍ ହସେ। ବୋଉ ମୋ ମୁଣ୍ଡ ଆଉଁସି ଦଉଥାଏ। କେତେବେଳେ ଜଗାର। ମତେ କହେ "ବୁଝିଲୁରେ ବଳିଆ ଦେଖୁଚୁ ତ ଜଗାଟା ହୁଣ୍ଡା ଭଳିଆ। ସେ ଭବିଷ୍ୟତରେ କ'ଣ ଯେ କରିବ ମୋର କାହିଁକି ବିଶ୍ୱାସ ହୁଏନା। ତୁ ଚାକିରି କରି ଭଲରେ ରହିଲେ ତାକୁ ଟିକେ ଅନେଇବୁ। ସେ ଯେମିତି ହଇରାଣ ନହୁଏ।"

ସେ ସମୟରେ ବୋଉ କଥାଟାକୁ ମୁଁ ମୁଣ୍ଡରେ ପୂରାଏନି।

କାରଣ ସବୁକାମରେ ତ ଜଗା ମୋର ସାଂଗ। ପାଠପଢ଼ିବା ଠାରୁ ଆମ୍ବଚୋରି, ଜାମୁକୋଳି ତୋଳା ସବୁଥିରେ। ବୋଉ ଏମିତି କଣ କହୁଚି। ଜଗା କହେ ଭାଇ ମୁଁ ଗଛକୁ ଚଢ଼ିବି। ଆମ୍ବ ପକେଇବି ତମେ ଧରିବ। ମୁଁ କିନ୍ତୁ ମନା କରେ। ସେ ଗଛ ଚଢ଼ି ପାରିବନି। ଯଦିବା ଚଢ଼ିଯିବ କେହି ଆସିଲେ ସେ ଗଛରୁ ଶୀଘ୍ର ଓହ୍ଲେଇ ପାରିବନି। ମୁଁ ସେଥିପାଇଁ ତାକୁ ବାରଣ କରେ।

ବୋଉ ଏମିତି କ'ଣ କହୁଛୁ?

ଆଜି ସେ କଥା ଭାବେ। ଜଗାକୁ ମୁଁ ଅନେଇ ପାରିଲିନି। ସେ କିନ୍ତୁ ହଇରାଣ ହଉନି। ମୁଁ ଭାବେ ମୋଠାରୁ ବୋଧେ ସେ ବେଶ୍ ଖୁସିରେ ଅଛି। ବେଶୀ ପାଠ

ନପଢ଼ି, ସେ ସିଟି ଟ୍ରେନିଂ ଗଲା। ମତେ କହିଥିଲା, ଭାଇ, ତମେ ଟିକେ ଦେଖିବ ନା। ମୋର ପରୀକ୍ଷାରେ ଭଲ ହେଇନି ମ। ହେଇଗଲେ କୌଣସି ମତେ ମାଷ୍ଟ୍ର ଚାକିରି ଖଣ୍ଡେ ମିଳିଯାଆନ୍ତା। ସେ ସମୟରେ ଭାବୁଥିଲି ଠିକ୍ ନିଷ୍ପତ୍ତି ନେଇଚି ଜଗା। ସହରରେ କିରାଣି ଚାକିରି ଅପେକ୍ଷା ଗାଆଁରେ ଶିକ୍ଷକତା କରିବା ଭଲ। କିନ୍ତୁ ସେ ଯାହା କହୁଛି, ତା' ଖାତାକଥା ବୁଝିବା ପାଇଁ? ଅବଶ୍ୟ ପଇସା-ପତ୍ର ଖର୍ଚ୍ଚ କଲେ ସେ କାର୍ଯ୍ୟ ହେଇପାରୁଥିଲା। ସେଇ ଆଶାରେ ଜଗା କହିଛି। ମୁଁ ତାକୁ ହଁ ମାରିଥିଲି ସିନା ପ୍ରକୃତରେ କିଛି କଲିନି। ରେଜଲ୍ଟ ବାହାରିଲା ବେଳକୁ ସେ କିନ୍ତୁ ପାଶ୍ କରିଯାଇଛି। ଜଗା ଭାରି ଖୁସି ହେଲା ଯାହା ହଉ ଭାଇଙ୍କ ପାଇଁ ସେ ପାଶ୍ କରିଗଲା।

ମୁଁ ସେତେବେଳେ ରେଭିନ୍ୟୁରେ କିରାଣି ଚାକିରିଟିଏ କରିଥାଏ। ଜଗା ପହଂଚିଲା ମୋ ପାଖରେ। ସେ ଏତେ ଖୁସି ଯେ, ମୁଁ ତା ମୁହଁ ଦେଖି ଜାଣିଲି ସେ ନିଶ୍ଚୟ ସିଟି ପରୀକ୍ଷାରେ ପାଶ୍ କରିଛି।

ଝାଳ ସରସର ଦେହରେ ଭିଜି ଯାଇଛି ଶାର୍ଟ ପଛ।

ମୁହଁ ଉପରେ ଜକେଇ ପଡ଼ିଛି, ତଥାପି, ସେଇ କ୍ଳାନ୍ତ ଅବସନ୍ନ ଦେହରେ ଜଗା ଦେଖାଯାଉଛି ବେଶ୍ ପ୍ରସନ୍ନ।

ପାଦଛୁଇଁ ଦଣ୍ଡବତ କରୁ କରୁ କହିଲା-ବୁଝିଲ ଭାଇ, ତୁମେ ଚେଷ୍ଟା ନ କରିଥିଲେ ନା ମୁଁ କ'ଣ ସତରେ ପାଶ୍ କରିଥାନ୍ତି। ବୋଉ ବି ସେୟା କହୁଥିଲା। ଖାଲି କ'ଣ ବୋଉ ଗାଆଁରେ ପରା ଫୁସ୍‌ଫାସ୍ ହେଉଛନ୍ତି, ଜଗା କଣ ସତରେ ପାସ୍ କରିଥାନ୍ତା? ମାଟ୍ରିକ୍ ରେ ସିନା କପି ସେଣ୍ଟର ଥିଲା ଯେ ଉତୁରି ଗଲା। ହେଲେ ଏଥିରେ? ତା ଭାଇ ବଳିଆ କଟକରେ ରହୁଛି ତ, ନିଶ୍ଚୟ ବ୍ୟବସ୍ଥା କରିଦେଇଛି।

ମୁଁ ଚାହୁଁଥିଲି ଜଗା ସେ କଥା ବଦଳେଇ ଦଉ।

କାରଣ କିଛ ନ କରିଥିବା ଲୋକଟା ସବୁ କରିବାର ବାହାବା ନବ କାହିଁକି?

ଆରେ ଜଗା ବୋଉ ଖବର କ'ଣ? ଭଲ ଅଛି ତ? ମୁଁ ପଚାରିଲି।

ଶାର୍ଟ ଓହ୍ଲେଇ ଗାମୁଛାରେ ଝାଳ ପୋଛୁପୋଛୁ ସେ କହିଲା, ହଁ ଭାଇ! ସେ ଭଲ ଅଛି। ହଁ ତମ ପାଇଁ ପରା ମୁଢ଼ିମୁଆଁ, ଆଉ ପୋଡ଼ ପିଠା ପଠେଇଚି। ତମେ ରଜକୁ ଗଲନି ତ ସେଇ ପାଇଁ ପଠେଇଚି।

ଜଗାର କୌଣସି କଥାର ମୁଁ ଯେମିତି କିଛି ଉତ୍ତର ଦେଇ ପାରୁନଥିଲି।

ଖାଇ ବସିଲାବେଳେ ଜଗା କହିଲା-ଦେଖିଲ ଭାଇ? ମୁଁ ଆଉ ଗୋଟେ କଥା କହିବାକୁ ଭୁଲି ଯାଇଛି, ଯେଉଁଥିପାଇଁ ଜୀବନସାରା ତମ ଠାରୁ ଆଉ ବୋଉ ଠାରୁ ଗାଳି ଶୁଣୁଚି।

ମୁଁ କହିଲି କି କଥା କହୁନୁ।

କଥା କ'ଣ କି ଆସିଲା ବେଳେ ବୋଉ କହିଥିଲା ବଳିଆକୁ କହିବୁ। ଆଜି ଭଳିଆ ରବିବାର କି ଛୁଟିଦିନ ପଡ଼ିଲେ ମଝିରେ ମଝିରେ ପୁରୀ ଯାଇ ଜଗନ୍ନାଥଙ୍କୁ ଦର୍ଶନ କରି ଆସୁଥିବ। ସେ ନିଜେ ହଉଚି କଳ୍ପବଟ। ସେଠି ଡୋରି ବାନ୍ଧିବା ଦର୍କାର ନାହିଁ। ତାକୁ ମନ କଥା କହିଲେ ସବୁ ପୂରଣ କରିଦେବ। କାହାକୁ ଭୟ କରିବାର ନାହିଁ। ସମସ୍ତଙ୍କ ମନକଥା ସେ ଜାଣନ୍ତି। ତାକୁ କହିବୁ ସେ ନିଶ୍ଚୟ ଯିବ।"

ଏକଥା କେତେଦିନ ତଳର। ଏହାଭିତରେ ବହୁବର୍ଷ ବିତିଗଲାଣି। ବାପା ବୋଉ କେବେଠାରୁ ଗଲେଣି। ଜଗା ଗାଆଁରେ ଶିକ୍ଷକତା କରୁଛି। ପିଲାମାନେ ବେଶ୍ ଭଲ। ଭଦ୍ର। ପୁଅ ଗୋଟେ ଭଲ କମ୍ପାନୀରେ ବି କାମ କରୁଛି। ଏ ସବୁଥିରେ ମୋ ଅନେଇବା କିଛି ଦର୍କାର ନାହିଁ। ଯେଉଁ ଜଗନ୍ନାଥ ଏତେବଡ଼ ଆଖି ଦୁଇଟିରେ ଅନେଇଚି, ଆଉ କାହାର ଅନେଇବା କଣ ଲୋଡ଼ା ଅଛି, କଳ୍ପବଟରେ ଯାହା ଇଚ୍ଛା କହିବ ତା' ତ ମିଳିବ, ତା'ଠାରୁ ଆଉ ବଡ଼ ଦୟାବନ୍ତ କିଏ ଅଛି ଯେ ?

ଜଗା କହିଥିବା ବୋଉର ସେ କଥା ପଦକ ଏବେ ବି ମନେ ଅଛି, ଜଗା ସେ କଥା ରଖି ରବିବାର କି ଅଲଗା ଛୁଟିଦିନରେ ପୁରୀ ଯାଇ ଦର୍ଶନ କରିଫେରେ। କଟକକୁ ମୋ ପାଖକୁ ଆସେ। ଏଠି ରହେ। ମହାପ୍ରସାଦ ଦିଏ। ଘରକୁ ଯାଏ। ଦିନେ ପଚାରିଲା-ତମେ ପୁରୀ ଯାଉଛ ନା ? ତମକୁ ତ ଏଠି କମ୍ ବାଟନା। ଆମ ଗାଁରୁ କେତେ ଦୂର କହିଲ ? ତମେ ଯାଉଥିବ। ପିଲାମାନଙ୍କୁ ସାଂଗରେ ନଉଥିବ। ତମ ସାନବୋହୂ ବାସନ୍ତୀ କେତେଥର କହିଲାଣି ଯେ। ଘରଛାଡ଼ି କୋଉ ଆସିପାରୁଛି ? କେବେ ତାକୁ ନେଇଆସିବା:

ଜଗା ଏତେଗୁଡ଼ିଏ କଥା କହିଗଲା ସିନା, ମୁଁ କିଛି କହିପାରିଲିନି। କେମିତି କହିଥାନ୍ତି ଜଗାରେ, ବୋଉ କହିଥିବା କଥାକୁ ମୁଁ ରଖିପାରିଲିନି। ଘରେ ଛୁଟିରେ ଅନ୍ୟ କୁଆଡ଼କୁ ବରଂ ବୁଲିଯିବେ, ହେଲେ ଶ୍ରୀକ୍ଷେତ୍ର ନୁହେଁ। ଆମର ସବୁ କାମନା କିନ୍ତୁ ପୂର୍ଣ୍ଣ ହେଇଚି। ମୁଁ କଳ୍ପବଟରେ ଡୋରି ବାନ୍ଧିନି, ବାନ୍ଧିଥିବା ଲୋକ ଏବେ ଆଉ ଆମ ପାଖରେ ନାହିଁ। ତା କଥା ରଖି ତା' ଜଗନ୍ନାଥ ଧାମକୁ ଅନେଇଚି ଆଖି ଖୋଲି।

ଆଜି ସଂଯୁକ୍ତା ମତେ ପଚାରୁଛନ୍ତି-

କଳ୍ପବଟରେ ଡୋରି ବାନ୍ଧିଲେ ମନସ୍କାମନା ପୂର୍ଣ୍ଣ ହୁଏ କି ନାହିଁ।

କେମିତି କହିଥାନ୍ତି ସଂଯୁକ୍ତା- ଏ ଉତ୍ତର ମୋ ପାଖରେ ବି ନାହିଁ। କାହା ପାଖରେ ଅଛି ମୁଁ ବି ଜାଣେନା। ତୁମ କାମନା ସବୁ ଯେମିତି ପୂର୍ଣ୍ଣ ହେଇଚି, ଘର, ଗାଡ଼ି, ପୁଅର ଭଲ ଚାକିରି, ଭଲ ଝିଅ ଜ୍ୱାଇଁ, ହୁଏତ ତମେ କହିପାର ତମର ଇଚ୍ଛା

ଶକ୍ତି ବଳରେ। ଅଥଚ ମୁଁ କହିପାରିବିନି ଏକଥା। ମଣିଷର କାମନା ଏଥିରେ ସରିଯାଏନା, ବରଂ ବଢ଼ିଚାଲେ। ଯେଉଁ କଳ୍ପବଟରେ ଡ଼ୋର ବାନ୍ଧିବା ଆମର କାମନା ହେବା ଦର୍କାର। ତା ନାହିଁ, ଅନ୍ତତଃ ମୋ ପାଖରେ ନାହିଁ। ମୁଁ ଭାରି ଅସହାୟ। ଦାଣ୍ତର ଭିକାରି ପରି।

ମୁଁ ଜାଣେ ଏ ପରିଣତ ବୟସରେ ଆତ୍ମଗ୍ଲାନି ବ୍ୟତୀତ ମୋର ଆଉ କିଛି ନାହିଁ। ଯେଉଁ କଳ୍ପବଟ କଥା କହୁଛ ସଂଯୁକ୍ତା-ମୋ' ଠାରୁ ବହୁଦୂରରେ। ମୋ ଆଖି ଇଲାକାର ଅନେକ ଅନେକ ଦୂରରେ।

■

ଗୋଟେ ଗାଆଁର ନକ୍ସା

"ଲୁଣା ବାଇପାସ୍‌ରୁ ମାତ୍ର ତିନି କିଲୋମିଟର ଗଲେ ପଡ଼େ ବସ୍‌ଷ୍ଟାଣ୍ଡ। ଏ ବସ୍‌ଷ୍ଟାଣ୍ଡଟି ସେତେ ବଡ଼ ନୁହେଁ। ଆଗେ ଏଇ ଜାଗାରୁ କେତୋଟି ସରକାରୀ ବସ୍ ଓ ପ୍ରାଇଭେଟ୍ ବସ୍ କଟକ, ଭୁବନେଶ୍ୱରକୁ ଯାତାୟାତ କରୁଥିଲା। ସରକାରୀ ବସ୍ ସବୁ ବନ୍ଦ ହେଇଯିବା ପରେ ବସ୍‌ଷ୍ଟାଣ୍ଡ ଓ ସେଠାରେ ଥିବା ଟିକେଟ ଘର ଅବ୍ୟବହୃତ ହୋଇଯିବାରୁ ତାହା ଏବେ ଷଣ୍ଢ, ବୁଲାଗାଇମାନଙ୍କର ଆଶ୍ରୟସ୍ଥଳ ହୋଇଛି। ଛତ୍ରପଡ଼ା ଦେଇ ଯେଉଁ ବସ୍‌ଗୁଡ଼ିକ ଯାଉଛି; ଓ ଆସୁଛି ସେଗୁଡ଼ିକ ପାଖ ଅଞ୍ଚଳର। ଏଠି ତେଣୁ ଯାତ୍ରୀମାନଙ୍କର ଭିଡ଼ ଜମେ। ବିଭିନ୍ନ ଗାଆଁ ଅଞ୍ଚଳକୁ ପ୍ରଧାନମନ୍ତ୍ରୀ ସଡ଼କ ଯୋଜନାରେ ଢଳେଇ ଓ ପିଚୁ ରାସ୍ତା ହେଇଯିବା ଦ୍ୱାରା ଅନେକ ବେସରକାରୀ ବସ୍ ଯାତାୟତ କରୁଛି। ତଥାପି ବସ୍‌ରେ ଭିଡ଼ କମୁନି। ଲୋକମାନଙ୍କ ଠେଲାପେଲା। ଏଇ ଛତ୍ରପଡ଼ା ବସ୍‌ଷ୍ଟାଣ୍ଡ ଉପରେ ପାଖାପାଖି ଦଶବାରଟି ଗାଆଁର ଲୋକ ବାହାରକୁ ଯିବ ଆସିବା ପାଇଁ ନିର୍ଭର କରନ୍ତି। ପାଖ ଦୁଇ ତିନୋଟି ଗାଆଁରୁ ସିନା ବସ୍ ଏଇ ବାଟଦେଇ ଯାଏ, ହେଲେ ଅନ୍ୟ ସବୁ ଗାଆଁକୁ ରିକ୍ସା, ଅଟୋରିକ୍ସା ଓ ଟ୍ରେକର ହିଁ ଚାଲେ। ସେଥିରେ ବି କମ୍ ଭିଡ଼ ହୁଏନା। ଏମିତି ଗୋଟେ ଗାଆଁ ହେଉଛି ସପନପୁର। ଛତ୍ରପଡ଼ା ବସ୍ ଷ୍ଟପେଜ୍‌ରୁ ପୂର୍ବକୁ ପ୍ରାୟ ଦଶ କିଲୋମିଟର ଗଲେ ଏଇ ଗାଆଁଟି ପଡ଼େ ଦଶ ପନ୍ଦର ବର୍ଷ ପୂର୍ବରୁ ଏ ଗାଆଁରୁ ଚାଲି ଚାଲି ଆସି ବସ୍ ଧରିବାକୁ ପଡୁଥିଲା। ବର୍ଷାଦିନେ ପ୍ରବଳ କାଦୁଅ ପାଣି ହୁଏ। ସେଥିରେ ବି ଲୋକ ଚକଟି ହୋଇ ଆସନ୍ତି। ହଠାତ୍ ଜଣେ ଅସୁସ୍ଥ ହେଲେ, ତାକୁ ଡାକ୍ତରଖାନା ଆଣିବା ପାଇଁ ସାଂଗିଭାର ଦର୍କାର ହୁଏ। ତା'ପରେ କିଛି ବର୍ଷ ତଳେ ସରକାରଙ୍କ ଦ୍ୱାରା ସେ ରାସ୍ତାଟି ନାଳି ଗୋଡ଼ିମୋରମ ହେଲା। ତଥାପି ଯିବା ଆସିବା ପାଇଁ ସେମିତି କିଛି ସୁବିଧା ହେଲାନି। କାଦୁଅରୁ ସିନା ମୁକ୍ତି ମିଳିଲା, ମାତ୍ର ଧୀରେ ଧୀରେ ତା' ପୁଣି କାଦୁଅ ରାସ୍ତାରେ ପରିଣତ ହେଇଗଲା।

ଏବେ କିନ୍ତୁ ବଦଳି ଗଲାଣି ସେ ରାସ୍ତା । ଛତ୍ରପଡ଼ା ବସ୍‌ଷ୍ଟାଣ୍ଡରୁ ସପନପୁର ପର୍ଯ୍ୟନ୍ତ ପିଚୁ ରାସ୍ତା ଓ ଢଳେଇ ରାସ୍ତା ଲମ୍ବି ଯାଇଛି । ସପନପୁର ସେମିତି କିଛି ବଡ଼ ଗାଆଁ ନୁହେଁ ।

ମୂଳ ଗାଆଁ ଥିଲା ରାଘବପଡ଼ା । ସମୁଦ୍ର କୂଳେ କୂଳେ ଏଇ ଗାଆଁଟି । ତା' ପାଖାପାଖି ଅଞ୍ଚଳରେ ରିଫ୍ୟୁଜିମାନେ ସରକାରଙ୍କ ସହାୟତା ପାଇଁ ବସତି ସ୍ଥାପନ କଲେ । ପ୍ରଥମେ ଯେଉଁ କେତେଜଣ ରହିଥିଲେ ସେମାନଙ୍କ ପାଇଁ ଯେତିକି ସ୍ଥାନ ଆବଶ୍ୟକତା ଥିଲା, ଚଳି ଯାଉଥିଲା । କ୍ରମଶଃ ସେମାନଙ୍କର ଭାଇବିରାଦ ଆସି ରହିବାରୁ ଓ ବଂଶବୃଦ୍ଧି ହେତୁ ରହିବା ପାଇଁ ତ ଜାଗା ଦର୍କାର ହେଲା, ତା' ସାଙ୍ଗକୁ ବଂଚିବା ପାଇଁ ଚାଷ ଜମି ବି ଦର୍କାର ହେଲା । ଯେଉଁଥିପାଇଁ ସେ ଆଗରୁ ସମୁଦ୍ରଠାରୁ ପ୍ରାୟ ତିନିଚାରି କି.ମି ବ୍ୟାପି ଯେଉଁ ହେନ୍ତାଳବଣ ଓ ଜଙ୍ଗଲି ଗଛରେ ଭର୍ତ୍ତି ହେଇଥିଲା, ସେଗୁଡ଼ିକୁ ସେମାନେ କାଟି ସଫା କରିଦେଇ ଚାଷ ଜମିରେ ପରିଣତ କରିଦେଲେ । ପ୍ରଶାସନଠାରୁ ଆରମ୍ଭ କରି ସ୍ଥାନୀୟ ଲୋକମାନେ ମଧ୍ୟ ବିରୋଧ କଲେନି । ଫଳରେ ସମୁଦ୍ରକୂଳ ଫାଙ୍କା ହେଇ ସମୁଦ୍ର ନିଜର ବନ୍ଧୁ ପାଲଟିଗଲା ।

ରାଘବପଡ଼ା ଗାଆଁ ବେଶୀ ଆପଣେଇ ନେଲା ସମୁଦ୍ରର ଏଇ ବଂଧୁତାକୁ । ସୂର୍ଯ୍ୟ ଉଇଁଲେ ସମୁଦ୍ରପାଣି ହସି ଉଠେ ତ ପୁଣି କେତେବେଳେ କାନ୍ଦି ପକାଏ ସୂର୍ଯ୍ୟାସ୍ତରେ । ଅନ୍ଧାରରେ ଏଇ ସମୁଦ୍ର ଲହଡ଼ିରେ ଗୁରୁଗମ୍ଭୀର ଶବ୍ଦରେ ଦୁଃଖରେ ଶୋଇପଡ଼ି ଘୁଂଗୁଡ଼ି ମାରେ । ଫଁ ଫଁ ନିଶ୍ୱାସ ମାରେ ।

ରାଘବପଡ଼ା ଗାଆଁର ଲୋକେ ଭାବନ୍ତି ସମୁଦ୍ର କେତେ ସୁନ୍ଦର ସତରେ । କେତେ ମନୋରମ ବି ।

ଛୋଟମୋଟ ପର୍ବପର୍ବାଣି କଥା ଛାଡ଼, ବିଶେଷକରି ଶିବରାତ୍ରିରେ ଏଇ ସମୁଦ୍ର କୂଳ ଭରିଯାଏ ଲୋକ ଗହଳିରେ । କାହିଁ କେତେ ଦୂରରୁ ଲୋକମାନେ ଆସନ୍ତି । ଯାତାୟାତରେ ସେମିତି କିଛି ସୁବିଧା ନଥିବା ସତ୍ତ୍ୱେ ଲୋକମାନେ କିନ୍ତୁ ନିଜ ସୁବିଧାରେ ପହଂଚି ଯାଆନ୍ତି । କାରଣ ସେଠି ଅଛି ରାଘବେଶ୍ୱର ଶିବ ମନ୍ଦିର । ଇଂରେଜ ସରକାର ସେଇ ମନ୍ଦିର ପ୍ରତିଷ୍ଠା କରି ତାଙ୍କ ସେବା ପାଇଁ କିଛି ଜମି ନିଯୋଗ କରିଥିଲେ । ଏ ମନ୍ଦିରର ଇତିହାସ ବହୁ ପ୍ରାଚୀନ । ଅନ୍ୟୁନ ଦୁଇଶହ ବର୍ଷ ହେବ । ଏବେ ଅବଶ୍ୟ ତା'ର ଆଉ ରକ୍ଷଣାବେକ୍ଷଣ ନାହିଁ । ମନ୍ଦିରର ଜାଗା ଜାଗା ଭାଙ୍ଗି ଗଲାଣି । ବହୁ ବୁଢ଼ାବୁଢ଼ୀଙ୍କଠାରୁ ଏଇ ଶିବମନ୍ଦିରର ବହୁ କାହାଣୀ ଶୁଣାଯାଏ । ତା' ସତ କି ମିଛ କେଜାଣି । ସବୁ କିନ୍ତୁ ସତଭଳି ଲାଗେ । ଇଂରେଜମାନଙ୍କ ଜାହାଜ ସେଇବାଟ ଦେଇ ଆସେ । ବେପାର ବଣିଜର ସେଇ ଗୋଟିଏ ବାଟ । ଡଙ୍ଗାରେ ହେଉ ବା ଜାହାଜରେ

ହେଉ, ବେପାରୀଙ୍କର ସେଇ ସମୁଦ୍ରକୂଳରେ ନଂଗର ପଡ଼େ। ଏଇ କୂଳରେ ଉପରକୁ ଶିବଲିଙ୍ଗ ଥିଲେ। ସେଠାରେ ସେ ପାତାଳରୁ ଫୁଟି ବାହାରିଥିଲେ। ଆମ ଓଡ଼ିଆଙ୍କର ବେପାର ଡଂଗା ଆସିଲାବେଳେ କି ଗଲାବେଳେ ଯଦି କିଛି ସାମୁଦ୍ରିକ ଝଡ଼ ବା ସମୁଦ୍ରର ବଡ଼ ବଡ଼ ଜଳଜନ୍ତୁଙ୍କର ଆକ୍ରମଣ ହୁଏ; ସେତେବେଳେ ଏଇ ରାଘବେଶ୍ୱର ଶିବଙ୍କୁ ପ୍ରାର୍ଥନା କରନ୍ତି। ସତକୁ ସତ ବିପଦ ଟଳିଯାଏ।

ଯେହେତୁ ଏଇ ଶିବଲିଙ୍ଗ ରାଘବପଡ଼ାରେ ଅଛି; ସେଥିପାଇଁ ଲୋକମାନେ ତା' ନାଁ ରଖିଥିଲେ ରାଘବେଶ୍ୱର। ଇଂରେଜ ସରକାର କୁଆଡ଼େ ଏଇ ରାଘବେଶ୍ୱରଙ୍କ ଦୟାରୁ କୌଣସି ବିପଦରୁ ରକ୍ଷା ପାଇଥିଲେ, ସେଥିପାଇଁ ସେ ଏକ ସୁନ୍ଦର ମନ୍ଦିର ନିର୍ମାଣ କରିଥିଲେ। କ୍ରମଶଃ ରାଘବପଡ଼ା ଏକ ପର୍ଯ୍ୟଟନସ୍ଥଳୀ ଭଳି ମନେହେଲା। ଶୀତ ଦିନେ ସ୍କୁଲ କଲେଜ ପିଲା ବି କ'ଣ ଭୋଜି କରିବାକୁ ଆସିଲେ। ସମୁଦ୍ର ଲହଡ଼ିରେ ଓଦା ହେଲାବେଳେ ହସୁଥିଲା ରାଘବପଡ଼ା।"

ଏତିକି କହୁ କହୁ ମୁଁ ଚୁପ୍ ରହିଲି।

କେଜାଣି କାହିଁକି ମୁଁ ଆଉ ଆଗକୁ ଯାଇପାରିଲିନି।

ମୋ କାହାଣୀ ଅଧା ରହିଗଲା।

ନାତି ଟୋକା ପଚାରିଲା- "ଜେଜେ! କ'ଣ ଅଟକିଗଲ? ତମେ ବି ତ ସମୁଦ୍ର ଲହଡ଼ିରେ ଗାଧଉଥିବ। ମା' ଗାଧଉଥିଲା?"

ମୁଁ କହିଲି- "ହଁ।"

"ମୋ ଡାଡି ମମି?"

"ସେମାନେ ସେ ଜାଗା ଦେଖି ନାହାନ୍ତିରେ ଟୋକା। ଗାଧେଇବେ କ'ଣ? ମନ୍ଦିରକୁ ବି ପୂଜା କରିବାକୁ ଯାଇନାହାନ୍ତି?"

ହାପିର ଉତ୍ତର ମୋ ପାଖରେ ନଥିଲା।

ସେ କ'ଣ ଜାଣିଛି ଯେ ତା' ଡାଡି ମମି ସେ ଅଞ୍ଚଳର ପିଲା ନୁହନ୍ତି। ଡାଡି ତ ଜନ୍ମ ହେଇଛି ଏଇଠି। ଭୁବନେଶ୍ୱରରେ। ସେ କଥା ସେ ଜାଣିବ କେମିତି?

ମୋର ନିରବତା ଦେଖି ହାପି ଆପେ ଆପେ ନିରବିଗଲା।

କିଛି ସମୟ ପରେ କହିଲା- "ଜେଜେ! ଏଥର ଆମେ ଶୀତ ଦିନେ ନା ସେଠାକୁ ପିକ୍‌ନିକ୍ କରିବାକୁ ଯିବା। ଆମ ସ୍କୁଲ ପିଲାମାନେ ତ ଏମିତି ଜାଗାକୁ କେବେ ବି ଯାଉନାହାନ୍ତି। ଥରେ ପିଲା କହିଲେ, ଚନ୍ଦ୍ରଭାଗା ଯିବାକୁ। କିନ୍ତୁ ସାର୍ ନେଇ ରାସ୍ତା ଉପରେ ଠିଆ କରାଇ ସମୁଦ୍ର ଦେଖେଇ ଦେଲେ। ମୋର ଭାରି ଇଚ୍ଛା ହଉଥିଲା ପାଣି ଭିତରକୁ ଯାଆନ୍ତି। ହେଲେ ଯାଇ ପାରିଲୁନି। ଡାଡି ମମି କ'ଣ କମ୍

କି ? ପୁରୀ ଗଲେ ତ ସମୁଦ୍ର ସେମିତି ଖାଲି ବାଲି ଉପରେ ଠିଆକରେଇ ଦେଖେଇ ଆଣିବେ। ଘୋଡ଼ାରେ ବସେଇ ବୁଲେଇବେ; କିନ୍ତୁ ପାଣିକୁ ଛାଡ଼ିବେନି। ଆଚ୍ଛା କହିଲ ଜେଜେ ? ପାଣିକୁ ଗଲେ କ'ଣ ହବ ? କେତେ ଲୋକ ପୁଣି ଲହଡ଼ି ପାଣିରେ ବୁଡୁଛନ୍ତି। ଡାଡି ମମି ମନା କରନ୍ତି କାହିଁକି ?"

"ଶୁଣ୍ ହାପି ! ଛୋଟ ପିଲାମାନେ ପାଣି ଭିତରକୁ ଯାଆନ୍ତିନି। ସମୁଦ୍ର ଲହଡ଼ି ଟାଣି ନେଇଯିବ।"

ହାପି ମନେମନେ ଡରିଗଲା ଯେମିତି। ନିରବିଗଲା କିଛି ସମୟ। ମୁଁ ଭାବୁଥିଲି କେମିତି ହାପିକୁ ବୁଝେଇବି। ଯେଉଁ ସମୁଦ୍ରକୁ ତୁ ଏତେ ଭଲ କହୁଛୁ, ସେ ରାଗିଯାଇଛି ରାଘବପଡ଼ା ଗାଆଁ ଉପରେ। ଭୟଙ୍କର କ୍ରୋଧ।

"ବାଡ଼ କ'ଣ କିଛି ମାନୁନି। ଗ୍ରାସ କରି ଯାଉଛି ସାରା ଗାଆଁକୁ। ବୁଢ଼ାମାନେ କେବଳ ନିଜ ଭିତରେ ଆଲୋଚନା କରନ୍ତି। ପ୍ରକୃତି ଦେବତା ସହିତ ଏମାନେ ଖେଳିଲେ। ତା' କୂଳରୁ ହେନ୍ତାଳବଣ ଜଙ୍ଗଲକୁ କାଟିନେଲେ। ସେ ରାଗନ୍ତାନି। କେବଳ ପ୍ରତିଶୋଧ ନେବାପାଇଁ ସେ ଏମିତି କରୁଛି। ସେଇ କୂଳେ କୂଳେ ଯେତେ ଗାଆଁ ଅଛି, ସବୁ ଗାଆଁ ଉପରେ ତା'ର ରାଗ।

ସରକାର ବହ୍ଲ ପୋତି ବାଲି ବନ୍ଧ ଦେଉଛି। ତା' ବାଟକୁ ଅଟକଉଛି। ହେଲେ ସେ ଜାଣିନି, ସମୁଦ୍ର କାହାରି ନୁହେଁ। ତା' ଆଗରେ ବହ୍ଲବାଡ଼ କ'ଣ ବା ? ବାଲିବନ୍ଧ ଛାର ମାତ୍ର।

ରାତିରେ ଶୋଇଥିବା ବେଳେ ସମୁଦ୍ର ଗର୍ଜନ ନିଦ ଭାଙ୍ଗିଦିଏ। ଧକ୍କା ଖାଏ ପିଣ୍ଡାରେ। ଚହଲେଇଦିଏ ସାରା ଗାଆଁକୁ।

କିଛି ଲୋକ ଭୟରେ ଗାଆଁ ଛାଡ଼ି ପଳେଇଲେ। ସରକାର କହିଲା ବିସ୍ଥାପନ କରିବ।

ଜାଗା ଦବ, ଘର କରିଦେବ।

ହେଲେ ଭିଟାମାଟି ଛାଡ଼ି କୁଆଡ଼େ ଯିବ ଏ ମଣିଷ।

ଦାନ୍ତକାମୁଡ଼ି ପଡ଼ିରହିଲେ ରାଘବପଡ଼ା ଗାଆଁରେ।

ଭରସା ହେଉଛି ରାଘେବଶ୍ବର ମହାଦେବ।

ହେଲେ ସମୁଦ୍ର କିଛି ଶୁଣିଲାନି। ରାଗ ଯେମିତି ଶାନ୍ତ ହବାର ନାହିଁ।

ଯେହେତୁ ମୁଁ ବାହାରେ ଚାକିରି ଖଣ୍ଡେ କରିଥିଲି, ଏଇ ଭୁବନେଶ୍ବରରେ ଖଣ୍ଡେ ଜାଗା କିଣିଲି। ଛୋଟ ଘରଟିଏ କଲି। ବାପାଙ୍କୁ ବହୁତ ଡାକିଲି ପଳେଇ ଆସିବା ପାଇଁ। ହେଲେ ସେ ମୋ କଥା ଶୁଣିଲେନି। ମତେ ବୁଝେଇଦେଲେ। ଦେଖ୍

ପୁଅ ଏଇ ରାଘବପଡ଼ା ଗାଆଁର ଚାଳଘରେ ମୁଁ ଜନ୍ମ ହୋଇଥିଲି। ତୁ ଜନ୍ମ ହେଲୁ। ଆମର କଉଡ଼ିରେ ତିଆରି ଷଠୀଘର ଅଛି। ବାପ ଅଜା ତେପନ ପୁରୁଷର ଡ଼ିହ ଏଇ କେମିତି ଛାଡ଼ିଯିବି କହିଲୁ ?

ଖାଲି ବାପା ନୁହନ୍ତି, ବଡ଼ବାପା ଆଉ ଅନ୍ୟମାନେ କେହି ରାଜିହେଲେନି। ଦିନେ ଝଡ଼ ପବନରେ ଲୁଣା ପାଣି ମାଡ଼ି ଆସିଲା। ଖାଇଗଲା ରାଘବପଡ଼ା ଗାଆଁକୁ। କେବଳ ଦୁଇ ତିନୋଟି ଘର ରହିଯାଇଛି। ସେମାନଙ୍କ ପିଲାମାନେ ପ୍ରଥମେ ଜାଗା କିଣି ଘର କରିଥିଲେ। ସପନପୁର ଗାଆଁରେ। ଧୀରେ ଧୀରେ ଲୋକ ସଂଖ୍ୟା ବଢ଼ି ଏବେ ଏହା ଏକ ଛୋଟ ପଡ଼ା। ସପନପୁର। ଏ ଗାଆଁକୁ ବର୍ତ୍ତମାନ ରାସ୍ତାଘାଟ ସବୁ ହୋଇଗଲାଣି।

ମୁଁ ବି ସେଠି ଜାଗା ଖଣ୍ଡେ କିଣି ଘର କରି ବାପାଙ୍କୁ ଡାକିଥିଲି। ହେଲେ ସେ ଆସିଲେନି। ସେଇ ଲୁଣା ଜୁଆର ଭିତରେ କୁଆଡ଼େ ମିଶିଗଲେ କେଜାଣି ଆଉ ମିଳିଲେନି।

ସତେଯେମିତି ସମୁଦ୍ର ଆପଣେଇ ନେଲା ତାଙ୍କୁ। ଭଲ ପାଉଥିବା ମଣିଷମାନଙ୍କୁ। ମୁଁ ସେଇଦିନୁ ଆଉ ରାଘବପଡ଼ା ଯାଇନି। ଏବେ ବି ସମୁଦ୍ର ବେଳେବେଳେ ଭାରି ରାଗୁଛି। ସରକାର ସୃଷ୍ଟି କରିଛି ଝଉଁବଣ। ପଥରବନ୍ଧ। କାଳେ ରାଗ ଶାନ୍ତ ହେବ। ହେଲେ ସମୁଦ୍ର ଉପହାସ କରି ଧକ୍କା ଦଉଚି ପଥର ବନ୍ଧକୁ। ରାଘବେଶ୍ୱର ମନ୍ଦିରକୁ ବାଲି ଚରି ଯାଉଛି ଆସ୍ତେ ଆସ୍ତେ। ବାସୁଆ ଷଣ୍ଢ ଉପରେ ବି ବାଲି। ସମୁଦ୍ର ଚାହୁଁଛି ଯେମିତି ତା' ଠାକୁର ତା' ପାଖକୁ ଚାଲି ଯାଆନ୍ତୁ। ରାଘବପଡ଼ାର ସେଇ ହଉଛି ଶିରୀ। ସେ ମନ୍ଦିର ଅଛି ବୋଲି ଏବେ ମଧ୍ୟ ଦର୍ଶକ ଯାଆନ୍ତି। ସମୁଦ୍ର ବାଲିରେ ବୁଲନ୍ତି। ଖୁସି ହୁଅନ୍ତି।"

ହାପି ପଚାରିଲା, "ଜେଜେ ତମର ଯେଉଁ ନୂଆ ଗାଁ ହୋଇଛି ସେଠିକି ଯାଇନ ?"

"ହଁ, ସେଠିକୁ ଯାଏ। ହେଲେ ବହୁବର୍ଷ ହେଲା ଯାଇନି। ତୋ ସାନ ଜେଜେ କହୁଥିଲା, ଆମ ଗାଆଁ କୁଆଡ଼େ ପୂରା ବଦଳି ଗଲାଣି। ଭଲ ରାସ୍ତା, ଇଲେକ୍‌ଟ୍ରିକ୍ ଏମିତି ବହୁକଥା।"- ମୋ କଥା ଶୁଣି ହାପି ପୁଣି କହିଲା-

"ଖରାଛୁଟିଦିନରେ ଏଥର ଆମେ ଆମ ଗାଆଁକୁ ଯିବା। ଆମ ଘର ତ ଅଛି। ଡାଡି ମମି ନ ଯାଆନ୍ତୁ। ତମର ମୋର ଯିବା। ଯିବାନା ? ହଁ ଜେଜେ ! ଆଉ ଗୋଟେ କଥା"- ହାପି ଅଟକିଗଲା।

"ଅଟକିଗଲୁ କାହିଁକି ? କହୁନୁ ?"

"ମୁଁ କ'ଣ କହୁଥିଲି କି ତମ ମୂଳ ଗାଆଁକୁ ଯିବା। ସମୁଦ୍ର ଦେଖିବା। ବାଲିରେ ଖେଳିବା। ହଁ ତ ?"

ମୁଁ ହଁ କି ନାଁ କିଛି କହିପାରିଲନି। କେମିତି କହିଥାନ୍ତି ଯେ ସେ ସମୁଦ୍ର ପାଣି ଆଉ ବାଲିରେ ମୋ ବାପା ପୋତି ହେଇ କୁଆଡ଼େ ମିଳେଇ ଯାଇଛନ୍ତି। ସମୁଦ୍ରଟା ଏଡ଼େ ନିଷ୍ଠୁର ଯେ ଛଡ଼େଇ ନେଲା ମୋର ବାପାଙ୍କୁ। ବୋଉକୁ ଆଉ ଭିଟା ମାଟିକୁ। ମୁଁ କ'ଣ ସେଠିକି ଯାଇପାରିବି ? ମୋ ଗୋଡ଼ ଦି'ଟା ଅଟକିଯିବ। ମୁଁ ଅଥର୍ବ ପାଲଟି ଯିବି।

ମୁଁ କିନ୍ତୁ କିଛି କହିପାରିଲିନି।

କୋହରେ ମୋ ଛାତି ଭରିଯାଉଥିଲା। ମୁଁ ଖାଲି ମୁଣ୍ଡ ଟୁଙ୍ଗାରିଲି।

■

ଭଡ଼ାଘର

ପୂର୍ବଦିଗର ଦିଗ୍‌ବଳୟ ତଳୁ ସିଂଦୂର ରଙ୍ଗର ଆକାଶକୁ ଚହଟାଇ ଧୀରେ ଧୀରେ ଉପରକୁ ଉଠିଲେ ସୂର୍ଯ୍ୟ। ଚଳଚଞ୍ଚଳ ହେଲା ସାରା ସଂସାର ଜୀବନଧାରା, ପକ୍ଷୀମାନଙ୍କ ଶବ୍ଦଠାରୁ ଆରମ୍ଭ କରି, ଗାଡ଼ିଘୋଡ଼ା, ମଣିଷମାନଙ୍କ କୋଳାହଳରେ ଯେମିତି ସବୁ ନିରବତା ଭାଙ୍ଗିଗଲା। ଜାଣି ହେଲାନି, ସୂର୍ଯ୍ୟ କେମିତି ଧୀରେ ଧୀରେ ଉପରକୁ ଉଠି ଖସିଯାଉଚନ୍ତି ଆସ୍ତେ ଆସ୍ତେ ତାଙ୍କ ଜନ୍ମଦିଗର ବିପରୀତ ଦିଗ୍‌ବଳୟକୁ। ଏମିତି ଗୋଟେ ସମୟ ଆସିଲା, ସୂର୍ଯ୍ୟ ଲୁଚି ଯାଇଥିଲେ କୁଆଡ଼େ। କେହି ଜାଣି ପାରିଲେନି। ଯାହାକୁ କୁହାଯାଏ ସଂଧ୍ୟା। ସୂର୍ଯ୍ୟ ଆସିବା ଓ ଯିବା, ଏହା ଏକ ଗତାନୁଗତିକ ଧାରା। କେଉଁ କାଳରୁ ଜଣାନାହିଁ।

ଲକ୍ଷ୍ମୀକାଂତ ଏହାଭିତରେ ସବୁଦିନେ ସୂର୍ଯ୍ୟ ଉଦୟ ହେବା ଦେଖନ୍ତି ଓ ଅସ୍ତ ଯିବାର ବି ଦେଖନ୍ତି। ହେଲେ କିଛି ତ ଫରକ୍ ସେ କେବେ ବି ଜାଣି ପାରିନାହାନ୍ତି। ଆଜି କାହିଁକି ସୂର୍ଯ୍ୟ ବୁଡ଼ିବାକୁ ଗଲାବେଳେ ଏମିତି ଲାଗୁଛି ?

ସେ ଭାବୁଚନ୍ତି ସୂର୍ଯ୍ୟ ଜମା ନ ବୁଡ଼ନ୍ତେ କି।

କୋଳାହଳମୟ ଥାନ୍ତା ଏ ଜୀବନ। ପୃଥିବୀ। ସବୁ ସମୟ। ନିଜ ଭଡ଼ାଘରର ବାରଣ୍ଡାରେ ଗୋଟେ ଇଜିଚେୟାରରେ ବସି ଲକ୍ଷ୍ମୀକାନ୍ତ ନିଜକୁ ନିଜେ ଯେମିତି କଥା ହଉଥିଲେ। ଚାକିରିରୁ ଅବସର ନେବେ ଏଇମାସ ଏକତିରିଶ ତାରିଖରେ। ଏଇ ଘରଟି ତାକୁ ଛାଡ଼ିବାକୁ ପଡ଼ିବ। ଲକ୍ଷ୍ମୀକାନ୍ତ କୁହନ୍ତି ଏହାକୁ ଭଡ଼ାଘର। ସରକାର ବି ଭଡ଼ା ନିଅନ୍ତି। ନିଜଘର ଛାଡ଼ି ଯେଉଁଠି ରହିବ, ସେଇଟା ତ ଭଡ଼ାଘର। ତା' ଉପରେ ନିଜର କିଛି ହିଁ ଅଧିକାର ନାହିଁ। ଅଯଥା ଏ ପିଲାମାନେ ଏ ଘର ପ୍ରତି ମୋହ ଲଗାନ୍ତି। ସେ ଆରକ୍ତିର ଅର୍ଥ କ'ଣ ?

ଗାଆଁରେ ସେ ପିତୃକୃତ ଘର ବ୍ୟତୀତ ଅନ୍ୟକେଉଁଠି ଘର ନାହିଁ। ଇଚ୍ଛା

କରିବି ଘରଟିଏ ବାହାରେ କରିହେଲା ନାହିଁ। ଛୋଟ ଚାକିରିକୁ ଅଳ୍ପ ଦରମା। ସେଥିପାଇଁ ଲକ୍ଷ୍ମୀକାଂତଙ୍କର ଅନୁଶୋଚନା ମଧ୍ୟ ନାହିଁ। ସେ ଭଲ ଭାବେ ଜାଣନ୍ତି ଯେ, ନିଜର ସାମର୍ଥ୍ୟ ତୁଳନାରେ ଅଧିକ ଆଶା କରିବା ଅର୍ଥ ଭୁଲ। ଗାଆଁରେ ତ ଯାହା ହେଲେ ପୁରୁଣାକାଳିଆ ଘରଖଣ୍ଡେ ଅଛି। ବାଡ଼ିବଗିଚା ଅଛି। ଚାଷ ଜମିରୁ କିଛି ଧାନ ଭାଗରେ ମିଳେ, ତାଙ୍କ ଦାଦା ଘର ଏକଥା ବୁଝାବୁଝି କରନ୍ତି। ସେମାନେ ତ ବହୁତ ଭଲ ଲୋକ। ଧାନ ରଖିଥାନ୍ତି ନ ହେଲେ ଚାଉଳ କରି ସେ ସାନଭାଇ ଆଣି ଏଠି ଦେଇଯାଏ। ଲକ୍ଷ୍ମୀକାଂତଙ୍କ ପତ୍ନୀ ମଧ୍ୟ ସେମିତି ବୁଝିଲା ସ୍ତ୍ରୀଲୋକ ଜଣେ। ପିଲା ଦୁଇଜଣଙ୍କର ମଧ୍ୟ ସେମିତି କିଛି ଅଝଟପଣ ନାହିଁ। ସମୟ ଓ ପରିସ୍ଥିତି ସହ ଖାପ ଖୁଆଇ ଚଳିବାକୁ ଲକ୍ଷ୍ମୀକାଂତ ସେମାନଙ୍କୁ ଶିଖାଇଛନ୍ତି। ଗାଆଁକୁ ଆସିବାକୁ ସେମାନଙ୍କର ମଧ୍ୟ ସାମାନ୍ୟ ଅବସୋସ ନାହିଁ। ପୁଅ ତ ହଷ୍ଟେଲରେ ରହୁଛି। ଦି'ଝିଅରୁ ବଡ଼ଝିଅ ବାହା ହେଇଚି। ସାନଝିଅଟି ବି.ଏ. ପଢୁଛି। ସେମିତି କିଛି ଭଲ ପଢ଼େନା। ଲକ୍ଷ୍ମୀକାଂତଙ୍କ ଇଚ୍ଛା, ଯାହା ସେ ପଇସା ପାଇବେ ସେଥିରେ ଝିଅଟିର ବାହାଘର ସାରିଦେବେ। ପୁଅର ପାଠପଢ଼ା ଆଉ ଦି'ବର୍ଷ। ଏବର୍ଷ ଗଲେ ଆଉ ଗୋଟିଏ ବର୍ଷ। ତାଙ୍କ ପେନ୍‌ସନ୍ ପଇସାରେ ସେ କଥା କରିହେବ। ଭବିଷ୍ୟତରେ ପାଠପଢ଼ି ଚାକିରି କଲେ ପୁଅ ଯାହା କରିବ।

ଲକ୍ଷ୍ମୀକାଂତ ସେଇ ଚେୟାର ଉପରେ ବସି ଅତୀତ ଭବିଷ୍ୟତ କଥାକୁ ଭାବୁଛନ୍ତି। ଲାଭ କିଛି ନାହିଁ। ଅତୀତ ତ ସରିଯାଇଛି। ବାକି ରହିଲା ଭବିଷ୍ୟତ। ଏକ ଅନିଶ୍ଚିତ ସମୟକୁ ତର୍ଜମା କରିବା ବି ଭୁଲ। ବର୍ତ୍ତମାନକୁ ସେଇ ବଂଚିଲେ ଭଲ। ଏବେ ଯାହା ଘଟୁଛି, ତାକୁ ସାମ୍ନା କରି ଆଗକୁ ଚାଲିଲେ ଆନନ୍ଦ। ନହେଲେ ତ ଦୁଃଖ ଆଉ ଦୁଃଖ।

ଚେୟାରରୁ ଉଠିପଡ଼ିଲେ ଲକ୍ଷ୍ମୀକାଂତ। ବଜାର ଯିବାକୁ ହବ। ପତ୍ନୀ ଯଶୋଦା କହୁଥିଲେ, କ'ଣ ସବୁ ପରିବାପତ୍ର ଓ ସଉଦା ଆଣିବାକୁ ହବ।

ଯଶୋଦା ଚା' ନେଇ ପହଂଚିଲେ।

ଅଫିସରୁ ଆସି ଚା' ପିଇନାହାନ୍ତି ସେ। ପାଣି ଗ୍ଲାସ ସାଙ୍ଗକୁ କପେ ଚା'।

"କୁଆଡ଼େ ବାହାରିଲଣି ?"- ପଚାରିଲେ ଯଶୋଦା।

"ବଜାର ପରା ଯିବା। ତମେ କହୁଥିଲ କ'ଣ ସବୁ ଆଣିବାକୁ ହବ।"- ସହଜ ଉତ୍ତରଟିଏ ଦେଲେ ଲକ୍ଷ୍ମୀକାଂତ।

"ଆରେ ଅଫିସରୁ ଆସି ଏପର୍ଯ୍ୟନ୍ତ ପ୍ୟାଣ୍ଟସାର୍ଟ ବଦଳିନ କି ଚା' ଖାଇନ। ହଠାତ୍ ଏମିତି ବାହାରିଲ କାହିଁକି ? ଅବଶ୍ୟ ମୋର ଚା' ଆଣିବା ଟିକେ ଡେରି ହେଲା। ସଂଜ ଦଉଥିଲି ତ ସେଥିପାଇଁ।"- କୈଫିୟତ୍ ଦେଲାଭଳି କହିଲେ ଯଶୋଦା।

ଲକ୍ଷ୍ମୀକାଂତ ହସିଲେ।

"ସେଥିପାଇଁ ମୁଁ ବାହାରିନି।" ପାଣିଗ୍ଲାସ ନେଉ ନେଉ କହିଲେ ସେ।

ପାଣି ପି' ସାରି ଚା'କପ୍ ଧଇଲେ। ଯଶୋଦା ମଧ ଚା' କପ୍ ଧରି ବସିଲେ।

ଲକ୍ଷ୍ମୀକାଂତ ଭାବିଲେ, ମୁଁ ଏମିତି ହଠାତ୍ ବଜାରକୁ ବାହାରିବାରୁ ବୋଧେ ଯଶୋଦା ଭାବିଛନ୍ତି ସେ ରାଗିଛନ୍ତି ବୋଲି। ଯଶୋଦାଙ୍କ ମନରୁ ସେ ସନ୍ଦେହଟା ଦୂରେଇ ଦବାକୁ ଚେଷ୍ଟା କଲେ ଲକ୍ଷ୍ମୀକାଂତ।

"ମୁଁ ଭାବିଲି ପ୍ୟାଣ୍ଟ ସାର୍ଟ ପିନ୍ଧିଛି ତ ଏକାଥରେ ବଜାର କାମ ବଢ଼େଇ ଦେଇ ଆସିଲେ ଧୁଆଧୋଇ ଆସି ଚା' ପିଇଥାନ୍ତି।"

ଲକ୍ଷ୍ମୀକାଂତ ଏକଥା କହିବା ଭିତରେ ଚା' ପିଉଥାନ୍ତି ଓ ଆସ୍ୱସ୍ତି ଅନୁଭବ କରୁଥାନ୍ତି। ଅନ୍ତତଃ ଯଶୋଦା କେମିତି ବା ଜାଣିପାରିବେ ଯେ, ଲକ୍ଷ୍ମୀକାଂତ ଅଲଗା ଏକ ରାଜ୍ୟରେ ଥିଲେ ବୋଲି। ଯେଉଁଠି ତାଙ୍କ ଜୀବନର ପଛ କଥା ଧକ୍କା ଦଉଥିଲା ତାଙ୍କୁ? ସେ ତ ଏମିତି ସେଥିରେ ବୁଡ଼ି ଯାଇଥିଲେ ଯେ, ଅଫିସରୁ ଫେରି ମୁହଁ ହାତ ଧୋଇବାକୁ ପଡ଼ିବ, ବା ଯଶୋଦାଙ୍କ ହାତରୁ ଚା'କପେ ଖାଇବାକୁ ପଡ଼ିବ। ଅଦୌ ମନେନାହିଁ।

ତାଙ୍କ ଭାବନାକୁ ଧକ୍କା ଦେଇ ଯଶୋଦା ପଚାରିଲେ, "ତମେ କ'ଣ ମଧୁଆକୁ କହିଚ, ଘର ଛାଡ଼ିଲା ଦିନ ଏଠିକି ଆସିବାକୁ? ସେ ନ ଆସିଲେ କ'ଣ ଆମେ ସବୁ ପାରିବା? ଜିନିଷପତ୍ର ବନ୍ଧାବନ୍ଧି, ତାକୁ ଗାଡ଼ିରେ ଉଠାଇବା ପୁଣି ଗାଆଁରେ କାଢ଼ିବା- ଏସବୁ ତ ତମେ ଏକା କରିପାରିବନି ନା। ତେଣୁ ମଧୁଆ ଆସିବା ନିହାତି ଦର୍କାର।"

ଲକ୍ଷ୍ମୀକାଂତ କହିଲେ- "ହଁ ମଧୁଆକୁ କହିଛି ଯେ, କେଉଁଦିନ ଆମେ ଯିବା ସେ କଥା ତ ଠିକ୍ ହେଇନି। ରିଟାୟର୍ଡ଼ କରିବା ଅର୍ଥ କ'ଣ ସାଂଗେ ସାଂଗେ କ୍ୱାର୍ଟର ଛାଡ଼ିବାକୁ ହବ। ନିହାତି ଗୋଟାଏ ମାସ ରହିବାକୁ ମିଳିବ। ତା' ଭିତରେ ଆମର ବ୍ୟବସ୍ଥା କରିଦେବାନି। ମଧୁଆ କହୁଥିଲା ସେ ଗାଆଁରେ ଘର ଝଡ଼ାଝଡ଼ି କରି ଭିତର ବାହାର ରଙ୍ଗ ଦେଇ ଦେଇଛି।"

ଯଶୋଦା ପୁଣି ପଚାରିଲେ, "ତା' ପାଖକୁ ପଇସା ପଠେଇଥିଲ ତ?"

"ଟଙ୍କା ପଠେଇବି କ'ଣ? ସେ ପରା କହୁଥିଲା, କିଛି ଧାନ ଓ ମୁଗ ବିକିଥିଲା। ଚାଷକାମ ବାବଦ ସେ କିଛି ଖର୍ଚ୍ଚ କରିଚି। ଅବଶିଷ୍ଟ ମତେ ଦେଇଥାନ୍ତା। ସେୟାକୁ ଖର୍ଚ୍ଚ କରିଥିବ। ଗଲେ ହିସାବ ଦେବନି।" ଲକ୍ଷ୍ମୀକାଂତ ବୁଝେଇଲା ଢଙ୍ଗରେ କହିଲେ। ଏଇକଥା ଭିତରେ ଚା' ପିଆ ସରିଥିଲା। ଯଶୋଦା ଆଉ କ'ଣ କହିଥାନ୍ତେ

ବୋଧେ। ଅଥଚ ସବୁ କଥା ଯେମିତି ତାଙ୍କ ଛାତି ତଳେ ରହିଗଲା। ପ୍ରକାଶ କରିପାରିଲେନି। ଲକ୍ଷ୍ମୀକାଂତ ଆଗକୁ ଭାବିବା ବନ୍ଦ କରିଦେଲେ। ଭାବିଲେ ତ ଅନେକ କଥା। ଚାକିରି ବେଳର କଥା। ସେତେବେଳେ ଯଶୋଦା ଏକ ଜୀବନ କଟାଉଥିଲେ- ପୁଣି ଆଉ ଏକ ଜୀବନକୁ ସ୍ପର୍ଶ କରିବାକୁ ଯାଉଛନ୍ତି ସେ। ହୁଏତ ମନର କିଛି ପ୍ରତିକ୍ରିୟା ଆସିପାରେ। ଦୁଃଖ ବି ଆସିପାରେ।

ଲକ୍ଷ୍ମୀକାଂତ କଥାକୁ ଆଗକୁ ନବଢ଼ାଇ ଠିଆ ହେଲେ ବଜାର ଯିବାଲାଗି।

"କ'ଣ ଆସିବ କୁହ।" ଯଶୋଦାଙ୍କ ଉଦ୍ଦେଶ୍ୟରେ କହିଲେ ସେ।

ଯଶୋଦା ଆଉ କିଛି ନକହି ଘର ଭିତରକୁ ଗଲେ।

ଅବସର ନେବାର ଦିନଟା ଯେତିକି ପାଖଉଥିଲା, କିଛି ହରାଇବାର ଆତ୍ମଗ୍ଲାନିରେ ଯେମିତି ଭାରି ହୋଇ ଆସୁଥିଲା ଲକ୍ଷ୍ମୀକାଂତଙ୍କର ମନ। କୋଉ ନୂଆକଥାଟା ଯେ? ତାଙ୍କରି ଆଗରେ କେତେ ଏମିତି ଏଇ ଅଫିସ୍‌ରୁ ଅବସର ନେଇଛନ୍ତି। ସେ ମଧ୍ୟ ବିଦାୟକାଳୀନ ସମ୍ବର୍ଦ୍ଧନା ଜଣାଇଛନ୍ତି ଅନ୍ୟମାନଙ୍କୁ। ସେ ପୁଣି ନିଜେ ଭାଷଣରେ କହୁଥିଲେ ଏକଦା ମଣିଷର ଆସିବା ଯେତିକି ସତ ନୁହେଁ, ଜଣେ ଆସିଲେ ବିଦାୟ ନେବାଟା ଧ୍ରୁବ ସତ୍ୟ। ଯାକୁ ତ ଅତି ଆପଣାର ବନ୍ଧୁଟିଏ ଭଳି ଗ୍ରହଣ କରିବାକୁ ପଡ଼ିବ। ତା'ହେଲେ ନିଜ କଥା ସେ ଏତେ ଭାଙ୍ଗି ପଡୁଛନ୍ତି କାହିଁକି?

ଅବସର ନେବାର ପନ୍ଦରଦିନ ଖଣ୍ଡ ପରେ ଲକ୍ଷ୍ମୀକାଂତ ତାଙ୍କର ଏଇ ସରକାରୀ କ୍ୱାର୍ଟର, ଯାହାକୁ ସେ ଭଡ଼ାଘର ବୋଲି କହନ୍ତି, ଛାଡ଼ିବାକୁ ପଡ଼ିଲା। ଛାଡ଼ିବାର ତିନିଚାରିଦିନ ଆଗରୁ ମଧୁଆ ଆସିଗଲା। ଟୋକାଟା ଭାରି କାମିକା। ଲକ୍ଷ୍ମୀକାଂତଙ୍କ ପରିବାରରେ ବଡ଼ପୁଅ ହେଉଛନ୍ତି ସେ। ସମସ୍ତେ ତାଙ୍କୁ ଭାରି ମାନନ୍ତି। ବଡ଼ଭାଇ ଭାଉଜ ବୋଲି ସମସ୍ତଙ୍କର ସମ୍ମାନ ଥାଏ। ଦାଦା ହୁଅନ୍ତୁ କି ବଡ଼ବାପା ହୁଅନ୍ତୁ, ସମସ୍ତଙ୍କର ସ୍ନେହ ଓ ଅଧିକାର ଲକ୍ଷ୍ମୀକାଂତଙ୍କ ଉପରେ। ବଡ଼ବାପା ଥିଲାବେଳେ କି ବାପା ଥିଲାବେଳେ ଏକାଠି ଥିଲେ। ତା'ପରେ ଧୀରେ ଧୀରେ ଅଲଗା ହେଇଗଲେ। ତେଣୁ ଘର ଲକ୍ଷ୍ମୀକାଂତ ଯାହାକୁ ଯାହା କୁହନ୍ତି କେହି ତଳେ ପକାନ୍ତିନି। ଖାଲି ଲକ୍ଷ୍ମୀକାଂତ କ'ଣ ଏପରିକି ଯଶୋଦା ମଧ୍ୟ। ବଡ଼ଯାଆ ହିସାବରେ ସାନଯାଆମାନେ ସମ୍ମାନ କରନ୍ତି। ଯଶୋଦା ମଧ୍ୟ ସେୟା। ପୂଜାପାର୍ବଣରେ ଘରକୁ ଗଲେ ସମସ୍ତଙ୍କ ପାଇଁ ଶାଢ଼ି, ଶଂଖା ଚୁଡ଼ି ସବୁ ନିଅନ୍ତି। ପିଲାମାନଙ୍କ କଥା ଛାଡ଼। ଯେତେବେଳେ ଯାହା କୁହନ୍ତି- ଏଇ ଦୁଇଜଣ ଚେଷ୍ଟା କରନ୍ତି ପୂରଣ କରିବାପାଇଁ।

ଆଜି ଯେତେବେଳେ ଲକ୍ଷ୍ମୀକାଂତ ଅବସର ନେଇ ଘରକୁ ଯାଉଛନ୍ତି, ସେତେବେଳେ ସମସ୍ତେ ଭାରି ଖୁସି। ଯା'ହେଲେ ବି ପିଲାମାନେ ଭାବନ୍ତି ବଡ଼ବାପା

ବଡ଼ବୋଉ ଆସିଲେ ସେମାନେ ମୁକ୍ତ । ତାଙ୍କ ଆଗରେ କେହି ଆକଟ କରିପାରିବେନି । ଭାଇମାନେ ଭାବନ୍ତି; ମୁରବୀ ହିସାବରେ ଘରେ ଜଣେ ବସିରହିବା ଦର୍କାର ।

ନିଧିଆ ଆସିଛି ଘରଜିନିଷ ସବୁ ବନ୍ଧାବନ୍ଧି ହବ, ସେମାନଙ୍କର ପ୍ରସ୍ତୁତି ଖୁବ୍ ଯୋରରେ ଚାଲିଛି । ନିଧିଆ ମଧ୍ୟ ଗାଆଁରେ ତାଙ୍କର ଜଣାଶୁଣା ଥିବା ଗୋଟେ ପିକ୍‌ଅପ୍ ସହ କଥା ହେଇଛି । ସେ ଆସି ସବୁ ଜିନିଷ ନେଇଯିବ ।

ପଡ଼ୋଶୀମାନେ ଦେଖିଲେ ଲକ୍ଷ୍ମୀକାଂତବାବୁ କ୍ୱାର୍ଟର ଛାଡୁଛନ୍ତି । ଗାଆଁକୁ ଯିବେ । ତାଙ୍କର ଅତି ପ୍ରିୟ ବନ୍ଧୁମାନେ ଏକ ନୈଶ୍ୟ ଭୋଜିର ଆୟୋଜନ କରିଥିଲେ । ବହୁତ ଜିନିଷ ମଧ୍ୟ ଗିଫ୍‌ଟ ଆକାରରେ ଦେଇଥିଲେ ।

ଲକ୍ଷ୍ମୀକାଂତ ଭାବୁଥିଲେ, ଜୀବନ ଏଇମିତି । ଗୋଟେ ସମୟରୁ ଆଉ ଗୋଟେ ସମୟକୁ । ଅତିକ୍ରାନ୍ତ କରିବାକୁ ହୁଏ । ଇଚ୍ଛା ନଥିଲେ ବି ଯବାକୁ ହବ । ଏଇ ଘରକୁ କେତେ ଢଙ୍ଗରେ ସଜେଇଥିଲେ ପିଲାମାନେ । ସବୁ ସଉକ, ସବୁ ଆପଣାର କଥାକୁ ପଛରେ ପକେଇ ଏ ଘର ଛାଡ଼ିବାକୁ ପଡୁଛି । ସଂସାର ଏୟା, ଏଇ ସଂସାରରୁ ସବୁ ଆସକ୍ତିକୁ ଚାଡ଼ି ଯିବାକୁ ହବ । ଏଇ ଘରର ପଡ଼ୋଶୀମାନେ ରହିଗଲା ଭଳି, ଭାଇବନ୍ଧୁ ସମସ୍ତଙ୍କୁ ଦିନେ ତ ପଛରେ ପକେଇ ଆଗକୁ ଯିବାକୁ ହବ । ଏଥିରେ ନୂତନତ୍ୱ କିଛି ନାହିଁ ।

ଲକ୍ଷ୍ମୀକାଂତ କ୍ୱାର୍ଟର ଭିତର ବାହାର ସବୁ ଆଡ଼କୁ ଚାହିଁଲେ ଥରେ । ଏକ ଦୀର୍ଘଶ୍ୱାସ ବାହାରି ଆସିଲା ଆପେ ଆପେ ।

■

ଆଲୋଡ଼ନ

କେମିତି ଜଣେ ବୁଝିପାରିବ ଯେ, ମଣିଷ ଛାତିତଳର ସେଇ ଅଛପା ଦୁଃଖକୁ। ବ୍ୟର୍ଥତାକୁ ଅଥବା ଆତ୍ମଗ୍ଲାନିକୁ ? ଯଦିବା କେହି ଭାବେ, ସବୁକଥା ଖୋଲି କହିଦେଲେ ସବୁକିଛି ବୁଝି ହେଉଥାନ୍ତା, ତା'ହେଲେ ରାକ୍ଷୀମାଉସୀ ଅହରହ କାନ୍ଦନ୍ତି କାହିଁକି ? କାହିଁକି ଚୁପ୍‌ଚାପ୍ ବସି ବିଳାପ କରନ୍ତି। ନିରବରେ ଗଡ଼ି ଯାଉଥିବା ଲୁହକୁ କାନିରେ ପୋଛି ପକେଇ ଲୁଚେଇ ରଖନ୍ତେ କାହିଁକି ?

ବହୁତଦିନ ପରେ ରାକ୍ଷୀମାଉସୀଙ୍କ ଘରକୁ ଯାଇଥିଲି।

ଅନେକଥର କହିଲେଣି ଯିବାଲାଗି ଯେ, ଯାଇ ହୁଏନା।

ମୋର କାର୍ଯ୍ୟବସ୍ତତା ପାଇଁ କେବଳ ନୁହେଁ, ବରଂ କୁହାଯାଇପାରେ ଏକାନ୍ତ ଅବହେଳା ପାଇଁ ଏ ସମାଜରେ ସମସ୍ତଙ୍କର ଗୋଟେ ଧାରଣା ଯେ, ଜଣେ ବାହାସାହା ହେଇଗଲା ପରେ ପୂରା ବଦଳି ଯାଏ। ମୁଁ ବୋଧେ ବଦଳି ଯାଇଛି। ସେଇ ନ୍ୟାୟରେ। ମୋର ଇଚ୍ଛା ଥିଲା, ବିନା ଖବରରେ ଯାଇ ମାଉସୀଙ୍କ ଘରେ ପହଁଚିବି ଓ ବିସ୍ମୟ କରିଦେବି ଯେ ତାଙ୍କ ମନରେ ମୋ ପ୍ରତି ଜମାଟ ବାନ୍ଧୁଥିବା ସମସ୍ତ ଅଭିଯୋଗକୁ କ୍ଷୁର୍ଣ୍ଣ କରି ପହଂଚି ଯାଇଛି।

ରାକ୍ଷୀମାଉସୀ ମୋ ନିଜ ମାଉସୀ ନୁହଁନ୍ତି।

ଏମିତି ଗୋଟେ ସମ୍ପର୍କର। ମୁଁ ଯେତେବେଳେ ହଷ୍ଟେଲରେ ରହି ପାଠ ପଢୁଥିଲି, ସେ ଆମର ଭଲମନ୍ଦ ଦାୟିତ୍ୱରେ ଥିଲେ। ପ୍ରାଇଭେଟ୍ ହଷ୍ଟେଲ। ମାଲିକ ତାଙ୍କୁ ରଖିଥିଲେ ସ୍ୱଳ୍ପ ଦରମାରେ। ଦୁର୍ଗାପୂଜା କିମ୍ବା ଏମିତି କିଛି ଛୁଟି ପଡ଼ିଲେ ସେ ପିଲାଙ୍କଠାରୁ ବକ୍‌ସିସ୍ ନିଅନ୍ତି। ପିଲାମାନଙ୍କର ସବୁ ଟହଲ ଟାକର ବି କରନ୍ତି। ଖୁବ୍ ଭଲ ଲୋକ ସେ।

ଯେଉଁ ତିନିବର୍ଷ ରହି ପାଠ ପଢ଼ିଲି, ସେଇ ସମୟ ଭିତରେ ତାଙ୍କ ସହ

ମୋର ଗୋଟେ ସ୍ୱତନ୍ତ୍ର ସମ୍ପର୍କ ହେଇ ଯାଇଥିଲା। ବାପା କି ବୋଉ ଯେତେବେଳେ ମତେ ଘରକୁ ନବାପାଇଁ ଆସୁଥିଲେ, ସେମାନଙ୍କ ସହ ବି ସମ୍ପର୍କ ସୃଷ୍ଟି କରିଥିଲେ ରାକ୍ଷୀମାଉସୀ। ବୋଉ ଗଲାବେଳେ ତାଙ୍କୁ କିଛି ଟଙ୍କା ଦିଅନ୍ତି। ଆଉ କହନ୍ତି, "ବୁଝିଲ ମାଉସୀ ତୁମେ ମୋ ଝିଅ କଥା ଟିକେ ବୁଝୁଥିବ।" ସେ ଖୁସି ଗଦଗଦରେ କହି ପକାନ୍ତି, "ତମେ କାହିଁକି ବ୍ୟସ୍ତ ହଉଚ ମା'? ମୋ ଦାୟିତ୍ୱରେ ପରା ଚାଳିଶ ଜଣ ଝିଅ ଅଛନ୍ତି। ଲିଲିମା ତ ବହୁତ ଭଲ ଝିଅ। ସେ ତ ଆପଣଙ୍କ ଝିଅ ଖାଲି ନୁହେଁ, ବରଂ ମୋ ଝିଅ ବୋଲି ଭାବେ।"

ସତରେ ଏତେ ଝିଅମାନଙ୍କ ଭିତରେ ରାକ୍ଷୀମାଉସୀ ମତେ ଭାରି ଭଲପାଆନ୍ତି। ଯାହା ଯେତେବେଳେ କୁହେ ସେ ମୋତେ ବଜାରରୁ ଆଣି ଦିଅନ୍ତି ଖାଲି ନୁହେଁ; ତାଙ୍କ ମନ ହେଲେ ବେଳେବେଳେ ଖାଇବା ଜିନିଷ କିଛି ଆଣି ମତେ ଚୁପ୍‌କିନା ଦେଇଦିଅନ୍ତି।

ରାକ୍ଷୀମାଉସୀ। ବୟସ ବେଶୀ ନୁହେଁ ଚାଳିଶ ଭିତରେ ହେବ। ସଧବା। ମୁଣ୍ଡରେ ସିନ୍ଦୂର ଟୋପା, ଗୋଲଗାଲ ମଧ୍ୟମ ଚେହେରା। ରଙ୍ଗ ଗୋରା। ହସ ଲାଗିଥାଏ ମୁହଁରେ। କେବେ ସେ ରାଗିବାର କେହି ଦେଖିନାହିଁ। ଥରେ ସେ ରାଗିବାର ସମସ୍ତେ ଦେଖିଥିଲେ। ଟହଲିଆ ଟୋକା ହଷ୍ଟେଲରେ ଗୋଟେ ଝିଅକୁ କଣ କମେଣ୍ଟ କରିଥିଲା ଯେ, ମାଉସୀ ରାଗି ଲାଲ୍ ହେଇଗଲେ। ସେ ଯଦି ଆଉ କିଛି ବଢ଼ିଥାନ୍ତା, ତା'ହେଲେ ରାକ୍ଷୀମାଉସୀଙ୍କଠାରୁ ମାଡ଼ ଖାଇଥାନ୍ତା ନିଶ୍ଚୟ। ସବୁ ପିଲା ଓ କର୍ମଚାରୀମାନେ ମଧ୍ୟ ସ୍ତବ୍ଧ ହୋଇଗଲେ ତାଙ୍କ ରାଗ ଦେଖି।

ବହୁ ସମୟ ପରେ ଆମେ କେଇଜଣ ସାଙ୍ଗକରି ରୁମ୍‌ରେ ଗପସପ ହେଉଚୁ। ରାକ୍ଷୀମାଉସୀ ଆସିଲେ ଆମ ପାଖକୁ। ଆମେମାନେ ତ ଡରି ଯାଇଥିଲୁ। ଅବଶ୍ୟ ସେ ସମୟ ଷ୍ଟଡ଼ିଆୱାର ନଥିଲା। ସଂଧ୍ୟା ହେବାକୁ ଅଳ୍ପ ସମୟ ବାକି, ସେମିତି ହସ ମୁହଁରେ ପଚାରିଲେ- କ'ଣ ସବୁ ଗପ ମାରୁଛ କିରେ ପିଲେ? କେହି କିଛି କହିଲା ଆଗରୁ ସୁରମା ପଚାରିଲା- "ଆଚ୍ଛା ମାଉସୀ କୁହ ତ? ତମେ ଏତେ ରାଗି କାହିଁକି? ତମ ବିଷୟରେ ହିଁ କଥା ହେଉଥିଲୁ।"

"ନା'ରେ ମା', ମୋ ଜୀବନରେ ସବୁ ରାଗକୁ ଭୁଲି ଯାଇଛି। ଥରେ ନୂଆନୂଆ ବାହାହେଇ ଆସିବା ପରେ ରାଗିଥିଲି। ନାଁ ମ ଥରେ କାହିଁକି ବହୁତ ଥର ରାଗିଛି। କିନ୍ତୁ ସେ ରାଗର ଅର୍ଥ କିଛି ହେଲାନି, ବରଂ ମୁଁ ଆପେ ଆପେ ଥଣ୍ଡା ହେଇଗଲି। ଛାଡ଼ ସେସବୁ।" ରାକ୍ଷୀମାଉସୀଙ୍କ କଣ୍ଠସ୍ୱର ଭାରି ହେଇ ଆସୁଥିଲା ବେଳେ ସ୍ୱର ବଦଳିଗଲା। କଥା ବି ବଦଳିଗଲା।

"ମୁଁ ଆଜି କାହିଁକି ରାଗିଲି ଜାଣ ? ଏମାନଙ୍କୁ ପ୍ରଶ୍ରୟ ଦେଲେ ଆଗକୁ ଆଉ ଆଉ କ'ଣ କହିବେ ଓ କରିବେ। ମୂଳରୁ ଦାବିବା କଥା। ତମେମାନେ ବି ସତର୍କ ଥିବ। ଆଜିକାଲି ସମୟ ଭଲ ନୁହେଁ। ସବୁ ଲୋକ ବି ଭଲ ନୁହଁନ୍ତି। ଅନେକ ଅସାମାଜିକ ବ୍ୟକ୍ତି ଅଛନ୍ତି। ଯେଉଁମାନଙ୍କର କାମ ହେଲା ଏୟା ? ତମେମାନେ ତ ଦେଶର ଖବର ଜାଣୁଥିବ, କେମିତି ଛୋଟ ଝିଅମାନେ ମଧ୍ୟ ସେମାନଙ୍କ ଦ୍ୱାରା ଶୀକାର ହେଉଛନ୍ତି। ବାପା ବୋଉ ତମମାନଙ୍କର କେତେ ଆଶା ନେଇ ପାଠ ପଢ଼େଇବାକୁ ଛାଡ଼ିଛନ୍ତି, ମୋ ଉପରେ ତମମାନଙ୍କର ଦାୟିତ୍ୱ ବି ଅଛି। କେମିତି ଭଲରେ ଭଲରେ ବିଦାହେଇ ଗଲେ ଭଲ।"

ରାକ୍ଷୀମାଉସୀଙ୍କ କଥାରେ ମୁଁ ଦୁଇଟି କଥା ଅନୁଭବ କଲି। ପ୍ରଥମତଃ ସେ ତାଙ୍କ ବ୍ୟକ୍ତିଗତ ଜୀବନ କଥା କହୁ କହୁ ଯେମିତି ଅଟକି ଗଲେ। ଖୋଲି କହିବାକୁ ବୋଧେ ଠିକ୍ ମନେ କଲେନି। ଦ୍ୱିତୀୟତଃ, ଆମମାନଙ୍କ ପ୍ରତି ତାଙ୍କର କେତେ କର୍ତ୍ତବ୍ୟବୋଧ। ଆଜିକାଲି ସମାଜରେ ଯେଉଁଭଳି ଘଟଣାମାନ ଘଟୁଛି; ତା' ପ୍ରତି ଆମ ଅପେକ୍ଷା କେତେ ସଚେତନ ସେ। କେଜାଣି କାହିଁକି ସେଇଦିନଠାରୁ ହିଁ ତାଙ୍କ ପ୍ରତି ମୋର ଏକ ଅବ୍ୟକ୍ତ କୋହ ଓ ସମ୍ମାନ ରହିଗଲା। ଅନେକ ସମୟରେ ମୁଁ ଭାବେ, କେତେବେଳେ ସେମିତି ଏକ ସୁଯୋଗ ଆସନ୍ତା କି, ତାଙ୍କ କଥା ପଚାରନ୍ତି। ବୁଝନ୍ତି; ତାଙ୍କ ଅତୀତର କାହାଣୀ। ଆମ ରହିବା କାଳ ଭିତରେ କେବେ ବି ମୁଁ ଦେଖିନି, ରାକ୍ଷୀମାଉସୀଙ୍କ ସ୍ୱାମୀ ଆସିବା ବା ତାଙ୍କ ପିଲାମାନେ ଆସିବା। ଛୁଟିରେ ବି ସେ ଘରକୁ ଯାଆନ୍ତି ନି। ଏ ସମ୍ପର୍କରେ ପଚାରିବା ସୁଯୋଗ ତ ଆସିନି। ସେ ବାବଦ ଜାଣିବାର ଇଚ୍ଛା ବି କରିନି। ଛୋଟ ପିଲା ଆମେ, ଆମ ମୁଣ୍ଡରେ ଏତେକଥା କୋଉଠୁ ବି ପଶିବ ?

ସେଦିନ କିନ୍ତୁ ଥରେ ସୁଯୋଗ ଆସିଥିଲା। ବି.ଏସ୍‌ସି ପରୀକ୍ଷା ପରେ ମୁଁ ଯାହା ତାଙ୍କ ବିଷୟରେ ବୁଝିଥିଲି, ବଡ଼ ଦୁଃଖୀ ମଣିଷଟିଏ ରାକ୍ଷୀମାଉସୀ। ତାଙ୍କ ଛୁଆବେଳୁ ମା' ମରିଯାଇଥିଲେ। ବାପା ଦ୍ୱିତୀୟ ବିବାହ କରିଥିଲେ ସତ, ତାଙ୍କ ପ୍ରତି କିନ୍ତୁ ଯେଉଁ ସ୍ନେହ ଓ କର୍ତ୍ତବ୍ୟ ତା'ର ଊଣା ନଥିଲା। ଉଭୟ ନୂଆ ମା' ଓ ବାପା ଏପରିକି ତା'ର ସାନଭାଇ ସମସ୍ତେ ତାକୁ ଭାରି ଭଲ ପାଉଥିଲେ। ସମସ୍ତଙ୍କଠାରୁ ତା'ର ସାନଭାଇ (ନୂଆମା'ଙ୍କ ପୁଅ) ତାଙ୍କୁ ବେଶୀ ଭଲ ପାଉଥିଲା।

ରାକ୍ଷୀମାଉସୀଙ୍କର ବାହାଘର ହେଇଥିଲା ପାଖ ଗାଆଁରେ। ଭଲ ଘର। ଗୋଟିଏ ପୁଅ। ଶ୍ୱଶୁର ତାଙ୍କର ଦୁଇଭାଇ। ଏକାଠି ଥିଲେ। ଡିଅବାଡ଼ି ଓ ଜମିବାଡ଼ି ଯାହାଥିଲା ଚଳିଲା ମୁତାବକ, ରାକ୍ଷୀମାଉସୀଙ୍କ ସ୍ୱାମୀ ବାହାରେ କୋଉଠି କାମ କରୁଥିଲେ।

ରୋଜଗାର ମଧ୍ୟ କମ୍ ନଥିଲା। ବେଶ୍ ଖୁସିରେ କଟିଥିଲା କିଛି ଦିନ। ବାହାଘର ହବାର ବର୍ଷଟିଏ ଅନ୍ତତଃ ଖୁବ୍ ଖୁସିରେ ଚଳିଥିଲେ। ସମସ୍ତେ ତାଙ୍କୁ ଯଥେଷ୍ଟ ଆଦର ମଧ୍ୟ କରୁଥିଲେ। ବୋହୂପଣିଆରେ ଯେହେତୁ ତାଙ୍କର କୌଣସି ତ୍ରୁଟି ନଥିଲା, ଅନ୍ୟମାନେ କାହିଁକି ବା ହତାଦର କରିବେ ?

କିନ୍ତୁ- ଏହାରି ଭିତରେ ରାକ୍ଷୀମାଉସୀ ଅନୁଭବ କଲେ ଯେ, କେମିତି କେଜାଣି ତାଙ୍କ ସ୍ୱାମୀ ତାଙ୍କ ପାଖରୁ ଆସ୍ତେ ଆସ୍ତେ ଖସି ଯାଉଛନ୍ତି। ଏହାର କାରଣ ସେ କିଛି ବୁଝିପାରୁ ନଥିଲେ। କ'ଣ ଯେ ତାଙ୍କର ଭୁଲ୍ ରହିଲା, ଯାହାପାଇଁ ଏ ପ୍ରକାର ପରିଣତିକୁ ସେ ସାମ୍ନା କରିବାକୁ ସେ ବାଧ୍ୟ ହେଲେ। ସେଦିନ ଯାହା ସେ କହୁଥିଲେ, ସେ ସମୟରେ ଅନେକଥର ରାଗିଛନ୍ତି ରାକ୍ଷୀମାଉସୀ। ସ୍ୱାମୀଙ୍କର ଓ ତାଙ୍କର ବହୁବାର ଝଗଡ଼ା ହେଇଚି। ହେଲେ କିଛି ଫଳବତୀ ହେଲାନି। ଘରକୁ ଆସିବା ସେ ଆସ୍ତେ ଆସ୍ତେ ବନ୍ଦ କରିଦେଲେ। ଘରେ ଶାଶୂ, ଶ୍ୱଶୁର ଯେତେବ୍ୟସ୍ତ ହେଲେ ମଧ୍ୟ ତାଙ୍କର ସେଇ ବ୍ୟସ୍ତତା ନିଜ ଭିତରେ ରହିଯାଉଥିଲା ସିନା, ତାଙ୍କ ଉପରେ କୌଣସି ପ୍ରଭାବ ପକାଇ ପାରିଲାନି।

ଖବର ମିଳିଲା ସେ ଆଉ କେଉଁ ସ୍ତ୍ରୀ ଲୋକ ସହ ସମ୍ପର୍କ ରଖିଛନ୍ତି। ଖାଲି ସମ୍ପର୍କ ନୁହେଁ, ପରସ୍ପର ବିବାହ ମଧ୍ୟ କରିଛନ୍ତି। ସେ ସ୍ତ୍ରୀଲୋକ ଆଉ କେହି ନୁହେଁ, ରାକ୍ଷୀମାଉସୀଙ୍କର ଦାଦାଝିଅ ଭଉଣୀ। ସମସ୍ତେ ଏକଥା ଜାଣିଲେ। ଅନେକ ସମବେଦନା ଜଣାଇଲେ। ଦାଦା ଖୁଡ଼ୀ ବି ଅନେକ କାନ୍ଦିଲେ। କିନ୍ତୁ କ'ଣ ବା ଲାଭ ?

ତା'ପରେ ରାକ୍ଷୀମାଉସୀ ସ୍ଥିର କଲେ ଘରୁ ଗୋଡ଼କାଢ଼ିବା ପାଇଁ। ଜଣେ ବନ୍ଧୁଙ୍କ ସହାୟତାରେ ପ୍ରଥମେ ସେ ଗୋଟେ ବହି ପ୍ରକାଶକ ପାଖରେ ରହି ଘରକାମ କରିବା ସହ ଅବସର ସମୟରେ ବହି ବାନ୍ଧୁଥିଲେ। କିନ୍ତୁ ସେଠାକାର ପରିସ୍ଥିତି ଆଉ ପ୍ରକାଶକଙ୍କ ବ୍ୟବହାର ତାଙ୍କୁ ଏତେ କ୍ଷୁବ୍ଧ କରିଦେଲା ଯେ ସେ ତାକୁ ଛାଡ଼ିବାକୁ ବାଧ୍ୟ ହେଲେ।

ତା'ପରେ ଏହି ପ୍ରାଇଭେଟ୍ ହଷ୍ଟେଲରେ ହିଁ ଯୋଗ ଦେଲେ। ହଷ୍ଟେଲର ମାଲିକ ଜଣେ ବୟସ୍କ ଲୋକ, ତାଙ୍କ ପତ୍ନୀ ଏହାର ସବୁ ଦାୟିତ୍ୱ ବୁଝନ୍ତି। ତେଣୁ ହଷ୍ଟେଲରେ ରହୁଥିବା ଛୁଆମାନଙ୍କର ଦାୟିତ୍ୱକୁ ବହନକରି ଏଯାବତ୍ ଚଳି ଆସୁଛନ୍ତି। ଘରେ ଶାଶୂଶ୍ୱଶୁର ବୁଢ଼ାବୁଢ଼ୀ ଦୁଇଜଣଙ୍କୁ ପୋଷିବାର ଦାୟିତ୍ୱ ରାକ୍ଷୀମାଉସୀଙ୍କ ଉପରେ। ସବୁ ପିଲା ତାଙ୍କର ଝିଅ ଭଳି ଥିଲେ। ନିଜର କୌଣସି ସନ୍ତାନ ନଥିଲେ ମଧ୍ୟ ଏମାନେ ହିଁ ତାଙ୍କ ଛୁଆ। ଏହି ଖୁସିରେ ପଛର ସବୁ ଦୁଃଖକୁ ଆପେଆପେ ଭୁଲିବାକୁ ଚେଷ୍ଟା କରୁଥିଲେ। ହେଲେ ବେଳେବେଳେ ତାଙ୍କ ଅତୀତ ଆସି ତାଙ୍କ ସାମ୍ନାରେ ଠିଆ

ହଉଥିଲା। ମୁଁ ଅନେକଥର ଦେଖିଛି; ସେ ଏକାନ୍ତରେ ବସି ଯେମିତି ଅନେକ କିଛି ଭାବନ୍ତି ଓ ଲୁଚେଇ ରଖନ୍ତି।

ଯେଉଁଦିନ ମୁଁ ହଷ୍ଟେଲ ଛାଡ଼ିଲି, ରାକ୍ଷୀମାଉସୀ ଅନେକ କାନ୍ଦିଥିଲେ। କହିଥିଲେ- "ମୋ ପାଖକୁ ମଝିରେ ମଝିରେ ଆସିବୁ ଲିଲି। ଫୋନ୍‌ରେ କଥା ହେବୁ।"

ମୁଁ ଫୋନ୍‌ରେ ସିନା କଥା ହୁଏ, ହେଲେ ଯାଇପାରେନା। ଏହାଭିତରେ ଢେର କିଛି ବର୍ଷ ବିତିଗଲାଣି। ମୋର ବାହାଘର ସରିଗଲାଣି। ମୁଁ ଚାକିରି କଲିଣି। ଏମିତି କେତେ ଘଟଣା। ହେଲେ ରାକ୍ଷୀମାଉସୀଙ୍କ ପାଖକୁ ଯାଇପାରିନି।

ସେଥର ଯାଇଥିଲି ତାଙ୍କ ଘରକୁ।

ସମ୍ବିତ୍ ମୋ ସ୍ୱାମୀ। ଭାରି ବୁଝିଲା ଲୋକ, ସେ ରାକ୍ଷୀମାଉସୀଙ୍କ କଥା ଜାଣନ୍ତି। ତାଙ୍କୁ ସାଙ୍ଗରେ ନେଇ ପହଂଚିଲି ମାଉସୀଙ୍କ ଘରେ। ତାଙ୍କ ପାଇଁ ଲୁଗାପଟା, ହର୍ଲିକ୍ସ, ମିଠା, ବିସ୍କୁଟ ଅନେକ କିଛି ସମ୍ବିତ୍ କିଣିଥିଲେ।

ଆମେ ପହଂଚିଲାବେଳକୁ ରାକ୍ଷୀମାଉସୀଙ୍କ ଦେହ ଭଲ ନଥିଲା। ସେ ରହୁଥିଲେ ତାଙ୍କ ସାନଭାଇଙ୍କ ଘରେ। ଆମକୁ ଦେଖି ରାକ୍ଷୀମାଉସୀ ଯେତିକି ଆଶ୍ଚର୍ଯ୍ୟ ହେଲେ, ସେତିକି ଦୁଃଖ କଲେ ବି। ମୋ ଦେହ ମୁଣ୍ଡକୁ ଆଉଁସି ପକେଇଲେ। ଏ ପର୍ଯ୍ୟନ୍ତ କାହିଁକି ଯାଇନଥିଲି ବୋଲି କିଛି ଅଭିଯୋଗ ମଧ୍ୟ କଲେ ନାହିଁ। ପାଖାପାଖି ଘଣ୍ଟାଟିଏ ରହିଲୁ ତାଙ୍କ ପାଖରେ। ତାଙ୍କ ସାନଭାଉଜ ଭାରି ଭଲ ମଣିଷଟିଏ। ଆମ ଯିବାରେ ଭାରି ବ୍ୟସ୍ତ ହେଇପଡ଼ିଲେ। କାହା ହାତରେ ଅଣ୍ଡାଟିଏ ମଗେଇଲେ। କହୁଥିଲେ ଜଳଖିଆ ଖାଇଯିବାକୁ, ଆମେ ଆଉ ରହିଲୁନି। ରାକ୍ଷୀମାଉସୀ ବୁଢ଼ୀ ହେଇ ଯାଇଥିଲେ। ରୋଗିଣା ବି। ଆମେ ନେଇଥିବା ଜିନିଷପତ୍ର ଦେଖି କାନ୍ଦି ପକେଇଲେ। କହିଲେ, "ମୋର କିଛି ଦର୍କାର ନାହିଁ ଲିଲି। ତୁ ଆସିଛୁ, ମୋ ଜ୍ୱାଇଁ ଆସିଛନ୍ତି, ଏତିକି ଯଥେଷ୍ଟ।"

ଅନେକ କଥା ହେଲୁ ଆମେ। ଅସରନ୍ତି କଥା। ଯେମିତି ସରିବାର ନାହିଁ। ଆମେ ଆସି ଗାଡ଼ିରେ ବସିଲା ବେଳେ, ରାକ୍ଷୀମାଉସୀ ଦାଣ୍ଡ ଦୁଆର ମୁହଁରେ ଠିଆ ହେଇଥିଲେ। ଆଖିର ଲୁହକୁ କାନିରେ ଲୁଚେଇ ଲୁଚେଇ ପୋଛୁଥିଲେ। ସତେ ଯେମିତି ଅବ୍ୟକ୍ତ କଥା କିଛି ରହିଯାଇଛି, ଯାହାକୁ କେବେ ବି କହି ହେବନି।

ଆମ ଗାଡ଼ି ଗଡ଼ିଲା। ମୋ ଆଖି ଓଦା ହେଇ ଯାଉଥିଲା ଆପେ ଆପେ।

■

ସେ ଦିନେ କବାଟ ଖୋଲିବ

ଉଭୟଙ୍କ ଭିତରେ ଏଇ କେଇଦିନ ହେଲା ଭାରି ଯୁକ୍ତିତର୍କ ଲାଗେ। ସକାଳେ ଚା' ଖାଇଲାବେଳେ, ବା ଛୁଟିଦିନମାନଙ୍କରେ କୌଣସି ମାର୍କେଟିଂରେ ଗଲାବେଳେ, ଯଦି ଅନ୍ୟ କେତେବେଳେ ଏକାଠି ସାଙ୍ଗ ହେଇ ଟି.ଭି ସିରିୟଲ ଦେଖନ୍ତି, ସେତେବେଳେ ମଧ୍ୟ କଥା କଟାକଟି ଚାଲେ।

ସେମାନଙ୍କ ଜୀବନରେ ଆଗରୁ ଅବଶ୍ୟ ଏମିତି କିଛି ନଥିଲା। ସିଧାସିଧା କଥାବାର୍ତ୍ତା ହୁଅନ୍ତି। ହସଖୁସି ବି। କିନ୍ତୁ ଏମିତି କ'ଣ ହେଲା ଯେ, ବିବାହର ଦେଢ଼ବର୍ଷ ପରେ ହଠାତ୍ ସେମାନଙ୍କ କଥା ଏଭଳି ଯୁକ୍ତିର ରୂପ ନେଲା ? ଯଦି ଗଭୀର ଭାବରେ କେହି କେବେ ଭାବେ ଏମାନଙ୍କ ଯୁକ୍ତିତର୍କର ପ୍ରକୃତ କାରଣଟା କ'ଣ ? ପ୍ରକୃତରେ କିଛି ନାହିଁ। କଥାଟା ମନଷା ମା' ହେବାକୁ ଯାଉଛି। ମା' ହେବାର ସବୁ ନାରୀଙ୍କର ଏକ ଗୌରବ ରହିଛି। ଅଧିକାର ମଧ୍ୟ। ତାଙ୍କ ବାପା, ବୋଉ, ଶାଶୂ, ଶଶୁର ସମସ୍ତେ ଅନେକ ଖୁସି।

ଆଦିତ୍ୟ ମଧ୍ୟ କମ୍ ଖୁସି ନୁହେଁ।

ମନଷା ଥରେ ପଚାରିଲା- "ତମେ କହିଲ ପୁଅ ହେବ ନା ଝିଅ ?"

"ଝିଅ ହେବ"- ଆଦିତ୍ୟ କହିଲେ।

"ନା ପୁଅ ହେବ"- ମନଷା କହିଲେ।

ଆଦିତ୍ୟଙ୍କ ବୋଉ ଭାବନ୍ତି- ତାଙ୍କ ପାଇଁ ପୁଅ ହେବାଟା ଖୁବ୍ ଭଲ। କାରଣ ଆଦିତ୍ୟ ତାଙ୍କର ଏକମାତ୍ର ପୁଅ। ବଂଶରକ୍ଷା ପାଇଁ ଆଉ ଗୋଟିଏ ଆସିବା ଦର୍କାର। ଯେ ହେବ ରାଉତରାୟ ବଂଶର ଉତ୍ତରାଧିକାରୀ। ତଥାପି ଆଦିତ୍ୟ ପଚାରିଲେ, "ଆଚ୍ଛା ପୁଅ ହେଲେ କ'ଣ ହେବ ?"

"ପୁଅ ହେବା ତ ମୁଁ ଏକା ନୁହେଁ, ଘରେ ସମସ୍ତେ ଚାହୁଁଛନ୍ତି। ତେଣୁ

ସମସ୍ତେ ଖୁସି ହେବେ। ତମର କ'ଣ ଅସୁବିଧା ହେଉଛି ? ତା'ଛଡ଼ା ଝିଅହେଲେ ତମର କ'ଣ ହେବ ?"- ମନଷାଙ୍କ କଣ୍ଠସ୍ୱର ଥିଲା ଦୃଢ଼ତାରେ ଭରପୂର।

ଆଦିତ୍ୟ ସେଦିନ ନିରବ ରହିଲେ। ଭାବିଲେ ଆଜିକାଲି ମଣିଷଗୁଡ଼ା ଏତେ ସ୍ୱାର୍ଥପର ଯେ, ସେମାନେ କେବଳ ନିଜ ବଳୟ ଭିତରେ ବନ୍ଦୀ। କିନ୍ତୁ ବଳୟରୁ ଥରେ ଖସିଗଲେ ସିନା ଦେଖନ୍ତେ। ସବୁକ୍ଷେତ୍ରରେ ଝିଅମାନେ କେତେ ଆଗରେ। ପୁରାଣଠାରୁ ଇତିହାସ ଦେଇ ଏଯାବତ୍ ଝିଅମାନଙ୍କର ଗୌରବର କଥା ରହିଛି। ଆଦିତ୍ୟଙ୍କର ଏ ଯୁକ୍ତି ଉପରେ ମନଷା ସେଦିନ କହିଥିଲେ "ମୁଁ ଜାଣେ ଆଦିତ୍ୟ ! ତମେ କହିବ ଲୋପାମୁଦ୍ରା, ଗାର୍ଗି, ମୈତ୍ରୀ ଅଥବା ଲକ୍ଷ୍ମୀବାଈ, ଇନ୍ଦିରା ଗାନ୍ଧୀ ଏମାନଙ୍କ କଥା। ଏମାନଙ୍କୁ ନେଇ କେବଳ ସବୁ ଝିଅଙ୍କର ସଫଳତାର କାହାଣୀ କୁହାଯାଇ ନପାରେ। ପରସେଣ୍ଟେଜ୍‌ରେ ଦେଖିଲେ ପୁଅମାନଙ୍କର ସଫଳତା ଅଧିକ।"

"ଆଚ୍ଛା କହିଲ ଦେଖି, ତମ ପୁଅ ଯଦି ଲଫଙ୍ଗା ହେଇ ଆଜିକାଲି ଟୋକାଙ୍କ ଭଳି ମଦଖାଇ ବୁଲୁଥିବ, ତମର ସେ ପୁଅ ବୋଲି ପରିଚୟ ଦେଇପାରିବ ତ ?" ଆଦିଦ୍ୟ ଭାରି କଠୋର ଭାବରେ ପଚାରିଲେ।

ମନଷା ମୁହୂର୍ତ୍ତ ବିଳମ୍ବ ନକରି କଥା ଛଡ଼େଇ କହିଲେ, "ତମେ ଦେଖୁନ କିଛି ଝିଅ କେମିତି ହଉଚନ୍ତି। କଲେଜ ଯିବା ନାଁରେ ଟୋକାଙ୍କ ସହ ବୁଲୁଛନ୍ତି। ପାର୍କ ଯାଉଚନ୍ତି। ଆଉ ଯାହାସବୁ ତ କରୁଛନ୍ତି ନକହିଲେ ଭଲ।"

"କିନ୍ତୁ ସେମାନଙ୍କ ସଂଖ୍ୟା କମ୍।" ଆଦିତ୍ୟ କହିଲେ।

ମନଷା ଦେଖିଲେ ଏମିତି କଥା ବଢ଼ିଲେ ଦିନର ଅବଶିଷ୍ଟ ସମୟ ତକ ନଷ୍ଟ ହେଇଯିବ। ତେଣୁ ସେ କିଛି ନକହି ଅନ୍ୟ କାମରେ ମନଦେଲେ।

ଆଦିତ୍ୟଙ୍କ ଛୁଟି ପୂରି ଆସୁଥିଲା। ଅଫିସ୍ ଟୁର୍‌ରେ ଆସି ଏୟାଡ଼େ ପଳେଇ ଆସିଛନ୍ତି। ଏଥର ମନଷା ସାଙ୍ଗରେ ଯିବେ। ବୋଉ କହୁଥିଲା, "ତୁ ଏଥର ତାକୁ ସାଙ୍ଗରେ ନେଇ ଯା' ! କ୍ୱାର୍ଟର ପାଇଛୁ। ଯାହା ସେ ନୂଆବେଳେ କିଛିଦିନ ଯାଇଥିଲା ଆଉ ଯାଇନି। ମୋ ଦେହ ପାଇଁ ଏଠି ରହିଯାଇଥିଲା। ଏବେ ତ ମୋ ଦେହ ଭଲ ହେଇଗଲାଣି। ଏଣିକି ଆମ ଦି'ଜଣଙ୍କର କିଛି ଅସୁବିଧା ହେବନି। ଭୁବନେଶ୍ୱର କେତେ ବାଟ ଯେ ଦର୍କାର ହେଲେ ତୁ ଗାଆଁକୁ ପଳେଇ ଆସିବୁ।"

ଆଦିତ୍ୟ ଥ-ଥ-ମ-ମ- ହେଉଥିଲେ।

ଏ ସମୟରେ ବୁଢ଼ାବୁଢ଼ି ଦି'ଜଣ ହଇରାଣ ହେବେ। ପୁଅଜନ୍ମ କରି ଯଦି ବାପମା'ଙ୍କର ସେବା ନ କରିପାରିବ ଲାଭ କ'ଣ।

ଆଦିତ୍ୟ ହଁ କି ନାଁ କିଛି ନକହିବାରୁ ବେଉ କହିଲା- "ଶୁଣ୍ ଆଦି! ବୋହୂର ଏ ସମୟରେ ଭଲ ଚିକିତ୍ସା ଦର୍କାର। ଗାଆଁରେ କ'ଣ ଅଛି କହିଲୁ? ଡାକ୍ତର ନା ବୈଦ୍ୟ। ସେଠିଗଲେ ହଠାତ୍ କ'ଣ ହେଲେ ଡାକ୍ତର ମିଳିବ।"

ଆଦିତ୍ୟଙ୍କ ସାଙ୍ଗରେ ସେଦିନ ମନିଷା ଆସିଥିଲେ ଭୁବନେଶ୍ୱର। ସବୁ ଠିକ୍‌ଠାକ୍ ଚାଲେ। ଡାକ୍ତର ଦେଖାଠାରୁ ସବୁ କାମ ପର୍ଯ୍ୟନ୍ତ। ମାତ୍ର ବେଳେବେଳେ, ଏଇ ପୁଅ ଝିଅକୁ ନେଇ ମନ ମରାମରି ହୁଅନ୍ତି। ମନଷା ଅନେକ ସମୟରେ ଭାବନ୍ତି; କ'ଣ ହେବ ସେ କଥା ଭଗବାନ ଜାଣନ୍ତି। ମାତ୍ର କାହିଁକି ଅଯଥା ଝଗଡ଼ା ଲାଗିବ ଯେ? ଆଦିତ୍ୟ କିନ୍ତୁ ଉଖୁରେଇ ସେ କଥାକୁ ବାହାର କରନ୍ତି। ଦିନେ ସଂଧ୍ୟାରେ ସେମାନେ ମାର୍କେଟିଂ କରିବାକୁ ଯାଇଥିଲେ। ବିଶାଲରେ ସପିଂ କଲାବେଳେ ଛୋଟ ପିଲାଙ୍କର ଭଲ ଭଲ ଡ୍ରେସ୍ ସବୁ ବିକ୍ରି ହେଉଥିବାର ଦେଖି, ଆଦିତ୍ୟ ଠିଆହେଇ ଗୋଟେ କୁନୀ ଫ୍ରକ୍ ଦେଖୁଥିଲେ। ମନଷା ଆସି ଦେଖିଲା ବେଳକୁ ଆଦିତ୍ୟ ଫ୍ରକ୍ ଦେଖୁଛନ୍ତି। ତାଙ୍କୁ ଭାରି ହସ ଲାଗିଲା। ଫେଁ କିନା ହସି ଦେଲେ ସିନା, ଆଦିତ୍ୟ କିନ୍ତୁ ରାଗିଗଲେ କି କ'ଣ ସାଙ୍ଗେ ସାଙ୍ଗେ କହିଲେ, "ତମେ କ'ଣ ଜାଣିଚ କହିଲ? ଆଜିକାଲି ଝିଅମାନେ ଟ୍ରେନ୍ ଚଳେଇଲେଣି। ଉଡ଼ାଜାହାଜକୁ ଉଡ଼େଇଲେଣି ଆକାଶରେ। ସେମାନେ ଆଉ ପଛରେ ନାହାନ୍ତି।"

ମନଷା ଦେଖିଲେ ଯଦି ସେ କଥାରେ ପଦେ କ'ଣ କହିବେ, ତା'ହେଲେ ମାର୍କେଟିଂ କାମ ବଢ଼ିଲା। ତୁରନ୍ତ ରାଗତମରେ ଆଦିତ୍ୟ ଘରକୁ ଫେରିବେ। ସବୁ କାମ ସରିଲା ବେଳକୁ ରାତି ନ'ଟା ହେଇଗଲା। ଆଦିତ୍ୟ କହିଲେ ଏତେ ଡେରି ହେଲାଣି, ଏଆଡ଼େ ଖାଇ ଦେଇଯିବା, ନହେଲେ ପ୍ୟାକେଟ୍ ନେଇଯିବା। ମନଷା ବିନା ପ୍ରତିବାଦରେ ସେୟା କଲେ। ହୋଟେଲରୁ ପାର୍ଶଲ ନେଇ ଆସିଥିଲେ। ଡାଏନିଂ ଟେବୁଲରେ ଖାଇଲା ବେଳେ କହିଲେ- "ତମେ ମତେ ପଚାରୁଥିଲ ନା ଝିଅମାନେ କ'ଣ କରିବେ? ବରଂ ବାପାମା'ଙ୍କ ଜୀବନରେ ଗୋଟେ ସମସ୍ୟା ହେଇ ଉଠିବେ। ତା' ପାଇଁ ଗୋଟେ ପରୀକ୍ଷା କରିବା।"

ମନିଷା ଚିଡ଼ିଯାଉଥିଲେ ଭିତରେ।

"ମୋର କିଛି ପରୀକ୍ଷା ଦର୍କାର ନାହିଁ। ପୁଅ ହେବ କି ଝିଅ ହେବ, ସେ କାହାରି ହାତର କଥା ନୁହେଁ। ଖାଲି ଫାଲତୁ କଥାରେ ପାଟିଗୋଳ ହେବା କଥା।"

ସେଦିନ ଆଦିତ୍ୟ ବି ଆଉ କଥା ବଢ଼େଇଲେନି। ପୁଣି କିଛି ଦିନ ବିତିଗଲା। ପୁଅ ଝିଅକୁ ନେଇ ଯେଉଁ ଯୁକ୍ତିତର୍କ ଚାଲିଥିଲା, ସେ କଥା ଉଭୟ ଆଦିତ୍ୟ ଓ ମନଷା ଏକ ପ୍ରକାର ଭୁଲିଗଲେଣି।

ଆଦିତ୍ୟ ଅଫିସ୍‌ରୁ ଫେରିଲେ ରାତି ୮ଟା ପରେ। ମନଷା ରାତି ରୋଷେଇ ସାରି ନଥିଲେ। କେବଳ ମୋବାଇଲରେ ଫେସ୍‌ବୁକ୍ ଖେଳଉଥିଲେ।

"ତମେ କ'ଣ ଆଜି ଟି.ଭି ଦେଖୁନ ମନଷା ?"- ଡ୍ରଇଂ ରୁମ୍‌ରେ ସୋଫା ଉପରେ ବସୁ ବସୁ କହିଲେ ଆଦିତ୍ୟ।

ମନଷା କୌଣସି ଉତ୍ତର ନଦେଇ ବରଂ ଉଠି ଯାଇଥିଲେ ଥଣ୍ଡାପାଣି ଆଣିବା ପାଇଁ। ପାଣିଗ୍ଲାସଟି ଥୋଇଲେ ଟି' ପୟ ଉପରେ। ମନିଷା ଚାଲି ଯାଉଥିଲେ କଫି କରିବା ପାଇଁ। ଅଫିସ୍‌ରୁ ଫେରିଲେ ଆଦିତ୍ୟ ଟିକେ କଫି ଦିଅନ୍ତି।

"ଶୁଣ ମନିଷା। ବସ।"

ମନଷା ଚାଲିଯାଉଥିଲେ ଟିକେ ଅଟକିଗଲେ। "ମୁଁ କଫି କରି ଆଣେ। ବସିବି।" ମନଷା ଉତ୍ତର ଦେଲେ।

"ମୁଁ ଏବେ ଅଫିସରୁ କଫି ପି' ଆସିଛି। ଗୋଟେ ମିଟିଂ ଥିଲା ତ ତେଣୁ ସେଠାରେ ହିଁ କଫି ପି'ଦେଇଛି। ଆଉ ଦର୍କାର ନାହିଁ। ବସ।"

ମନଷା ପଚାରିଲେ, "ଆଜି କ'ଣ ରୋଷେଇ ହବନି କି ? ଏଇଟା କ'ଣ ବସି ଗପିବାର ବେଳ। ଦେଖିଲ କେତେଟା ବାଜିଲାଣି ?"

ଆଦିତ୍ୟ କହିଲେ, "ଆରେ ହଁ ତ ଆଜି ବହୁତ ଡେରି ହେଲାଣି ସତରେ। ତେବେ ଠିକ୍ ଅଛି, ଗୋଟେ କଥା ଭାବିଚି କହିବାକୁ ତ, ସେଇଟା କହିଦିଏ ତମେ ଯିବ।"

ମନଷା କହିଲେ, "ସେ କଥା କ'ଣ ବର୍ତ୍ତମାନ ନିହାତି କହିବା ଦର୍କାର ? ପରେ କହିଲେ ହବନି ?"

"ହଁ ପରେ କହିଲେ ଚଳିବ। ହଉ ତମେ ଯାଅ।" ଆଦିତ୍ୟ ଏତକ କହି ଟି.ଭି. ଖୋଲିଲେ।

ଆଦିତ୍ୟ ରାତିରେ ଖାଇବାକୁ ଭଲପାଆନ୍ତି ରୁଟି ସହ ସନ୍ତୁଳା ଓ ବାଇଗଣ ପୋଡ଼ା। ମନଷା ଚଟାପଟ୍ ସେତକ କରିଦେଲେ। କିଚେନ୍‌ରେ ସଜାଡ଼ି ରଖିଦେଇ ଆସି ଦେଖିଲେ ଆଦିତ୍ୟ ସେମିତି ଟିଭି ଦେଖୁଛନ୍ତି।

"ତମେ ତ ଭଲ ଲୋକ। ଏକରେ ଆସିବା ଡେରି, ତା'ପରେ ଏପର୍ଯ୍ୟନ୍ତ ପ୍ୟାଣ୍ଟସାର୍ଟ ଓହ୍ଲେଇ ଫ୍ରେସ୍ ବି ହେଇନ। କେତେବେଳେ ଖାଇବ ଯେ ?" ଏହା କହୁକହୁ ମନଷା ଟି.ଭି. ସୁଇଚ୍ ଅଫ୍ କଲେ। ଆଦିତ୍ୟଙ୍କର ସାର୍ଟ ବଟମ୍ ଖୋଲିଦେଲେ। ଆଦିତ୍ୟ ଉଠିପଡ଼ି କହିଲେ, "ପ୍ରକୃତରେ ଡେରିହେଇ ଗଲାଣି। ତମ ଖାଇବା ଟାଇମ୍ ଗଡ଼ିଯାଉଛି ନା ? ଆଇ ଆମ ସରି।"

"କିଛି ସରି କହିବା ଦର୍କାର ନାହିଁ। ତମେ ଶୀଘ୍ର ବାଥରୁମ୍‌କୁ ଯାଇ ଫ୍ରେସ୍ ହେଇ ଡାଏନିଂ ଟେବୁଲକୁ ଆସ। ମୁଁ ବଢ଼ାବଢ଼ି କରୁଛି।"

ଡାଏନିଙ୍ଗ୍ ଟେବୁଲ ପାଖରେ ରୁଟି, ସନ୍ତୁଳା ଖାଉ ଖାଉ ଆଦିତ୍ୟ କହିଲେ- "ମୁଁ କ'ଣ କହୁଥିଲି ଜାଣ ମନଷା? ଆମେ ପନ୍ଦର କି କୋଡ଼ିଏ ଦିନ ଗୋଟିଏ ଜାଗାରେ ଚୁପ୍‌ଚାପ୍ ରହିବା? ଯିଏ ଡାକିଲେ ବି କବାଟ ଖୋଲିବାନି।"

"ମାନେ?" ମନଷା ଖାଉଖାଉ ଅଶ୍ଚର୍ଯ୍ୟ ହେଇ ପଚାରିଲେ, "ଗୋଟିଏ ଜାଗାରେ ପୁଣି କୋଉଠି? ଏ କ୍ୱାର୍ଟର ଛଡ଼ା?"

"ଆରେ ଆରେ ନା-ନା, ଏଇଠି ରହିବା। ତମେ ଘରେ ଥିବ, ମୁଁ ବାରିପଟ ଦେଇ ଅଫିସ୍ ଯିବି। ଆଗପଟ କେବେ ଖୋଲାଯିବନି।" ଆଦିତ୍ୟ କହିଲେ।

"କ୍ଷୀରବାଲା ଡାକିଲେ, କୌଣସି ପୋଷ୍ଟାଲ୍ ଇନ୍‌ଫରମେସନ୍ ଆସିଲେ? କ'ଣ କରିବ?"

"ସେଗୁଡ଼ା ତ ସକାଳୁ ସକାଳୁ କାମ। ତା'ପରେ କବାଟ ବନ୍ଦ କରିଦେବ। ଅନ୍ୟ କେହି ଡାକିଲେ ବି ଖୋଲିବନି। ଏପରିକି ଘର ଲୋକ ମଧ୍ୟ।" ମନଷାଙ୍କ କଥାର ଉତ୍ତରରେ କହିଲେ ଆଦିତ୍ୟ।

"କି ଅଜବ କଥା? ଏପରି ଚିନ୍ତା ତମ ମୁଣ୍ଡରେ କାହିଁକି ଆସିଲା? ଅଫିସ୍‌ରେ ମିଟିଂରେ ଥିଲ ନା ଏୟା ଚିନ୍ତା କରୁଥିଲ? କ'ଣ ଯେ ଏହାର ଫଳ ହେବ। ମତେ ବଡ଼ ଅଡୁଆ ଲାଗୁଛି"-ମନଷା ଯେମିତି ବ୍ୟସ୍ତ ହେଇ ପଡୁଥିଲେ।

ଖାଇସାରି ବେସିନ୍‌ରେ ହାତ ଧୋଇଲେ ଆଦିତ୍ୟ। ତଉଲିଆରେ ମୁହଁ ପୋଛିଲେ। ଟେବୁଲ ଉପରୁ ପ୍ଲେଟ ଉଠଉଥିଲେ ମନଷା। ଆଦିତ୍ୟ କହିଲେ, "ଏହାର ପରିଣତି ଭାରି ମଜାଦାୟକ।"

ମନଷା ଆଉ କିଛି କହି କାନିରେ ହାତ ପୋଛି ପୋଛି ବେଡ୍‌ରୁମ୍‌କୁ ଆସିଲେ। ଖଟ ଉପରେ ଆଉଜି ବସି ଗୋଟେ ମାଗାଜିନ୍ ଦେଖୁଥିଲେ ଆଦିତ୍ୟ। ପୁଣି କହିଲେ, "ହଁ ଆଉ ଗୋଟେ କଥା ଅଛି।"

"ମୋର କିଛି କଥା ଶୁଣିବାର ନାହିଁ। ବହୁତ ହେଲା"- ରାଗିଲା ସ୍ୱରରେ କହିଲେ ମନଷା। ଆଦିତ୍ୟ କିନ୍ତୁ ହସୁଥିଲେ। "ଆଉ କିଛି ନୂଆ କଥା ନାହିଁ। ମୁଁ କହୁଥିଲି ଯିଏ ଆଗ କବାଟ ଖୋଲିବ, ସେ ତାକୁ ଡିଭର୍ସ ଦେବ। ଏଇଟା ହେଲା ନିୟମ।"

ମନଷାଙ୍କୁ ଆଦିତ୍ୟଙ୍କ କଥାଶୁଣି ଲାଗିଲା, ସତରେ ଏ କଥାଟା ବଡ଼ ରହସ୍ୟଜନକ। କ'ଣ ତାଙ୍କର ପ୍ରକୃତ ଇଚ୍ଛା। ଜୀବନଟା ନଷ୍ଟ ହେଇଯିବାର ବାଟ

କରୁନାହାନ୍ତି ତ ? ଅନିଚ୍ଛା ସତ୍ତ୍ୱେ ବି ସେ ଆଦିତ୍ୟଙ୍କ କଥାରେ ରାଜି ହେଇଗଲେ।

ତା'ପରେ ସେମାନେ ରହିଲେ ସେଇଘରେ ପୂରା ପନ୍ଦରଦିନ। କେହି ଜାଣି ପାରିଲେ ନାହିଁ ସେମାନେ ଅଛନ୍ତି କି ନାହିଁ। କାହା ସହ ଯୋଗାଯୋଗ ମଧ୍ୟ ରହିଲାନି। ବାପାଙ୍କ ଫୋନ୍ ବାଜେ। ରିଙ୍ଗ୍ ହେଇ କଟେ। ଥରେ ନୁହେଁ- ଅନ୍ତତଃ ଦଶଥର କି ଅଧିକ। ମନଷାଙ୍କ ଘରୁ ମଧ୍ୟ ସେମିତି ଫୋନ୍ ଆସେ। ଏମାନେ ସମସ୍ତେ ବ୍ୟସ୍ତ ହୁଅନ୍ତି।

ବାପା ଭାବନ୍ତି ଅନେକ କଥା।

ଆଦି ବୋଧେ ବାହାରକୁ ଯାଇଛି। ହେଲେ ବୋହୂ ତ ଉଠାନ୍ତା। ଅଥଚ ଉଭୟ କେହି ତାଙ୍କ ଫୋନ୍ ଉଠଉ ନାହାନ୍ତି। ବୋଉ କହେ, "ସବୁଦିନେ ଯିଏ ଫୋନ୍ କରି ଆମ କଥା ବୁଝେ; ଅଥଚ ଏମିତି କ'ଣ ହେଲା ଯେ କାହାରି କିଛି ଖବର ନାହିଁ।"

"ଯଦି ସେମାନେ ନ କରୁଛନ୍ତି ନ କରନ୍ତୁ; ଏତେ ବ୍ୟସ୍ତ ହବାର କ'ଣ ଅଛି।" ବୋଉର କଣ୍ଠସ୍ୱର ଅଭିମାନରେ କରୁଣ ଶୁଭେ। ଯେତେବେଳେ ଦଶବାର ଦିନ ହେବ, ସେମାନଙ୍କ ଫୋନ୍ କେବଳ ବାଜେ କିଛି ଉତ୍ତର ଆସେନା, ସେତେବେଳେ ସେମାନଙ୍କ ମନକୁ ପାପ ଛୁଏଁ। ଯା' ପାଖକୁ ଲଗାନ୍ତି। ସେଇ ଗୋଟିଏ କଥା, ସେମାନେ ଫୋନ୍ ଉଠଉ ନାହାନ୍ତି। ବଡ଼ ଆଶ୍ଚର୍ଯ୍ୟ।

ବାପା ସ୍ଥିର କଲେ ସେ ଭୁବନେଶ୍ୱର ଯିବେ।

ବୋହୂଟାର ଏଭଳି ଅବସ୍ଥା; ଅଥଚ କିଛି ଖବର ଦବାର ନାହିଁ। ସେମାନେ ଏତେ ସ୍ୱାର୍ଥପର। ବାପା ଫାଷ୍ଟ ବସ୍‌ରେ ବାହାରିଗଲେ, ଯେଉଁଟା ସାଢ଼େ ଆଠଟାସୁଦ୍ଧା ପହଂଚିଯିବ। ଆଦିତ୍ୟ ଅଫିସ୍ ଯାଇ ନଥିବେ, ନିଶ୍ଚୟ ଘରେ ରହିବା କଥା।

ବାପା ପହଁଚିଲା ବେଳକୁ ଆଦିତ୍ୟଙ୍କ କ୍ୱାର୍ଟର ଭିତରୁ ବନ୍ଦ ଥିଲା। ସେ ଭାବିଲେ ଯା'ହେଉ ଆଦି ଅଫିସ୍ ଯାଇନି। କଲିଂବେଲ୍ ଅନ୍ କଲେ। 'ଆଦି ଆଦି' ବଡ଼ପାଟିରେ ଡାକିଲେ। ଅଥଚ କେହି ଜଣେ ପୁଅ କି ବୋହୂ ଉତ୍ତର ଦେଲେନି କି କବାଟ ଖୋଲିଲେନି। ବାପା ବ୍ୟସ୍ତହେଇ ପାଖ କ୍ୱାର୍ଟରେ ଯାହାକୁ ପଚାରିଲେ, ସେମାନେ କିଛି ଜାଣି ନାହାନ୍ତି ବୋଲି କହିଲେ।

ବହୁ ମନସ୍ତାପ ଭିତରେ ପୁଣି ଆସି କବାଟ ବାଡ଼େଇଲେ।

ଭିତରୁ ଆଦିତ୍ୟ କହିଲେ, "ବାପା କେତେବେଳୁ ଡାକିଲେଣି, ମୁଁ ଖୋଲି ଦେଉଛି।" ମନଷା କହିଲେ, "ତୁମର ପରା ସର୍ତ୍ତ ଥିଲା।" ଆଦିତ୍ୟ କହିଲେ, "ମୁଁ ଯଦି ଖୋଲିଦିଏ ?" "ମୁଁ ତୁମକୁ ଡିଭର୍ସ କରିବି।" ମନିଷା କହିଲେ। ଆଦିତ୍ୟ

ଅଟକିଗଲେ । ସତେ ଯେମିତି ଭୟଙ୍କର ଏକ ଭବିଷ୍ୟତ ତାଙ୍କୁ ଧକ୍କା ଦେଲା । ଏହାର ଦୁଇଦିନ ପରେ ମନଷାଙ୍କ ବାପା ଆସି ଡାକିଲେ । ତାଙ୍କ ଆସିବା ସମୟ ଚାରିଟା । ବାପା ବୋଧହୁଏ ଲେଉଟି ଗଲାପରେ ମନଷାଙ୍କ ବାପାଙ୍କୁ କହିଛନ୍ତି କିଛି ଖବର ନେବାପାଇଁ । ସେଥିପାଇଁ ସେ ଯାଇଛନ୍ତି । ସେ ସେମିତି କବାଟ ବାଡ଼େଇଲେ । ଚାରିପାଂଚ ଥର ଡାକିଛନ୍ତି କି ନାହିଁ, ମନଷା କହିଲେ, "ବାପା ଡାକିଲେଣି, ମୁଁ ଖୋଲି ଦଉଛି ।"

"କିନ୍ତୁ ଆମର ସର୍ତ୍ତ ମାନିବାକୁ ପଡ଼ିବ ।" ଆଦିତ୍ୟ କହିଲେ ।

"ମୁଁ ଖୋଲିଲେ ତମେ ମୋତେ ଡିଭର୍ସ କରିବ ? ଏୟା ତ ?" ମନିଷାଙ୍କ କଥାର ଉତ୍ତରରେ ଆଦିତ୍ୟ କହିଲେ, "ହଁ ।"

"ମୁଁ ସେଥିରେ ରାଜି ।" ମନଷା କବାଟ ଖୋଲିଦେଲେ ।

ଆଦିତ୍ୟ ଭାବୁଥିଲେ- ମୁଁ କେଉଁ ମାୟାରେ ଅଟକିଗଲି ? ମୋ ପାଖରେ ବାପା ବି ତୁଚ୍ଛ ପଡ଼ିଗଲେ । ମନଷାଙ୍କ ବାପା ଗଲାପରେ ମନିଷା କହିଲେ, "ଡିଭର୍ସ ପେପର ଆଣ ମୁଁ ସାଇନ୍ କରିଦେବି ।" ହତବାକ୍ ଆଦିତ୍ୟ ।

ଆଦିତ୍ୟଙ୍କର ପୁଅଟିଏ ହେଲା । ସମସ୍ତେ ଖୁସି ହେଲେ । ସତେଯେମିତି ମନଷା ଜିତିଗଲେ ସବୁ କ୍ଷେତ୍ରରେ । ବାପା ବୋଉ ଖୁସିରେ ମିଠା ବାଣ୍ଟିଲେ । ଏକୋଇଶା କଲେ । ଆଦିତ୍ୟ କିନ୍ତୁ କିଛି ଖର୍ଚ୍ଚ କଲେନି । ମନଷାଙ୍କର ସେଥିରେ ଦୁଃଖ ବି ନଥିଲା ।

ପୁଅକୁ ତିନିବର୍ଷ ଏବେ । ମନଷାଙ୍କର ଝିଅଟିଏ ହେଲା । ସମସ୍ତେ ବି ଖୁସି ହେଲେ । ଯା'ହେଉ ପୁଅ ଝିଅ ସୁଖୀ ପରିବାର । ଝିଅ ଏକୋଇଶାରେ ଆଦିତ୍ୟ ନିଜେ ଧୁମ୍‌ଧାମ୍‌ରେ ଖର୍ଚ୍ଚ କଲେ । ଅଫିସ୍‌ରେ, କଲୋନୀରେ ସବୁଆଡ଼େ ମିଠା ବାଣ୍ଟିଲେ । ମନଷା ଆଶ୍ଚର୍ଯ୍ୟ ହେଲେ ପୁଅ ପାଇଁ ଆଦିତ୍ୟ ଟଙ୍କାଟିଏ ଖର୍ଚ୍ଚ ନକଲାବେଳେ, ଝିଅ ପାଇଁ ପକେଟ୍ ଖୋଲା କରି ଦେଇଛନ୍ତି ।

ମନିଷା ଏକଥା ଆଦିତ୍ୟଙ୍କୁ ପଚାରିଲେ, "ଏହାର କାରଣ କ'ଣ ?"

ଆଦିତ୍ୟ କେବଳ ଗୋଟିଏ ବାକ୍ୟରେ କହିଲେ, "ସେ ଦିନେ କବାଟ ଖୋଲିବ ।"

■

ମୁଁ ଈଶ୍ୱରଙ୍କୁ ଦେଖିଛି

ଆଜିକୁ ଆଠବର୍ଷ ହେଲା ସେ କୁଆଡ଼େ ଘରଛାଡ଼ି ଯାଇଛନ୍ତି ଯେ, ସେ କଥା ପଦ୍ମାକୁ ଜଣାନାହିଁ। ହଁ ଆଠବର୍ଷ। କାହିଁକି ଶୁକଦେବ ଘର ଛାଡ଼ିଲେ, ତାଙ୍କୁ ମଧ୍ୟ ଜଣାନାହିଁ। ଏ ପର୍ଯ୍ୟନ୍ତ ତ କୌଣସି କାରଣ ସେ ଖୋଜି ପାଉନି। ସନାବାବୁ ରେଡ଼ିଓ, ଖବରକାଗଜ, ଟି.ଭି, ସବୁଥିରେ ଦେଇସାରିଛନ୍ତି। ତଥାପି ଶୁକଦେବର ପତ୍ତାନାହିଁ।

ପଦ୍ମା ଏବେ ନିଜ ସହ, ସମୟ ସହ ବନ୍ଧୁ ବାନ୍ଧି ଦେଇଛି। ଭୀଷଣ ଯୁଦ୍ଧରେ ସେ ଠିଆ ହେଇଛନ୍ତି, ପରିସ୍ଥିତିକୁ ସାମ୍ନା କରିଛନ୍ତି।

ଏ ପର୍ଯ୍ୟନ୍ତ ହାରିନି ତ। ଯେଉଁଦିନ ଶୁକଦେବ ଘର ଛାଡ଼ିଲା, ସେତେବେଳେ ତା' ପୁଅ ମନୁଆକୁ ମାତ୍ର ତିନିବର୍ଷ ହେଇଥିଲା। ମିସ୍ତ୍ରୀ କାମ କରି ବେଶ୍ ଦି' ପଇସା କମଉଥିଲା ସେ। ଅଭାବ ତ କିଛି ନଥିଲା। କେଉଁ କାରଣରୁ ସେ ଏ ସମସ୍ତ ମୋହ ତୁଟେଇଦେଲା। ଅବଶ୍ୟ ସେ ବାରମ୍ବାର କୁହେ, ଏ ସଂସାର ମିଛ। ଏ ସ୍ତ୍ରୀ, ପିଲା ସମସ୍ତେ କେବଳ ମାୟା। ମିସ୍ତ୍ରୀକାମ କରି ଆସି ସଂଧ୍ୟାରେ ଘଣ୍ଟା ଘଣ୍ଟା ଗାଆଁ ଗୋପାଳ ମନ୍ଦିରରେ ବସେ। ସେଠାରେ ଶାସ୍ତ୍ର ଆଲୋଚନା ଶୁଣେ। ଘରେ ଆସି ପଦ୍ମାକୁ କହେ- "ଜାଣିଲୁ ପଦ୍ମା, ସେଠି ଆଜି ପଣ୍ଡିତ ଖୁବ୍ ବଢ଼ିଆ କଥା ସବୁ କହିଲେ। କେମିତି ଦିନ ରାତି ମଣିଷ ମାରୁଥିବା, ଚୋରି ଡକାୟତି କରୁଥିବା ଦସ୍ୟୁ ରତ୍ନାକର ରାମ ନାମ କରି ବିରାଟ ଋଷି ହେଇଗଲେ। ରାମ ନାମରେ ଏମିତି ମଜିଗଲେ ଯେ ଜଗତ କଥା ତାଙ୍କୁ କିଛି ଜଣାପଡ଼ିଲାନି। ଶେଷରେ ସେ ହୁଙ୍କା ପାଲଟିଗଲେ। ତା'ପରେ ହୁଙ୍କାରୁ ବାହାରିଲେ ଋଷି ହୋଇ। ଆଉ ତୁ ଜାଣୁ, ଆମ ଗାଁରେ ଯେଉଁ ରାମାୟଣ ଚଇତିମାସରେ ହୁଏନା? ତାକୁ ପରା ସେ ଲେଖିଥିଲେ।"

ପଦ୍ମା ସବୁ ଶୁଣେ।

ଖାଲି ମୁଣ୍ଡ ଟୁଙ୍ଗାରେ। କହେ, ହଉ ହେଲା ଏଥର ଆସ ଖାଇବ।

ଶୁକଦେବ ଖାଇବସେ। ପଖାଳ ହେଉ, ଗରମ ହେଉ ସବୁ ତା'ର ଚଳିବ। ଖାଉ ଖାଉ ପଚାରେ, "ମନୁଆ ଖାଇ ଶୋଇପଡ଼ିଲାଣି ? ହଁ ତା' କଥା ବୁଝିବୁ ଠିକ୍ କରି। ପଣ୍ଡିତ କହୁଥିଲେ ସବୁ ମଣିଷଙ୍କ ଭିତରେ ନାରାୟଣ ଅଛନ୍ତି। ତା'ଛଡ଼ା ଶିଶୁମାନେ ହିଁ ସାକ୍ଷାତ ଠାକୁର।" ଆଉ କ'ଣ କହିବାକୁ ଯାଉଥିଲେ ବି ପଦ୍ମା କହେ, "ଯାଅ ଶୋଇବ। କାଲି ସକାଳେ ପୁଣି ଦୂର ଗାଆଁକୁ ଯିବାକୁ ହେବ। ମଧୁଆ ଆସି କହିଯାଇଛି।"

ଶୁକଦେବ ଶୋଇ ଘୁଙ୍ଗୁଡ଼ି ମାରେ।

ପଦ୍ମା ଗୋଟିଏ ଦୃଷ୍ଟିରୁ ଖୁସି ହୁଏ।

ଆଜିକାଲି ରାଜମିସ୍ତ୍ରୀ ସବୁ କାମ ସାରି ସଂଜ ହେଲେ ମଦ ପିଇବେ। ଖାଲି ତ ସଂଜରେ ନୁହେଁ କାମ ବେଳେ ବି। ହେଇ ପରା ରତନା, ଭଲ ମିସ୍ତ୍ରୀ। ହେଲେ କ'ଣ ହେବ? ପଇସା ଗୋଟେ ଘରେ ରଖୁଛି ନା କ'ଣ? କେବଳ ମଦ ପି' ମାତାଲ। ସଂଧ୍ୟାରେ ଆସି ସାବିତ୍ରୀ କି ବାଡ଼େଇବ, କେଡ଼େ ସୁନ୍ଦରିଆ ବୋହୂଟା ଏବେ ମାଡ଼ ଖାଇ ଖାଇ ହାତ ଦି'ଖଣ୍ଡ ରହିଲାଣି। ଯା'ହେଉ ଶୁକଦେବର ସେତକ ନାହିଁ। ସଂଜ ହେଲେ ନିଶ୍ଚୟ ମନ୍ଦିର ଯିବ। ଯେତେ ଝଡ଼ି, ବର୍ଷା ହେଉ ପଛେ।

ଆଉ ଗୋଟିଏ ଦିଗରୁ ପଦ୍ମାକୁ ଭାରି ବ୍ୟସ୍ତ ଲାଗେ। ମନ୍ଦିର ଗଲେ କିଛି ନାହିଁ। ଏଇ ଯେଉଁ ସଂସାର ବିରୋଧି କଥା ସବୁ କହୁଛନ୍ତି ନା, କାଲେ କ'ଣ କରି ବସିବେ ?

ଆଜି ପଦ୍ମା ଭାବୁଛି- ତା' ସଂଦେହ ବୋଧେ ସେୟା ହେଲା। କୁଆଡ଼େ କେତେ ମାନସିକ କରିଛି ତା'ର ହିସାବ ନାହିଁ। କେତେ ବାବାଜୀ-ହୁକୁମ ସବୁଆଡ଼େ ଯାଇଛି, ହେଲେ ଫଳ କିଛି ପାଇନି। ତେଣୁ ଏକପ୍ରକାର ଏହି ବାବାଜୀମାନଙ୍କ ପ୍ରତି ତା'ର ବିତୃଷ୍ଣା ଆସି ଯାଇଛି। ସେ ଜାଣ ନିଜେ ଖଟିବ, ଖାଇବ ଓ ବଂଚିବାର ରାହା ଖୋଜିବ। ତା'ର ସବୁଠାରୁ ବଡ଼ ପ୍ରଚେଷ୍ଟା ହେଲା ମନୁଆକୁ ଅନ୍ତତଃ ଟିକେ ମଣିଷ କରାଇବ। ଦୁଇତିନିଟି ଘରେ କାମ କରି ସେ ଯାହା ପାଏ, ତାକୁ ନିଜ ପେଟରୁ କାଟି ମନୁଆ ପ୍ରତି ଲଗାଏ। ଚାଷ ସମୟରେ ପର ବିଲରେ କାମ କରେ। ସବୁ ଲଜ୍ଜା ସଂକୋଚକୁ ସେ ମନ ଭିତରୁ ପୋଛି ପକାଇଛି। କରଣ ତା'ର ଗୋଟିଏ ଲକ୍ଷ୍ୟ, ମନୁଆ କେମିତି ମଣିଷ ହେବ।

ସାର୍ କହୁଥିଲେ, ମନୁଆ କ୍ଲାସରେ ଫାଷ୍ଟ ହେଇଛି। ତର୍କ ପ୍ରତିଯୋଗିତା ଓ ରଚନାରେ ଏଥର ପ୍ରଥମ ହେଇ ଜିଲ୍ଲାପାଳଙ୍କଠାରୁ ସ୍ୱାଧୀନତା ଦିବସରେ ପୁରସ୍କାର ପାଇବ।

ପଦ୍ମା ଏଇ କଥାରେ ସବୁ କ୍ଳାନ୍ତିକୁ ଭୁଲିଯାଏ। ସେ ଜାଣେ, ଏହା ହିଁ ଈଶ୍ୱରଙ୍କ ଦାନ। ଶୁକଦେବ ତ ସେୟା କହୁଥିଲା। ଯଦି ଏକଥା ସତ, ସେ କାହିଁକି ଘର ଛାଡ଼ିଲା? ସଂସାର ଭିତରେ ରହି କ'ଣ ଭଗବାନଙ୍କୁ ଉପାସନା କରିପାରିବ ନାହିଁ। ଈଶ୍ୱରଙ୍କ ସହ ସାକ୍ଷାତ ହେବନି। ଏ ସଂସାର ତ ତାଙ୍କର ସୃଷ୍ଟି। ସେ ସବୁଆଡ଼େ ଅଛନ୍ତି ବୋଲି ସମସ୍ତେ କୁହନ୍ତି।

ମନୁଆ ଦିନେ ତାକୁ ପଚାରିଲା- "ଆଚ୍ଛା କହିଲୁ ମା'! ଆମେ ଯେଉଁ ପ୍ରାର୍ଥନା ବୋଲୁଚୁ 'ଜଳସ୍ଥଳ ବନ ଗିରି ଆକାଶ-ତୁମ୍ଭ ଲୀଳା ସବୁଠାରେ ପ୍ରକାଶ'- ଏ କ'ଣ ସତ କଥା? ଭଗବାନ କ'ଣ ପାଣି ପବନ ଆକାଶ ସବୁଠାରେ ଅଛନ୍ତି?"

ଷଷ୍ଠ ଶ୍ରେଣୀର ପିଲାଟିର ଏ ପ୍ରଶ୍ନର ଉତ୍ତର କ'ଣ ଦେବ? ପଦ୍ମା ତ ଏୟା ହିଁ ବିଶ୍ୱାସ କରେ। ଈଶ୍ୱରଙ୍କ ସହ ସେ ପ୍ରତି ସମୟରେ କଥାବାର୍ତ୍ତା ହୁଏ।

ପଦ୍ମା ନିରବ ରହିଲା।

ମନୁଆ ସେ ପ୍ରଶ୍ନକୁ ଦୋହରାଇଲା।

ପଦ୍ମା ସଂକ୍ଷିପ୍ତରେ ବୁଝେଇଦେଲା- "ତୁ ଠିକ୍ କହିଛୁରେ ମନୁଆ। ଠାକୁର ସବୁଆଡ଼େ, ତୁ ଖାଲି ପ୍ରାର୍ଥନା କର। ମନ ଦେଇ ପାଠପଢ଼। ଦେଖିବୁ ସେ ଆପେ ଦୟା କରିବେ। ନିଜ କାମ ଠିକ୍ ଭାବରେ ନକଲେ ତାଙ୍କୁ ତୁ ଦେଖି ପାରିବୁନି।"

ମନୁଆ ବୋଧେ ବୁଝିଗଲା।

"ତୁ ଠିକ୍ କହିଛୁ ବୋଉ। ଆମ କ୍ଲାସରେ ନିରାକାର ସାର୍ ଏହି କଥା କହୁଥିଲେ। ମୁଁ ଏଥର ଆହୁରି ମନ ଲଗେଇ ପାଠ ପଢ଼ିବି।"

ପଦ୍ମା ଆଶ୍ୱସ୍ତି ହୁଏ। ହେଲେ ତା' ମନରେ ସେଇ ଗୋଟିଏ କଥା। ଆଠବର୍ଷ ହେଲା ସେ ଲୋକ ଗଲେ କୁଆଡ଼େ। ଆମମାନଙ୍କ କଥା ତାଙ୍କର କ'ଣ ଜମା ମନେପଡୁନି? ନା, ସେ ଜାଣିଶୁଣି ଭୁଲି ଯାଇଛନ୍ତି। ପଦ୍ମା ନିଜ କାମରେ ମନ ଦିଏ। ମନୁଆକୁ ଠିକ୍ ସମୟରେ ସ୍କୁଲକୁ ପଠାଏ। ସଂଜବେଳେ ସେ ଦୁଇଜଣ ଧୂପ ଦେଇ, ଦୀପ ଦେଇ ଜଗନ୍ନାଥଙ୍କ ଫଟୋ ପାଖରେ ପ୍ରାର୍ଥନା କରି ମୁଣ୍ଡିଆ ମାରନ୍ତି। ସେଥିରେ ସେ ଯେତିକି ମନୁଆର ଶୁଭ ମନାସେ, ସେତିକି ତା' ଦୃଷ୍ଟିର ବାହାରେ ଥିବା ଶୁକଦେବ ପ୍ରତି ଶୁଭ ମନାସେ।

ଦିନେ ମିଶ୍ରବାବୁଙ୍କ ଘରୁ କାମ ସାରି ଫେରିବା ବାଟରେ ହାରା ବଡ଼ବୋଉ କହିଲେ- "ତୁ ଜାଣିଚୁ ପଦ୍ମା? ଜଣେ ସିଦ୍ଧ ପୁରୁଷ ଆମ ଗାଆଁକୁ ଆସିଛନ୍ତି। ତାଙ୍କ ସଂଗରେ ୩/୪ଜଣ ଶିଷ୍ୟ ମଧ୍ୟ ଅଛନ୍ତି। ବିରାଟ ଯୋଗୀ। ଗୈରିକ ବସନ। ଜଟା ଦାଢ଼ିରେ ତାଙ୍କୁ ଜଣେ ସିଦ୍ଧ ପୁରୁଷର ପରିଚୟ ଦେଉଚି। ସେ କୁଆଡ଼େ ଲୋକମାନଙ୍କୁ

ଭଲ ଭଲ ଉପଦେଶ ଦିଅନ୍ତି। ସ୍କୁଲ ଘର ପାଖରେ ଯେଉଁ ଚଉପାଢ଼ୀ ଅଛି, ସେଠି ସେ ବସନ୍ତି। ଆଗତ, ଭବିଷ୍ୟ ସବୁ କହି ଦେଉଛନ୍ତି। ତୁ ସେଠିକୁ ଯିବୁ। କହିବୁ ଯଦି ଆଜି ସଂଧ୍ୟାରେ ଯିବା।"

ହୀରା ବଡ଼ବୋଉ କଥା ଶୁଣି ପଦ୍ମା କହିଲା, "ସଂଧ୍ୟାକୁ ତ ଯାଇପାରିବିନି, ଯଦି କହିବୁ ତିନିଟା ଖଣ୍ଡ ବେଳେ ଯିବା।"

ସେ ରାଜିହେଲେ।

ପଦ୍ମା ମନେ ମନେ ହସିଲା। ଏମିତି ବେଶରୁ କେହି ସିଦ୍ଧ ପୁରୁଷ ଜଣା ପଡ଼ନ୍ତିନି। ହଁ ହେଇଥିବେ। ତାକୁ ସେଥିରୁ କ'ଣ ବା ମିଳିବ?

ତଥାପି ମଧ୍ୟାହ୍ନର ଘର କାମ ସାରି ହୀରାବୋଉ ସାଙ୍ଗରେ ସେଠାକୁ ଗଲା। ସେ ଯାହା କହୁଥିଲେ, ସେଇ ବେଶ, ସେଇ ରୂପ। ଗାଆଁର କିଛି ଲୋକ ବି ଥିଲେ। ଶିଷ୍ୟମାନେ ପାଖରେ ବସିଥିଲେ। ପଦ୍ମା ଯାଇ ଦଣ୍ଡବତ କଲା। ଇଏ କିଛି କହିବା ପୂର୍ବରୁ ତାଙ୍କ ଗାଆଁର ନିଧି ପିଇସା କହିଲେ, "ବାବା! ଇଏ ବଡ଼ ଦୁଃଖିନୀ। ତାଙ୍କ ସ୍ୱାମୀ ଆଜିକୁ ଆଠବର୍ଷ ହେଲା କୁଆଡ଼େ ଘରଛାଡ଼ି ଯାଇଛନ୍ତି। ଛୋଟ ପୁଅଟି ତାଙ୍କର। ଭଲ ପଢୁଛି। ବହୁ କଷ୍ଟରେ ସେ ତାକୁ ପାଠ ପଢ଼ଉଛି। ଟିକେ ତାକୁ ଦୟା କରନ୍ତୁ।"

ବାବା ମୁଣ୍ଡ ଟୁଙ୍ଗାରିଲେ।

ସେ କିଛି କହିବା ପୂର୍ବରୁ ତାଙ୍କ ଶିଷ୍ୟ ଜଣେ ପଚାରିଲେ, "ତମେ କ'ଣ କହିବ ମା'?"

ପଦ୍ମା ଅତି ନିର୍ଭୀକ ଭାବରେ ପଚାରିଲା, "ବାବା! ଆପଣ ଈଶ୍ୱରଙ୍କୁ ଦେଖିଛନ୍ତି?"

ବାବା ପୁଣି ସମ୍ମତିର ମୁଣ୍ଡ ଟୁଙ୍ଗାରିଲେ।

ପଦ୍ମା ପୁଣି କହିଲା, "ଆପଣ ମୋତେ ଦେଖେଇ ଦେଇ ପାରିବେ? ତା'ଛଡ଼ା କେମିତି ଈଶ୍ୱରଙ୍କୁ ପାଇଲେ?"

ତାଙ୍କ ଶିଷ୍ୟ ଆଗତୁରା କହିଲେ, "ବାବାଙ୍କୁ ବହୁବର୍ଷ ହିମାଳୟରେ ତପସ୍ୟା କରିବାକୁ ପଡ଼ିଲା। କେବଳ ଜଳ ତୁଳସୀ ଖାଇ ଗୋଟିଏ ପାଦରେ ଠିଆ ହେଇ ଈଶ୍ୱର ସାକ୍ଷାତ କଲେ।"

ଶିଷ୍ୟଙ୍କ ମୁହଁରୁ କଥା ଛଡ଼େଇ ଆଣି ପଦ୍ମା କହିଲା- "ତୁମ ବାବାଙ୍କୁ ଏତେ କଷ୍ଟ କରିବାକୁ ପଡ଼ିଲା। ମୁଁ ତ ଅତି ସହଜରେ ଈଶ୍ୱରଙ୍କୁ ଦେଖିଛି।"

ଶିଷ୍ୟ କହିଲେ, "ତୁମେ ଆମକୁ ଦେଖେଇ ଦେଇପାରିବ?"

ପଦ୍ମା କହିଲା, "ହଁ।"

ଆଉ ଜଣେ ଶିଷ୍ୟ କହିଲେ, "ଏଥର ଦେଖାଅ।"

ସେଠାରେ ବସିଥିବା ତାଙ୍କର ଭକ୍ତମାନେ ବଡ଼ ଆଶ୍ଚର୍ଯ୍ୟ ଢଙ୍ଗରେ ଅନେଇଛନ୍ତି ପଦ୍ମାକୁ।

ପଦ୍ମା କହିଲା, "ଚାରିଟା ପରେ ମୁଁ ଈଶ୍ୱରଙ୍କୁ ସାଂଗରେ ନେଇ ଆସିବି। ସେ ଏବେ ସ୍କୁଲକୁ ଯାଇଛି।"

ଆଉ କିଛି ନକହି ପଦ୍ମା ଲେଉଟି ଆସିଲା।

ସାଧୁ ଭାବୁଥିଲେ, ସତରେ ସେ ନିଜ ସ୍ତ୍ରୀ ପାଖରେ ହାରିଯାଇଛନ୍ତି।

■

ଜଗାଦାସର ପ୍ରେମ ବିବାହ

ଗାଆଁ ସାରା ଗୋଟିଏ ଖବର ଏ କାନରୁ ସେ କାନକୁ ହେଇ ପବନରେ ଖେଳିଗଲା। ପିଲାଠୁ ବୁଢ଼ା ପର୍ଯ୍ୟନ୍ତ ସମସ୍ତଙ୍କ ମୁହଁରେ ସେଇ ଗୋଟିଏ କଥା, ଜଗା ଦାସ ବାହା ହେଇଚି, ତା' ପୁଣି ପ୍ରେମ ବିବାହ। ଯିଏ ଶୁଣିଲା, ହେ ହସିଲା। ଜଗା ଦାସ ପୁଣି ବାହା ହେଲା। ପ୍ରେମ କରି ବାହାହେଲା। କିଏ ତାକୁ ଏମିତି ପ୍ରେମ କଲା ? କୋଉଠିକା ଝିଅ ମ ? ହଁ ତା'ର ଯଦି କିଛି ସାହାରା ନଥିବ, ବାଧ୍ୟ ହେଇ ଜଗାକୁ ବାହା ହେଇଚି।

ଜଗା ଦାସ ବୋଲି ଯେତିକି ଲୋକ ତାକୁ ନ ଜାଣନ୍ତି, ବରଂ ଜାଣନ୍ତି ଜଗା ମାଇଚିଆ ବୋଲି। ଜଗାର ଚେହେରା ଓ ତା' କଥାବାର୍ତ୍ତା ବଡ଼ ଅଜବ। ଗୋରା ପତଳା ଟୋକାଟା। ମୁଣ୍ଡ ବାଳରେ ସୋରିଷତେଲ ଜରଜର ମାରି ଆଗକୁ ପାଚେଇ କୁଣ୍ଡେଇଥିବ। ଦୁଇ ଆଖିରେ ସରୁ କଳା ଗାର। ବାଆଁ ହାତ କାନ୍ଧ ଉପରେ ଥୁଆ ହୋଇଥିବ ବେତର ଗୋଟିଏ ପାଚିଆ। ଧଳା କଳା ଚେକ୍ ଲୁଙ୍ଗିଟିଏ ଲମ୍ବିଯାଇଥିବ ପାଦ ପର୍ଯ୍ୟନ୍ତ। ନାଲିଖୋର୍ଦ୍ଧା ଗାମୁଛା ଡାହାଣପଟରେ ଚଉଡ଼ା ଭାବେ ପଡ଼ି ଖୋସା ହେଇଥିବ ଲୁଙ୍ଗି ଦେହରେ। ବେତର ପାଚିଆରେ ଜଟା ରଖିଥାଏ ଟିକିଲି, କାଚ, ଅଳତା, ଆଇବ୍ରୋ। ଏମିତି ଝିଅଙ୍କ ପ୍ରସାଧାନର ଅନେକ ସାମଗ୍ରୀ। ଗାଆଁ ଗାଆଁ ବୁଲି ବିକେ। ତାକୁ ଡାକିବାକୁ ପଡ଼େନା କାହାକୁ। ବରଂ ସେ ବିନା ଦ୍ୱିଧାରେ ଚାଲିଯାଏ ଘର ଭିତରକୁ। ଘରର ନୂଆବୋହୂ କି ଝିଅ ହେଉ, ସେମାନଙ୍କ ପାଖରେ ସରିଯୋଡ଼ ହୋଇ ବସିପଡ଼େ। ସତେଯେମିତି ଭାବେ ସେ ଗୋଟିଏ ଝିଅ। ସେଥିପାଇଁ ଝିଅମାନଙ୍କର ବି ସେମିତି କିଛି ତା' ପ୍ରତି ବାରଣ ନଥାଏ। ପୁନେଇଁ ପରବ ହେଲେ ଝିଅମାନଙ୍କ ପାଖରେ ବସି ହାତରେ ନେଲପଲିସି କି ପାଦରେ ଅଳତା ଲଗାଏ। ଗାଆଁ ଦାଣ୍ଡରେ ଅଣ୍ଟାହଲେଇ ଗଲାବେଳେ ଜଗା ମାଇଚିଆକୁ ଲାଜ ନଥାଏ କି କିଏ କ'ଣ କହିଲେ, ସେଥିକି କାନ ନଥାଏ।

ଆଜି ସେଇ ମାଇଚିଆ ଜଗା ଓରଫ ଜଗା ଦାସର ପ୍ରେମ ବିବାହ ହେଇଚି।

ଦି'ବର୍ଷ ହେଲା ଜଗା କାହିଁ ଗାଆଁ ଦାଣ୍ଡରେ ଯିବାର ଦେଖାଯାଉନି। ସେ କ'ଣ କୋଉଠି ବାହାହେଇ ସେୟାଡ଼େ ରହିଗଲା ନା ଗାଆଁରେ ଦେଖାଯାଉ ନାହିଁ ବୋଲି ମିଛରେ ତା' ନାଁରେ ଗୋଟିଏ ଗୁଜବ ଉଠିଛି ?

ଜଗା ପ୍ରେମ ବିବାହ କରିଛି, ସେଟା ଗୋଟାଏ ବଡ଼ କଥା ନୁହେଁ; ବରଂ ବଡ଼କଥା ହେଲା ସେ ଝିଅଟି କିଏ, ସେଇଟା ଜାଣିବା ବଡ଼ କଥା। ଗାଆଁରେ ଏମିତି କିଛି ଲୋକ ଥାନ୍ତି, ସେ ପୁରୁଷ ହେଉ କି ସ୍ତ୍ରୀଲୋକ, ତାଙ୍କର ଅଭ୍ୟାସ ପରକୁ ସମାଲୋଚନା କରିବା। ପରକଥାରେ ମୁଣ୍ଡ ଖେଳାଇ ତାକୁ ବରବାଦ କରିବା। ଦର୍କାର ପଡ଼ିଲେ ବି ସଜମାଛରେ ପୋକ ପକେଇବାକୁ ବି ଭୁଲନ୍ତିନି। ଏଠିକା ଅଞ୍ଚଳରେ ସେମିତି କିଛି ଲୋକ ଅଛନ୍ତି। ଏଇ ଧରିନିଆଯାଉ ରମାଖୁଡ଼ୀ, ସରନୂଆଉ କି ଭୋଳା କି ମକରା। ସେମାନେ ଏଇ ମଉକା ହିଁ ଖୋଜନ୍ତି। ଜଗା ଦାସ ବାହାଘର ବିଷୟରେ ସତମିଛ ଜାଣିବା ଓ ସେଇ ଝିଅ ବିଷୟରେ ଠାବ କରିବା କାମରେ ଲାଗିଗଲେ।

ଦୁଇଚାରିଦିନ ପରେ ପୁଣି ଗୋଟେ ଖବର ପହଁଚିଲା ଗାଆଁ ଲୋକଙ୍କ କାନରେ। ଜଗା ମାଇଚିଆ ସତରେ ବାହା ହେଇଚି। ପୁଣି ଟିକେ ଦୂର ଗାଆଁରେ ପାଣୁ ମହାକୁଡ଼ ଝିଅ କାଂଚନ ସାଂଗରେ। ସମସ୍ତେ ଏକଥା ଶୁଣି ବି ଆଶ୍ଚର୍ଯ୍ୟ ହେଲେ। କିଏ କହୁଥିଲା, କାଂଚନ କୁଆଡ଼େ ପାଠଶାଠ ପଢ଼ି ପିଲାଙ୍କୁ ଟିଉସନ କରେ। ବାପା ତ ଅକର୍ମଣ୍ୟ। ବୋଉ ସେଇଭଳି। ସେମାନଙ୍କ ପାଇଁ ଇଏ ତ ଏକମାତ୍ର ସହାୟ। ସେ ପୁଣି ଏ କାମ କଲା କାହିଁକି। ତାକୁ କ'ଣ ଆଉ କେହି ବାହା ହେବାକୁ ଜୁଟିଲେନି ଯେ ଏଭଳି ମାଇଚିଆ ଟୋକାଟାକୁ ବାହା ହେଲା। ଅନ୍ୟମାନଙ୍କ ଭିତରୁ କିଏ କହୁଥିଲା, ଭଲ ଝିଅ କ'ଣ କହୁଛୁ ମ? ଆଜିକାଲି ଯୁଗରେ ତ କାହାକୁ ଭଲ କହିବୁ ଯେ? ତାଙ୍କ ଭିତରେ କିଛି ସେମିତି ସମ୍ପର୍କ ଥିବ ନା? ନହେଲେ ଏମିତି କାମ କିଏ କରିପାରନ୍ତା ?

ସରନୂଆଉ ହେଉ କି ରମାଖୁଡ଼ୀ ହେଉ, ଏମାନେ ସବୁ କଥା କହିବାରେ ଧୁରନ୍ଦର। ଏଭଳି ଢଙ୍ଗରେ ଶବ୍ଦ ସବୁ ଲଗେଇ କହିବେ ଯେ, ମିଛ କଥା ହେଇଥିଲେ ବି ସତ ଭାବିବେ। ସରନୂଆଉର ବୟସ ନିଶ୍ଚୟ ପଚାଶ ଉପରେ। ଏ ଗାଆଁକୁ ଆସିଲା ପରଠାରୁ ତା'ର ପ୍ରକୃତି ସ୍ପଷ୍ଟ ହୋଇ ଉଠିଥିଲା। ନିଜ ଘରକୁ ଏମିତି ଦି' ଭାଗ କରିଦେଲା ଯେ, ଭଗିଆଭାଇ ବାଧ ହେଇ ଗୋଟିଏ ପୁଅ ହେଲେ ବି ତାଙ୍କ ବାପାଠାରୁ ଭିନ୍ନେ ହେଇଗଲେ। ବୁଢ଼ାବୁଢ଼ୀ ଦୁହେଁ ଅଭାବ ଭିତରେ ଛଟପଟ ହେଇ ବେଶିଦିନ ବଂଚିବାର ରାହା ହରେଇଲେ।

ସେଇ ସରନୂଆଉ ଆଜି ମନ୍ତବ୍ୟ ଦେଉଛନ୍ତି କାଂଚନ ଉପରେ। ଲାଗିବ କାଂଚନର ଇତିହାସ ତାକୁ ଯେମିତି ଜଣା ଅଛି। ତାଙ୍କ କହିବା କଥା, କାଞ୍ଚନ ଗୋଟେ ଭଲ ଝିଅ ନୁହେଁ। ତା' ନହେଲେ ଚରିତ୍ର ଠିକ୍ ଥିଲେ, ସେ ଜଗା ମାଇଚିଆକୁ ବାହା ହେଇଥାନ୍ତା। ବାପଟା ତ ଅକର୍ମଣ୍ୟ, କିଛି କରିବାର ନହିଁ। ବୋଉ ବି ସେୟା। ଏଣୁ ସବୁ କାମ କରୁଛି ବୋଲି, ବାହାରେ ବୁଲି ଯାହା ନାହିଁ ତାହା କଲେ, କିଏ ଦେଖିବାର ଅଛି ନା କହିବାର ଅଛି। ଜଗା ମାଇଚିଆକୁ କେହି ପୁରୁଷ ଜ୍ଞାନରେ ଦେଖନ୍ତିନି। ସେ ପୁଣି ପୁରୁଷ ପଣିଆ ତା' ପାଖରୁ ପାଇଲା କେଜାଣି କେମିତି। କିଛି ଜଣାଶୁଣା ନାହିଁ ରାତି ଅଧରେ ଗାଆଁ ଠାକୁରାଣୀ ପାଖରେ ବାହା ହେଇଗଲେ। ଖାଲି ସରନୁଆଉ କାହିଁକି, ଏମିତି ବହୁ ମନ୍ତବ୍ୟ ଅନ୍ୟମାନଙ୍କଠୁ ଶୁଣିବାକୁ ପଡ଼େ। ଜଗା ଗାଆଁକୁ ଆସିଥିଲା ଏଇ ଖବର ପରେ ପରେ। ସେ ଏକ ଦେଖଣୀୟ ବସ୍ତୁ ପାଲଟିଗଲା କିଛି ସମୟ ପାଇଁ ବା ଯେପରି ଏକ ଅଦ୍ଭୁତ ଜନ୍ତୁ ପଶି ଆସିଛି ଗାଆଁ ଭିତରକୁ। ସବୁ ଲୋକ ଅନେଇ ଦେଖୁଛନ୍ତି। ଜଗାର କିନ୍ତୁ ଟିକେ ହେଲେ ବି ସେଇପ୍ରତି ନଜର ନାହିଁ କି ଭାବିବାର ନାହିଁ। ତାକୁ ଦେଖିଲେ ମନେହେବ ସେ ଯେମିତି କାଂଚନ ଭଳିଆ ଝିଅର ସ୍ୱାମୀ ହୋଇ ଖୁସି ନୁହେଁ ବା ତା' ଜୀବନରେ ସେମିତି କିଛି ଗୁରୁତ୍ୱପୂର୍ଣ୍ଣ ଘଟଣା ଘଟିନି।

ଚିରାଚରିତ ଭାବରେ ଚାଲେ ଜଗା ଦାସ ଗାଆଁ ଦାଣ୍ଡରେ। ସେଇ ଲୁଂଗି, ଗାମୁଛା, ହାତକଟା କଲଡ଼ ଗଞ୍ଜି ଓ କାନ୍ଧରେ ବେତର ପାଚିଆ। କିନ୍ତୁ କିଛିଟା ବ୍ୟତିକ୍ରମ ଦେଖାଯାଏ, ତା' ହେଲା ନିଜ ଗାଆଁରେ ଯେମିତି ଯା' ଘରକୁ ପାରେ ତା' ଘରକୁ ଗଳିଯାଉଥିଲା, ଆଉ ସେମିତି ଯାଉନି। ବରଂ ଚୁପ୍‌ଚାପ୍ ଅଣ୍ଟା ଦୋହଲେଇ ଜଗା ଚାଲିଯାଏ ତା' ଗାଆଁ ପାର୍ ହେଇ। କେହି କେହି ଝିଅ ବୋହୂ ତା' ସହ କଥା ହୁଅନ୍ତି, ଦର୍କାର ଥିଲେ ଟିକିଲି କି ସାବୁନ୍‌ଟାଏ ନିଅନ୍ତି। ନହେଲେ ନାଇଁ। କଥାବାର୍ତ୍ତା ଭିତରେ ସେମାନେ କ'ଣ ହୁଅନ୍ତି କେଜାଣି କେହି ଜଣନ୍ତି ନି। କିଛି ଟୋକା ବରଂ ଡାକନ୍ତି, "କିରେ ଜଗା ! କୁଆଡ଼େ ଚାଲିଲୁ ଶଶୁର ଘରକୁ ? ଭଲ ମାଲ୍‌ଟିଏ ମାରିଦେଲୁ ତ ଆଉ। ତୋ ରୂପ ଓ ଢଂଗ ବଦଳେଇ ଦଉନୁ।"

ଆଗରୁ ଏ ଟୋକାମାନେ ତା' ସାଂଗରେ ଲାଗୁଥିଲେ। ବିଶେଷ କିଛି ନହେଲେ ବି ପଦେ ଅଧେ କଥା ହଉଥିଲା। ଏବେ କିନ୍ତୁ କିଛି କହିଲାନି। ସେମିତି ନିରବରେ ଚାଲିଗଲା। ଯେଉଁ ଟୋକାମାନେ ତା' ସହ ଲାଗୁଥିଲେ, ସେମାନେ କହିଲେ, "ଶଳାଟାକୁ ପ୍ରକୃତରେ ପ୍ରେମ ନିଶା ଘାରିଛି। ନହେଲେ କୋଉ କଥା ତ କାନରେ ପଶୁନି।"

ଗାଆଁ ଦାଣ୍ଡରେ ଜଗା ଏମିତି ନିରବରେ ଚାଲିଯିବା ଦେଖି ମାଇପି ମହଲରେ

ଗୁଂଜରଣ ଉଠୁଥିଲା, 'ଜଗା ଭଳିଆ ନିରୀହ ମାଇଚିଆଟାକୁ ସେଇ ଚାଲାକ୍ ଟୋକୀ ଗୁଣୀ କରି ବଶ କରି ଦେଇଚି। ନହେଲେ ଦେଖୁନମ ମେଣ୍ଢା ଭଳିଆ କେମିତି ଯାଉଛି।"

ଜଗା ଦାସ ସମ୍ପର୍କରେ ପ୍ରକୃତରେ କିଛି ଜାଣି ହୁଏନି। ବୁଝିଲା ଲୋକ କିନ୍ତୁ ବିସ୍ମିତ ହୁଅନ୍ତି। ଯେତିକି ସେମାନେ ଖବର ନେଇଛନ୍ତି, ଜଗା ସେଇ ଝିଅ ଘରକୁ ଯାଏ। ଆଉ ଜଣେ କହିଲା, କୋଉ ଝିଅ ଘରକୁ ସେ ନଯାଏ ନା କୋଉ ଝିଅ ସହ ତା'ର ଭାବ ନାହିଁ- ଏକଥା ତ ନାହିଁ। ଆଉ ସେ ଝିଅ ଘରକୁ ଗଲା, କୋଉ ନୂଆ କଥାଟା। ଯେଉଁ ଜଣକ ପ୍ରଥମ କଥା ଆରମ୍ଭ କରିଥିଲା; ସେ କହେ, ହେ- ସେ ଝିଅଘରକୁ ଯିବାକଥା ବଡ଼ ନୁହେଁ କି ନୂଆ ନୁହେଁ। ଏମିତି ତ ଏ ଗାଆଁ କାହିଁକି, ତିନି ପାଂଚ ଖଣ୍ଡି ଗାଆଁରେ ଜଗା ମାଇଚିଆର ଗତାଗତ। କାଚ ସିନ୍ଦୂର ବିକିବା ବ୍ୟତୀତ ତା'ର ଆଉ ଗୋଟିଏ କାମ ଅଛି। କା' ଘରେ ଯଦି ଝିଅ କି ବୋହୂ ହଇରାଣ ହୁଅନ୍ତି, ତାଙ୍କ କାମରେ ସେ ସାହାଯ୍ୟ କରେ। ସେମିତି ମହାକୁଡ଼ ଝିଅକୁ କାମରେ ସାହାଯ୍ୟ କରୁଥିଲା। ସେଥିରୁ ସେମାନଙ୍କ ଭିତରେ ପ୍ରେମ ହେଇପାରେ।

ଏଇ ଘଟଣାର ଚାରି ପାଂଚଦିନ ପରେ ମୁଁ ଗାଆଁକୁ ଆସିଥାଏ। ସକାଳୁ ପଖାଳ ଖାଇଲା ବେଳେ ବୋଉ ମୋ ପାଖରେ ବସିଥିଲା। କୌଣସି ଛୁଟିରେ ଗାଆଁକୁ ଆସିଲା ମାନେ ମୋର ପ୍ରିୟ ଖାଇବା ପଖାଳ। ତା' ପୁଣି ବୋଉ ହାତରୁ। ପଖାଳ ସାଂଗକୁ ସେ ନିହାତି ଆଉ ଦୁଇ ତିନି ପ୍ରକାର କରିଥିବ। ବଡ଼ିଚୁରା, ଶାଗ, କି ବାଇଗଣ ପୋଡ଼ା। ବୋଉ ଏଥିରେ ଭାରି ଖୁସି। ପଦାରେ କୁହେ, ଟୋକାଟା ପରା ପଖାଳ ଖାଇବ, ସେଥିପାଇଁ ସୁନୁସୁନିଆ ଶାଗ ଦି'ଟା ନେଉଚି। ବୋଉ ମୋ ପାଖରେ ପଖାଳ ବାଢ଼ି ଥୋଇଚି। "ଆଉ କ'ଣ ନବୁ? ଶାଗ ଟିକେ ନେ' କି ଆଚାର ଦେବି" ଏମିତି କେତେ କଥା ପଚାରୁଛି। ମୁଁ ପଖାଳ ଗୁଣ୍ଡା ପାଟିକୁ ନଉ ନଉ ମନାକରେ। ମୁଁ ଦେଖେ, ସବୁତକ ପଖାଳ ମୁଁ ଖୁସିହେଇ ଖାଇଦେଲେ ତା' ମୁହଁ ଫୁଲିଉଠେ, ଆନନ୍ଦରେ। ଅନେକ ତୃପ୍ତିରେ। ଖାଇ ସାରି ହାତ ଧୋଇ ବୋଉ କାନିରେ ହାତପୋଛୁ ପୋଛୁ ପଚାରିଲା- "କୁଆଡ଼େ ଯିବୁ କିରେ?"

"ଏମିତି ଟିକେ ପଧାନ ପଡ଼ା ଆଡ଼େ ବୁଲିଯିବି।"

"ଆରେ ମନୁଆ ପାଖକୁ ଯିବୁକି? ହେଇ ଶୁଣ, ତାକୁ ଚୁପ୍‌ଚୁପ୍ ପଚାରିବୁ, ସେ ମହାକୁଡ଼ ଝିଅ କାହାକୁ ବାହା ହେଇଚି।"

"ମହାକୁଡ଼ ଝିଅ ମାନେ କାଂଚନ କଥା କହୁଛୁ ତ? ତୁ କ'ଣ ତାକୁ ଜାଣୁ କି?"

ମୋ କଥା ଶୁଣି ବୋଉ କହିଲା, "ନା' ମ ଜାଣେ କ'ଣ, ସେଠି ମନୁଆ

ପାଖକୁ ଯାଏ ତ, ଏମିତି ଜାଣିଚି। ତା'ର ବାହାଘର ହେଲା ବୋଲି କିଏ କହୁଥିଲା।"

"ମନୁଆ କ'ଣ ଆସିଥିଲା ତୋ' ପାଖକୁ?" ମୁଁ ପଚାରିଲି।

ବୋଉ କହିଲା, "ସେ ତ କୋଉଦିନୁ ଆସିନି। ଆସିଥିଲେ ତ କଥାଟା ଛିଡ଼ି ଯାଇଥାନ୍ତା।"

"କ'ଣ ହେଇଚି ଖୋଲି କହୁନୁ।"

ମୋତେ ବୋଉ କହିଲା, "ସେ କୁଆଡ଼େ ଆମ ଗାଆଁ ମାଇଚିଆ ଜଗାକୁ ପ୍ରେମ ବିବାହ କରିଚି। ପୁଣି ରାତି ଅଂଧାରେ ତାଙ୍କ ଗାଆଁ ଠାକୁରାଣୀ ପାଖରେ।"

ବୋଉ କଥା ଶୁଣି ମୁଁ ହସିଲି, "ତୁ କ'ଣ କହୁଚୁ ବୋଉ! ମୁଁ କିଛି ବୁଝିପାରୁନି। ମାଇଚିଆ ଜଗା ପୁଣି ବାହାହବ, ତାହା ପୁଣି କାଂଚନକୁ?"

"ଗାଆଁସାରା ସମସ୍ତେ କୁହାକୁହି ହଉଚନ୍ତି, ତୁ କିନ୍ତୁ ହସରେ ଉଡ଼େଇ ଦଉଚୁ। ହଉ ହେଲା ମନୁଆ ପାଖକୁ ଯାଉଛୁ ତ ବନେ ଜାଣିଯିବୁନି।"

ବୋଉ ଆଉ କ'ଣ କହିଆସୁଥିଲା- ବାପା ଗୋଟେ ବଡ଼ ରୋହୀ ମାଛ ଧରି ପହଂଚି କହିଲେ, "ଜାଣିଚ ଧୀର ବୋଉ! ଆରେ ଗାଆଁରେ ପଂଚାୟତ ପୋଖରୀ ଧରା ହଉଥିଲା। ପୁରା ଜିଅନ୍ତା ରୋହିମାଛଟିଏ ଆଣିଚି। ଭଲକରି ଟିକେ ତର୍କାରି କର। ଟୋକାଟା ପେଟପୂରା ଖାଇବ।" ବାପା ପରକଥାକୁ ଆଲୋଚନା କଲେ ଭାରି ଚିଡ଼ନ୍ତି ବୋଲି ସେଇ ଡରରେ ବୋଉ ଆଉ କିଛି କହିଲାନି। ଖାଲି କହିଲା, "ଶୀଘ୍ର ଆସିବୁ ଧୀର। ବସି ଗପିବୁନି।"

ବାପାଙ୍କ ସାଇକେଲ ଧରି ମନୁଆ ପାଖକୁ ଗଲାବେଳେ, କେବଳ ଜଗା ଦାସ କଥା ଭାବି ଭାବି ଯାଉଥିଲି। କାଂଚନ ଏମିତି କିଛି କରି ନଥିବ। ମୁଁ ଯେତିକି ଜାଣିଚି, ସେ ଜଣେ ଭଲ ଝିଅ। ମୋ ସହ ଅଳ୍ପ ବି ମିଶିଛି। ମନୁଆ ସହ ତା'ର କିନ୍ତୁ ଭାରି ଭାବ ଥିଲା। ମନୁଆ ତା' ବିଷୟରେ ବହୁ ସମୟ ଗପେ। ସେ ଯାହା କୁହେ, ମୁଁ ଅନୁଭବ କରିଛି କାଂଚନ ମଧ୍ୟ ସେୟା। ଏକ ପ୍ରକାର ସଂଗ୍ରାମୀ। ମନୁଆ ଜଗାକୁ କହିଥିଲା, କାଂଚନକୁ ଟିକେ ଘର କାମରେ ସାହାଯ୍ୟ କରିବାକୁ। ଜଗା ମଧ୍ୟ ବେଳେବେଳେ ସେୟା କରେ। ସେ ମଧ୍ୟ ଜାଣିଥିଲା କାଂଚନର ମନୁଆ ପ୍ରତି ଯଥେଷ୍ଟ ଦୁର୍ବଳତା ଅଛି। ତେଣୁ ସେ କେମିତି ବାହା ହେଇଗଲା। ଜଗା ତ କାଂଚନଦେଇ ବୋଲି ଡାକେ। ଏକଥା ହେଲା କେମିତି ଯେ?

ଛାଡ଼, ମନୁଆ ପାଖକୁ ଗଲେ, ସବୁ ଜଣା ପଡ଼ିଯିବ। ମୁଁ ମନୁଆ ଘରେ ପହଂଚିଲା ବେଳକୁ ଦଶଟା ଉପରେ ହେଇଯାଇଥିଲା। ବଡ଼ ଆଶ୍ଚର୍ଯ୍ୟ! ତାଙ୍କ ଘରେ କେହି ନାହାନ୍ତି ନା କ'ଣ? କାହାରି ପାଟିତୁଣ୍ଡ ଶୁଭୁନି। ଅବଶ୍ୟ ମନୁଆଙ୍କ ଘରେ ତା' ବୋଉକୁ ଛାଡ଼ିଦେଲେ

ସେ ଏକା। ଆଜି ତ ରବିବାର। ମନୁଆ ସ୍କୁଲ ଯାଇ ନଥିବ। ଟିଉସନ ପିଲାମାନଙ୍କୁ ପଢ଼େଇ ସାରିବଣି। ତା'ପରେ ସେ ଜାଣିଚି ମୁଁ ଆସିବି ବୋଲି। ଗଲା କୁଆଡ଼େ। ମନୁଆ ମନୁଆ ଡାକି ଘରକୁ ପଶିଗଲି। କେହି ଜବାବ ଦେଉନାହାନ୍ତି। ମାଉସୀଙ୍କୁ ଡାକିଲି। ଘରେ ଖଟ ଉପରେ ଶୋଇଥିଲେ କି କ'ଣ ମୋ ପାଖକୁ ଉଠି ଆସିଲେ।

"ମାଉସୀ ତମ ଦେହ ଭଲ ନାହିଁ କି ? ମନୁଆ ଗଲା କୁଆଡ଼େ ?"

ମୋ ପ୍ରଶ୍ନର କୌଣସି ଉତ୍ତର ନଦେଇ ଭୋ' କିନା କାନ୍ଦି ପକେଇଲେ। ମାଉସୀଙ୍କୁ ଧରି ପଚାରିଲି- "କ'ଣ ହେଇଚି ମାଉସୀ ? ଏମିତି କାନ୍ଦୁଚ କାହିଁକି ?"

ତାଙ୍କ କହିବା କଥା, "ଜଗା ମାଇଚିଆ ବୁଦ୍ଧିରେ ପଡ଼ି ମନୁଆ ପାଣ୍ଡୁ ମହାକୁଡ଼ ଝିଅ କାଂଚନକୁ ରାତି ଅଧରେ ବାହାହେଇ କୁଆଡ଼େ ଯାଇଚି। ଇଏ ସବୁ ସେଇ ପୋଡ଼ାମୁହାଁ ମାଇଚିଆର କାମ। ଟିକିଲି, ସିନ୍ଦୂର ବିକିବାକୁ ଆସି ଏଇ ନିଆଁଲଗା କାମ କରୁଛି।"

ମୁଁ ମାଉସୀଙ୍କୁ କହିଲି, "ତମେ ଯେଉଁଥିପାଇଁ ରାଗୁଛ ମୁଁ ଜାଣେ। ତୁମେ ହେଲ ବ୍ରାହ୍ମଣ। ଆଉ ସେମାନେ ହେଲେ ଗୋପାଳ। ଏୟା ତ। ଆଜିକାଲି ଆଉ ସମାଜ ନାହିଁ କିଏ କାହାକୁ ବାରଣ କରିବ। ତା'ଛଡ଼ା ମୁଁ ଯେତିକି ଜାଣିଚି, କାଂଚନ ଭଳି ପିଲା, ପାଠ ପଢ଼ିଛି। ଟିଉସନ୍ କରେ। ମନୁଆ ତ ଶିକ୍ଷକ। ତେଣୁ ଉଭୟଙ୍କର ସବୁ ଦୃଷ୍ଟିରୁ ଭଲ। ତୁମେ ନ ରାଗି ତମର ବାକି ଜୀବନ ପୁଅ ବୋହୂଙ୍କ ସାଂଗରେ କାଟିବ। ମୁଁ ମନୁଆକୁ ଫୋନ୍ କରି କହିଦେବି। ସେ ଶୀଘ୍ର ଫେରିବ। ନହେଲେ ମୁଁ ଯାଇ ସେମାନଙ୍କୁ ନେଇ ଆସିବି।"

ମୋ କଥାରେ ମାଉସୀ ନିରବ ରହିଲେ। ମତେ ଲାଗିଲା ସେ ଯେମିତି ବୁଝି ଯାଇଛନ୍ତି।

"ତୁମେ ବ୍ୟସ୍ତ ହୁଅନା। ଗାଆଁରେ କିଏ କ'ଣ କହିବ, ସେ କଥା ମୁଁ ବୁଝିବି। ତୁମେ ଯାଅ ରୋଷେଇବାସ କରି ଖାଅ। ମୁଁ ଆସୁଛି।"

ମୁଁ ଭାବୁଥିଲି, ସତରେ କେଡ଼େ ବିଚିତ୍ର ଏ ଲୋକମାନେ। ଜଗା ମାଇଚିଆ ନିରୀହ ବୋଲି ତା' ନାଁରେ ପୁଣି ଏମିତି କଥା। ଛି, ଛି ! ମୋ ଜାଣିବାରେ ତ ସେ ଅନେକ ଭଲ କାମ କରିଛି। ତେବେ ହଠାତ୍ କାହିଁକି ଏହା ଘଟିଲା ? ମନୁଆ ଆସିଲେ ବା ଜଗା ଦେଖା ହେଲେ ଜଣା ପଡ଼ିବ।

ଦୈବାତ୍ ବାଟରେ ଆସୁ ଆସୁ ଜଗା ସହ ଦେଖା ହେଲା। ମୁଁ ତା' ପାଖରେ ସାଇକେଲ୍ ବ୍ରେକ୍ ମାରିଲି। ମତେ ଦେଖି ଯେମିତି ଡରିଗଲା ଭଳି ଲାଗିଲା। ତାକୁ କହିଲି, "କିରେ ଜଗା ! ତୋ' ବେପାର ଭଲ ଚାଲିଛି ତ, ଆଉ ତୋ କାଂଚନଦେଈ ଭଲ ଅଛି। ତା' ଖବର ଟିକେ ବୁଝୁଥିବୁ।" ମୁଁ ତାକୁ ହାତ ଧରି ଉଠେଇଲି। "କ'ଣ

ହେଇଚି କିରେ ତୋର। କାନ୍ଦୁଛୁ ? ତୋ' ମୁହଁରେ ତ ଦୁଃଖ ନଥାଏ। କ'ଣ ହେଲା। ମୁଁ ସବୁ କଥା ଜାଣେ।"

ଜଗା ସେଇ କାନ୍ଦିଲା ସ୍ୱରରେ କହିଲା- "ମୁଁ ଭୁଲ୍ କରିଛି ଧୀର। ଲୋକମାନେ ମତେ ଛି' ଛାକର କରୁଛନ୍ତି। ଆଉ କ'ଣ କରିଥାନ୍ତି କହିଲ। କାଂଚନଦେଈର ସେଇ ଅଳପେଇସା ବାପା ମୋ ସାମ୍ନାରେ ବାହାଘର ଠିକ୍ କରୁଛି, ସେ ପୁଣି କିଏ ଜାଣ ଧୀର ଭାଇ, ସେଇ ଯୋଉ ରସିକ ନାଗର ମ ? ମାଗୁଣୀ ପରିଡ଼ା, ଯା' ମାଇପ ବର୍ଷେ ହେଲା ମରି ଯାଇନି, ତା' ସହ କାଂଚନଦେଈର ବାହାଘର। ନିଆଁନଗାର ଦି'ଟା ଛୁଆ, କେଡ଼େ କେଡ଼େ ବଡ଼ ହେଲେଣି ବା। ସେ ପୁଣି ବାହାହବ। ଛି, ଛି, ଅଲାଜୁକ ଲୋକଟା କେଜାଣି ? ଏକଥା ଶୁଣି କାଂଚନଦେଈ ଖାଲି ତ କାନ୍ଦିଲା। ମୁଁ ଜାଣେ ସେ ମନୁଆଭାଇକୁ ପ୍ରେମ କରେ। ମୁଁ ସେଇ ରାତିରେ ମନୁଆଭାଇ ପାଖକୁ ଯାଇ ସବୁ କଥା କହିଲି। ତାଙ୍କ ଗୋଡ଼ତଳେ ପଡ଼ିଲି। କେତେ କଷ୍ଟରେ ରାଜି କରାଇ କାଂଚନଦେଈ ସହ ତାଙ୍କ ଗାଆଁ ଠାକୁରାଣୀ ମନ୍ଦିରରେ, ମା'ଙ୍କ ଆଗରେ ସିନ୍ଦୂର ପିନ୍ଧେଇ ତାକୁ ସେଇ ରାତିରେ ବିଦା କରି ଦେଇଛି। ସେମାନେ କୋଉଠି ଅଛନ୍ତି ଜାଣିଚ ଧୀରଭାଇ ? ତମର ସେଇ ଯୋଉ ସାଂଗ ଆସେ କଟକରୁ। କ'ଣ ତା' ନାଁ ତ ?"

ମୁଁ କହିଲି, "ଅମର କଥା କହୁନୁ ତ ?"

"ହଁ ଭାଇ, ସେଇ ଅମର। ତାଙ୍କ ପାଖରେ ମୋତେ କ୍ଷମା କରିଦିଅ। ସେମାନଙ୍କୁ ଗାଆଁକୁ ଫେରେଇ ଆଣ। ନହେଲେ ମନୁଆଭାଇଙ୍କ ବୋଉର ଶାଇପ ମୋ ଉପରେ ପଡ଼ିଯିବ।

ଜଗା ଏତିକି କହି ତଳକୁ ମୁହଁ ପୋତି କାନ୍ଦିଲା।

ମୁଁ କହିଲି, "ତୁ ବ୍ୟସ୍ତ ହଁ ନା। ମୁଁ ତ କାଲି କଟକ ଯିବି। ତାକୁ ସାଂଗରେ ଧରି ଆସିବି।"

"ସତରେ ଧୀର ଭାଇ ତୁମେ ଆଣିବ ?"

"କହିଲି ପରା ହଁ, ତୁ ଏଥର ଯା'।"

ଜଗା ଯାଉ ଯାଉ କହୁଥିଲା, "ସେମାନେ ଖାଲି ଆସିଗଲେନା, ଯିଏ କିଛି କହିବ, ତାଙ୍କ ଚୁଟି ଉପାଡ଼ି ଆଣିବି।"

ଜଗା ଦାସ ଲେଉଟି ଯାଉଛି, ଗାଆଁ ଆଡ଼େ ଅଣ୍ଟା ହଲେଇ। ତା' ମୁହଁ ଦେଖାଯାଉଛି ଭାରି ପ୍ରସନ୍ନ। ମନ ଭିତରେ ଯେମିତି ଖେଳିଯାଉଛି, ଗୋଟେ ପରିତୃପ୍ତିର ବିଜୁଳିରେଖା।

■

ଅସହାୟତା

ବନ୍ଧୁ ଖୁସିରେ ଛାତି ଫୁଲେଇ କଥା କହୁଥିବା ମଣିଷଟି ଯେତେବେଳେ ଏକ ଅକୁହା ଦୁଃଖରେ ଭାଙ୍ଗିପଡ଼େ, କେହି ସିନା ତା' ଜାଣି ପାରନ୍ତିନି କି, ପ୍ରକାଶ୍ୟ ହୁଏନା; ତଥାପି ସେହି ମଣିଷଟିର ମୁହଁରେ ଗୋଟେ ଛାପ ପଡ଼ିଯାଏ। ହୁଏତ କିଛି ଲୋକ ବୁଝନ୍ତି, ଆଉ କେହି ଆଦୌ ସେ କଥାରେ ଗୁରୁତ୍ୱ ବି ଦିଅନ୍ତିନି। ମୁଁ କିନ୍ତୁ ରତ୍ନାକରବାବୁଙ୍କ ମୁହଁରୁ ଜାଣିପାରିଥିଲି। ମୋତେ ଲାଗୁଥିଲା, ବୋଧେ ସେ ମୋତେ କିଛି କଥା ଲୁଚଉଛନ୍ତି।

ରତ୍ନାକରବାବୁ ଓରଫ୍ ରତ୍ନାକର ମହାପାତ୍ର। ରାଜସ୍ୱ ବିଭାଗର ଏକଦା କାମ କରୁଥିବା ଜଣେ ଉଚ୍ଚପଦସ୍ଥ କର୍ମଚାରୀ। ତାଙ୍କ ପତ୍ନୀ ଉଚ୍ଚଶିକ୍ଷିତା ଓ ତଥାକଥିତ ଆଧୁନିକ ରୁଚିସଂପନ୍ନା। ରତ୍ନାକରବାବୁ ମୋର ବଂଧୁ। ଗାଆଁରୁ। ପାଠପଢ଼ିଲା ବେଳୁ। ଖାଲି ବନ୍ଧୁ ନୁହେଁ, କୁହାଯାଇପାରେ ଜଣେ ଅନ୍ତରଙ୍ଗ ବନ୍ଧୁ। ଭାବ ଦିଆନିଆର ବନ୍ଧୁ। ସେ ଅଧିକ ପାଠପଢ଼ି ଭଲ ଚାକିରିଟିଏ ପାଇଲେ ସିନା, ମୁଁ କିନ୍ତୁ ରହିଗଲି ସାଧାରଣ ଜଣେ ଶିକ୍ଷକରେ। ହେଲେ ରତ୍ନାକରବାବୁ ଓ ମୋ ଭିତରେ ସେମିତି କିଛି ଭାବର ଦୂରତା ନଥିଲା। ତାଙ୍କର ଗୋଟିଏ ପୁଅ। ବେଶ୍ ଶିକ୍ଷିତ ଇଂଜିନିୟର। ମୋର ମଧ୍ୟ ଗୋଟିଏ ପୁଅ, ସେଇ ଇଂଜିନିୟର। ତାଙ୍କ ପୁଅ ଗୋଟେ ବଡ଼ କମ୍ପାନୀରେ ଯୋଗଦେଇ ଏବେ ଆମେରିକାରେ। ହେଲେ ମୋ ପୁଅ ଭୁବନେଶ୍ୱରରେ। ଇଚ୍ଛା କରି ସେ ବାହାରକୁ ଗଲାନି କି ମୋର ମଧ୍ୟ ଇଚ୍ଛା ନଥିଲା। ପାଖରେ ରହିଲେ ଭଲମନ୍ଦରେ ପାଖରେ ଆସି ଠିଆ ହେବ। ସେ ଭୁବନେଶ୍ୱରରେ ଗୋଟିଏ ଭଡ଼ାଘର ନେଇ ଅଛି। ବୋହୂ ଅନେକ ସମୟରେ ଗାଆଁରେ ରହେ- ପୁଣି ଭୁବନେଶ୍ୱର ଯାଏ। ଛୁଆ ନାତିଟିଏ। ହୁଏତ ବଡ଼ ହେଲେ ପାଠପଢ଼ିବା ପାଇଁ ସହରରେ ରହିପାରେ।

ରତ୍ନାକରବାବୁଙ୍କ ପୁଅ ଆମେରିକାରେ। ବୋହୂ ମଧ୍ୟ ଆମେରିକାରେ। ଉଭୟ

ଚାକିରିରେ ଅଛନ୍ତି। ବେଶ୍ ଭଲ ଦରମା ଉଭୟଙ୍କର। ତାଙ୍କର ମଧ୍ୟ ନାତିଟିଏ। ଟିକେ ବଡ଼ ହେଇଗଲାଣି। ଜନ୍ମ ହେଇଛି ସେ ଆମେରିକାରେ। ତାକୁ ତିନିବର୍ଷ ହେଲା। ଗାଆଁକୁ ଆସିନି। ରତ୍ନାକରବାବୁ ରହୁଛନ୍ତି ଭୁବନେଶ୍ୱରରେ। ବିରାଟ ବଡ଼ ଘର। ବଂଗଳା ଭଳି।

ମୁଁ ମଝିରେ ମଝିରେ ଯାଇ ପୁଅ ପାଖରେ ରୁହେ। ରତ୍ନାକରବାବୁଙ୍କ ଘରକୁ ମଧ୍ୟ ଯାଏ। ବହୁ ସମୟ ସାଂଗ ହେଇ ବସୁ। ଚା' ପିଉ। ଚାଲି ଚାଲି କୁଆଡ଼େ ଯାଉ। ଚାକର ଆଣି ଜଳଖିଆ ଥୁଏ। ତାଙ୍କ ପତ୍ନୀଙ୍କ କଥା ଭାରି ଗାମ୍ଭୀର୍ଯ୍ୟଭରା। କମ୍ କଥା ହୁଅନ୍ତି। ମତେ ଲାଗେ ତାଙ୍କ ଭିତରେ ଯେମିତି ଅଲଗା କିଛି ଭାବ କାମ କରେ। ହୁଏତ ପଦପଦବୀକୁ ନେଇ ହେଇପାରେ ବା ହେଇପାରେ ଅର୍ଥନୈତିକ ଦୂରତାକୁ ନେଇ। ରତ୍ନାକରବାବୁ କିନ୍ତୁ ସମ୍ପୂର୍ଣ୍ଣ ଅଲଗା। ଗୋଟିଏ ବାକ୍ୟରେ କୁହାଯାଇପାରେ, ତାଙ୍କ ପତ୍ନୀଙ୍କର ଠିକ୍ ବିପରୀତ। ମଝିରେ ମଝିରେ ସେ ମୋ ପାଖକୁ ଗାଆଁକୁ ଫୋନ୍ କରନ୍ତି। କଥା ହେଉ। କେତେ କଥା। ପିଲାବେଳର କଥା ବି। ବହୁ ଅତୀତରେ ରହିଯାଇଥିବା କଥା। ସ୍କୁଲବେଳର କଥା। ବର୍ଷା କାଦୁଅରେ କିଭଳି ଚାଲି ଚାଲି ଗାଆଁ ସ୍କୁଲକୁ ଯାଉଥିଲୁ। ଜାଣି ଜାଣି ଓଦା ହେଉଥିଲୁ। ଏମିତି ଅନେକ। କହୁ କହୁ ଥରେ ରତ୍ନାକରବାବୁ କହିଥିଲେ, "ମନେ ଅଛିନା ତୋର? ଆମେ କେମିତି ରାସ୍ତାରେ ଗୋଡ଼ ଖସେଇ ପଡ଼ିଯାଇ ଓଦା ହେଇ ଘରକୁ ଫେରିଆସୁ?" ହସିଲେ ଠୋ ଠୋ ହୋଇ।

ଅବସର ପରେ ଆସ୍ତେ ଆସ୍ତେ ଏସବୁ କଥା ସବୁ ମହଳଣ ପଡ଼ିଗଲାଣି। ଯେତେବେଳେ ତାଙ୍କ ପୁଅ ଚାକିରି ପାଇଁ ଆମେରିକା ଗଲା, ସେଦିନ ଭାରି ଖୁସି ହେଇଥିଲେ ରତ୍ନାକର ବାବୁ। ମୁଁ ଫୋନ୍ କଲାବେଳେ ଆଗ ସେ କଥା ମତେ କହିଥିଲେ। କେବଳ ସେଦିନ ନୁହେଁ, ଅନ୍ତତଃ ବହୁଦିନ ଧରି ସେଇ ଆନନ୍ଦ ଉଭୟ ପତି ଓ ପତ୍ନୀଙ୍କର ଲାଗି ରହିଥିଲା।

ପୁଅ ବାହାଘର ହେଲା, ତା' କମ୍ପାନୀରେ ଚାକିରି କରିଥିବା ଜଣେ ବାହାର ରାଜ୍ୟର ଝିଅ ସହିତ। ଅବଶ୍ୟ ସେଥିରେ ସେ ଭାରି ଖୁସି ଥିଲେ। ନିଜକୁ ବୁଝେଇ ଦେଇଥିଲେ ଆଜିକାଲି ସେୟା ତ ହଉଚି। ଏ କିଛି ନୂଆ କଥା ନୁହେଁ। ପୁଅବୋହୂ ବେଶ୍ ଭଲ ଦରମା ବି ପାଉଚନ୍ତି। ସେମାନେ ଆନନ୍ଦରେ ରହିଲେ ହେଲା। ରତ୍ନାକରବାବୁ ବଡ଼ ଧୁମ୍‌ଧାମ୍‌ରେ ପୁଅ ବାହାଘର କରିଥିଲେ ନିଜ ସରକାରୀ ବାସଭବନରେ। ମୁଁ ଯାଇଥିଲି ମଧ୍ୟ। ଏତେ ବଡ଼ ବଡ଼ ଲୋକଙ୍କ ଗହଳି ଭିତରେ ବି ସେ ମୋ ଖବର ବୁଝିଥିଲେ। ସବୁ ଠିକ୍‌ଠାକ୍ ଥିଲା। ବେଶ୍ କିଛି ଦିନ ପୁଅବୋହୂଙ୍କ

ଆତ୍ମସୁଖରେ ଦୁଇଜଣ ବିଭୋର ଥିଲେ। ଆଠଦିନ ମାତ୍ର ପୁଅବୋହୂ ଭୁବନେଶ୍ୱରରେ ରହିଛନ୍ତି। ବୋହୂ ଓଡ଼ିଆ କହିପାରେନି। ଏମିତି ଠାରଠୁରାରେ ଯେତିକି ଜାଣିବା କଥା।

ମୁଁ ଦିନେ ଭୁବନେଶ୍ୱର କାମରେ ଯାଇଥିବା ବେଳେ ରତ୍ନାକରବାବୁଙ୍କ ସହ ଦେଖା ହେଇଥିଲା। ମୁଁ କହିଥିଲି, "ପୁଅବୋହୂକୁ ଘରକୁ ଆଣିଲ, ହେଲେ ଦିନେ ତ ବୋହୂ ପରସା ଖାଇବାକୁ ଏ ବନ୍ଧୁକୁ ଡାକିଲନି ?"

ମୋ କଥା ଶୁଣି ସେ ହସିଲେ। କହିଲେ, "ତୁ କ'ଣ ଜାଣିନୁ ଯେ ଆଜିକାଲି ବୋହୂମାନେ ରୋଷେଇ ଜାଣନ୍ତିନି। ତା'ଛଡ଼ା ସେ ତ ଆମ ଓଡ଼ିଆ ରୋଷେଇ ଆଦୌ ଜାଣେନା। ତୋତେ ବୋହୂ ରନ୍ଧା ଖାଇବାକୁ କ'ଣ ଡାକିଥାନ୍ତି ? ଆମର ବା କ'ଣ ଦର୍କାର ? ସତରେ କ'ଣ ସେ ଆମ ପାଖରେ ରହି ରୋଷେଇ କରିଦେଇଥାନ୍ତା ? ସେମାନେ ତ ସବୁ ପଳେଇଗଲେଣି ମାସେ ହେଲା।"

ଏ କଥାରେ ମୁଁ ସେଦିନ ଲକ୍ଷ୍ୟ କରିଥିଲି, ରତ୍ନାକର ସେମିତି କିଛି ପ୍ରଭାବିତ ହେଇନାହାନ୍ତି। ବରଂ ତାଙ୍କୁ ଯେମିତି ଏକ ବିରାଟ ଆତ୍ମତୃପ୍ତି ମିଳୁଛି। ଏଥିରେ ଗର୍ବ ଅନୁଭବ କରୁଛନ୍ତି। ଉତ୍ଫୁଲ୍ଲିତ ହେଉଛନ୍ତି।

ଏବେ କିନ୍ତୁ ସମୟ ବଦଳି ଗଲାଣି ଅନେକ। କିଛିବର୍ଷ ବି କଟିଗଲାଣି। ଚାକିରିରୁ ଅବସର ନେବାଠାରୁ, ସେଦିନର ସେଇ ଚଳଚଞ୍ଚଳ ଭାବ ଆଉ ରତ୍ନାକରଙ୍କର ନାହିଁ। ଏବେ ଖୁବ୍ ଅବସନ୍ନ, କ୍ଲାନ୍ତ। ମୁଁ ମଝିରେ ମଝିରେ ପୁଅ ପାଖରେ ଭୁବନେଶ୍ୱରରେ ରହିଯାଏ। ରତ୍ନାକରବାବୁଙ୍କ ସହ ସବୁଦିନ ପ୍ରାୟ ଦେଖାହୁଏ। କେଉଁଦିନ ମୁଁ ତାଙ୍କ ଘରକୁ ଯାଇଥାଏ ତ ପୁଣି କେତେବେଳେ ବଜାରକୁ ଯାଇଥିବାବେଳେ ଯାଏ। କାରଣ ପୁଅ ଯେଉଁଠି ଘର ଭଡ଼ା ନେଇଥିଲା, ସେଇ ପାଖରେ ରତ୍ନାକରବାବୁଙ୍କର ଘର। ଏବେ ମଧ୍ୟ କଥା ହଉ, ସୁଖ ଦୁଃଖ ହେଉ। ମୁଁ ଅନୁଭବ କରେ, ସତେଯେମିତି ଏତେ ଥାଇ ମଧ୍ୟ କିଛି ନାହିଁ ତାଙ୍କର। ହରେଇ ଦେଇଛନ୍ତି ଅନେକ। ଏଇକେଇଦିନ ତଳେ ପୁଅ ପାଖକୁ ମୁଁ ଓ ମୋର ସ୍ତ୍ରୀ ଉଭୟ ଯାଇଥିଲୁ, ରହିଥିଲୁ ପାଖାପାଖି ପନ୍ଦର ଦିନ ହେବ। ସେଇ ଭିତରେ ମୁଁ ଥରେ ରତ୍ନାକରବାବୁଙ୍କ ଘରକୁ ବୁଲି ଯାଇଥିଲି। ମୋ ସାଙ୍ଗରେ ଥିଲା ମୋର ଛୋଟ ନାତି, ପ୍ରାୟ ଦୁଇବର୍ଷ ହେବ। ସାଇକେଲ ଆଗରେ ତା'ର ଗୋଟେ ସିଟ୍ ଅଛି। ସେଥିରେ ସେ ବସିଯାଏ। ବୁଲେ। ଚକଲେଟ୍ ଖାଏ। ଖୁସି ହୁଏ ଗାଡ଼ିଘୋଡ଼ା ଦେଖି।

ନାତି ଟୋକାକୁ ଦେଖି ଭାରି ଖୁସି ହେଲେ ରତ୍ନାକରବାବୁ। ବହୁତ ଗେଲ କଲେ। ପତ୍ନୀକୁ ଡାକ ପକେଇଲେ। ଆସ ଦେଖିବ ଜଣେ ନୂଆ ଅତିଥି ଆମ ଘରକୁ ଆସିଛନ୍ତି। ପତ୍ନୀ ତାଙ୍କର ଆସିଲେ। ପୁଅକୁ ଦେଖିଲେ। ମାତ୍ର ମତେ ଲାଗିଲା, ସେ କାହିଁକି

ବେଶୀ ଖୁସି ହେଇପାରିଲେନି। କୋଉ କାରଣରୁ କେଜାଣି? ପରଛୁଆ ବୋଲି କି ଆଉ କ'ଣ ଭାବି। ସେକଥା ସେ ଜାଣିଥିବେ। ଖାଲି ପଚାରିଲେ, "ସେ କ'ଣ ଖାଇବ?"

ମୁଁ କହିଲି, "ସେ କିଛି ଖାଇବନି। ବିସ୍କୁଟ ଦେଲେ ଧରିବ। ତା'ପରେ ଚୁନା କରି ଫୋପାଡ଼ି ଦେବ। ତା'ର ଖାଲି ସାଇକେଲରେ ବସି ବୁଲିବା ସଉକ୍।"

ରତ୍ନାକରବାବୁ କହିଲେ, "ତଥାପି ତାକୁ ବିସ୍କୁଟ ଦିଅ। ଫୋପାଡ଼ି ଦଉ ଚଳିବ।" ପତ୍ନୀ ଆଣି ବିସ୍କୁଟ ଦେଲେ। ସେ ନେଲା ଯେ, ନଖାଇ ପୁଣି ଥୋଇଦେଲା ସେଠି। ମୁଁ ପଚାରିଲି- "ଆଚ୍ଛା କହିଲ ରତ୍ନାକର! ତମ ନାତି ତ ଏବେ ଟିକେ ବଡ଼ ହେଇଯିବଣି? ତମେ ତ ବୋଧେ ଦେଖିନ? ସେମାନେ କେଉଁଦିନ ଓଡ଼ିଶା ଆସିବେ?" ମୋର ଏତେ ଗୁଡ଼ିଏ ପ୍ରଶ୍ନର ଉତ୍ତର ସେ କିଛି ଦେଲେନି। ଖାଲି କହିଲେ, "ହଁ ଆସିବେ ତ ନିଶ୍ଚୟ। କେଉଁଦିନ କେଜାଣି?"

ମୁଁ ଅନୁଭବ କଲି କିଛି କଥା ଯେମିତି ସେ ଲୁଚଉଛନ୍ତି। ସେଦିନ ମୁଁ ଖୁବ୍ ଶୀଘ୍ର ଘରକୁ ଫେରି ଆସିଥିଲି। ରତ୍ନାକରବାବୁ କହିଥିଲେ, "ଆରେ ରୁହ, ଚା' ପିଇବନିକି?" ମୁଁ କହିଲି- "ନାଇଁ ନାଇଁ, ଛୁଆ କାନ୍ଦିବ। ତା' ମା' ପାଖରେ ଛାଡ଼ିଦେଲେ ଗଲା। ପରେ କେବେ ଏକା ଆସିବି। କଥା ହେବା।"

ତା' କିଛି ଦିନ ପରେ ଏମିତି ଚାଲି ଚାଲି ବୁଲି ଯାଇଥିଲୁ ଆମେ ଦୁଇଜଣ। ସେ ଆଗତୁରା ମତେ କହିଲେ, "ପୁଅଟା ଆଉ ଆସୁନି ଓଡ଼ିଶା। ନାତିଟିକୁ ଦେଖିବାକୁ ଏତେଇଚ୍ଛା ହେଲାଣି ଯେ, ସେ ସୁଖ ମିଳୁନି। ମୁଁ ଯେବେ କହୁଛି ଆସିବାକୁ, ସେ ଖାଲି ମତେ ଏପଟ ସେପଟ କହି ଭୁଲେଇ ଦଉଚି।" ଏତିକି କଥା ଶୁଣି ମୁଁ ଭାବିଲି, କେମିତି ସମୟ ସତରେ। ସେଦିନ ଏଇ ରତ୍ନାକରବାବୁ ଖୁସି ହେଉଥିଲେ- ତାଙ୍କ ପୁଅ ଆମେରିକାରେ ଅଛି ବୋଲି। ଆହୁରି ଖୁସି ହେଉଥିଲେ ନାତିର ଭିଡ଼ିଓ କଲ୍ ଦେଖି। କେତେ ଖୁସିରେ କହୁଥିଲେ- "ତୁମେ ଜାଣିଚ ବନ୍ଧୁ? ଆଜି ପୁଅ ଭିଡ଼ିଓ କଲ୍ କରିଥିଲା। ନାତିକୁ ଦେଖିଲି। କେତେ ଟିକି ଛୁଆ। ପୂରା ଓଭରସ୍ମାର୍ଟ୍। ଇଂରାଜୀ କହୁଛି।"

ଖୁସିରେ ଫାଟି ପଡୁଥିଲେ ସେ। ସତେଯେମିତି ସବୁ ସୁଖ ଏଇ କେତୋଟି ମୁହୂର୍ତ୍ତରେ ଓଜାଡ଼ି ହେଇ ପଡୁଛି। ଅଥଚ ଆଜି କହୁଛନ୍ତି- ପୁଅ ଓଡ଼ିଶା ଆସୁନି। ନାତିକୁ ଦେଖିବାକୁ ମନ। ଖୁସି ହୁଅନ୍ତେ ସେ। ମୋତେ କହିଲେ, "ତମେ ଟିକେ ତା' ପାଖକୁ ଫୋନ୍ କରିବ ତ? କ'ଣ ସେ କହୁଚି ଜାଣିବା। ତମକୁ ଭାରିମାନେ ସେ।"

ରତ୍ନାକରବାବୁଙ୍କର କଥା ଶୁଣି, ତାଙ୍କ ପୁଅର ଫୋନ୍ ନମ୍ବର ଆଣି କଥା ହେବାକୁ ସ୍ଥିର କଲି। ରାଗରେ। କ୍ରୋଧରେ। କେତେ ସ୍ୱାର୍ଥପର ଏମାନେ। ବଡ଼ ହେଇ ଭଲରେ ରହିଲେ ବାପା, ମା'ଙ୍କ କଥା ଏକଦମ୍ ଭୁଲି ଯାଆନ୍ତି।

ମୁଁ ତା' ପାଖକୁ ଫୋନ୍ କରି ଯାହା ଜାଣିଲି, ସେଥିରେ ମୋ ମାନସିକତା ବଦଳିଗଲା। ସେ କହିଲା, "ଠିକ୍ ଅଛି ମଉସା। ଆପଣ କହୁଛନ୍ତି ବାପାଙ୍କ ସ୍ନେହ ମୁଁ ଭୁଲିଯାଇଛି ବୋଲି। ଆପଣ ବୋଧେ ଜାଣି ନାହାନ୍ତି, ମୁଁ ପିଲାଦିନୁ କେବେବି ବାପାମା'ଙ୍କ ସ୍ନେହ ପାଇନି। ବାପା ଚାକିରିରେ ବ୍ୟସ୍ତ, ମା' ତାଙ୍କର କ୍ଲବ୍, ମିଟିଂରେ ବ୍ୟସ୍ତ। ମୋ ଖବର ବୁଝୁଥିଲେ ମୋ ଆୟା ରାଧାମାଉସୀ। ବରଂ କୁହାଯାଇପାରେ ସେ ହିଁ ମୋ ମା' ଆଉ ବାପା। ତେଣୁ ଏବେ ସେ ସ୍ନେହ କଥା କେମିତି ମନେ ପଡ଼ିବ ? ଠିକ୍ ଅଛି ମଉସା ! ଆପଣ ଯେତେବେଳେ ଏତେ ତାଗିଦ୍ କରୁଛନ୍ତି, ନିଶ୍ଚୟ ଯିବି ଥରେ। ବାସ୍ ଏତିକି।"

କ'ଣ କହିବି ରତ୍ନାକରବାବୁଙ୍କୁ ?

ମତେ ରତ୍ନାକରବାବୁ ପୁଣି ପଚାରିଲେ, "ଫୋନ୍ ନମ୍ବର ନେଇଥିଲ, ଫୋନ୍ କଲ ?"

ମୁଁ କହିଲି, "ହଁ।"

- "କ'ଣ କହିଲା ସେ ?'

ମୁଁ କହିଲି, "ସେ ଏଇ ଦୁର୍ଗାପୂଜା ଛୁଟିରେ ଆସିବ ବୋଲି କହିଛି।"

ଦେଖିଲି ଏ କଥାରେ ରତ୍ନାକରବାବୁ ଖୁସି ହେଲେନି ଯେମିତି। ବରଂ ଖାଲି ହଉ କହି ମୁଣ୍ଡ ଟୁଙ୍ଗାରିଲେ।

■

ନିଃସର୍ତ୍ତ ସଂପର୍କ

ଦୀର୍ଘ ପାଞ୍ଚବର୍ଷ ପରେ ସଂକେତ ମିନାକ୍ଷୀଙ୍କୁ ଦେଖିଲେ । ଅଚାନକ । ଆକସ୍ମିକ ସେ ଦେଖା । ତା' ପୁଣି ଗୋଟେ ସପିଙ୍ଗ୍ ମଲ୍ ସାମ୍ନାରେ । ମଲ୍‌ର ପାହାଚ ଦେଇ ଓହ୍ଲେଇ ଆସୁଥିଲେ ମିନାକ୍ଷୀ । ସାମ୍ନାରେ ଥିବା ଏକ କଫି ଷ୍ଟଲ ପାଖରେ ଠିଆହେଇ କଫି ଖାଉଥିବା ବେଳେ ସଂକେତଙ୍କର ହଠାତ୍ ନଜର ପଡ଼ିଲା ମିନାକ୍ଷୀଙ୍କ ଉପରେ । ତାଙ୍କ ପାଖକୁ ଯାଇ ଦେଖା କରିବେ କି ନାହିଁ ? ଭାବୁଥିଲେ ସଂକେତ । ସେ ତାଙ୍କ ପାଖକୁ ଗଲେ, ଯଦି ସେ କିଛି ରିଆକ୍ଟ କଲେ, ତା'ହେଲେ ଉଭୟଙ୍କର ମାନସିକ ଅବସ୍ଥା ସ୍ଥିର ରହିବ ନାହିଁ । କାରଣ ସେମିତି ଏକ ପରିସ୍ଥିତିରେ ସେ ଦୂରେଇ ଯାଇଛନ୍ତି ସଂକେତଙ୍କ ପାଖରୁ । ଏମିତି ଗୋଟେ ସମୟ ଥିଲା, ବୋଧହୁଏ ପ୍ରତିଦିନ ସେମାନେ ପରସ୍ପର ଭେଟୁଥିଲେ । ହୁଏତ କୁହାଯାଇପାରେ ତାହା ଏକ ଯୁବକସୁଲଭ ଚପଳତା । ସେ ଗୋଟିଏ ସମୟ ଏମିତି ଯେ ଦୁଇଟି ମନ ଅହରହ ବିବ୍ରତ ହୁଏ । ସେମାନଙ୍କ ଭିତରେ କ'ଣ ଯେ ସମ୍ପର୍କ ଅଛି, କେହି ଜାଣନ୍ତିନି । କେବଳ ଏତିକି ଜାଣନ୍ତି, ଗୋଟେ ନିବିଡ଼ ବଂଧନ ବୋଧହୁଏ ତାଙ୍କୁ ବାନ୍ଧି ରଖିଛି

ଅନେକ ଦିନତଳୁ ସେ ସମୟ ପଛରେ ରହିଗଲାଣି । ମନେ ପକେଇଲେ ବି ସେ ଆଉ ଧରା ଦେଉନି । ଦେବାର ସମ୍ଭାବନା ମଧ୍ୟ ନାହିଁ । ମୀନାକ୍ଷୀ ଖସୁଛନ୍ତି ପାହାଚ ଉପରୁ । ଗୋଟିଏ ପରେ ଗୋଟିଏ ପାହାଚକୁ ଛୁଇଁ । ତଳକୁ ଆସିବେ । ଅବଶ୍ୟ ସେ ଆଦୌ ଦେଖିପାରିବେ ନାହିଁ ସଂକେତଙ୍କୁ ।

ସେଦିନ, କୋଡ଼ିଏ ବାଇଶି ବର୍ଷ ତଳର କଥା ଧରିନେଇ ପାରେ ସଂକେତ । ପାହାଚ ଦେଇ ଖସୁଥିଲେ ସେମାନେ ଦୁଇଜଣ । ସଂକେତ ଆଉ ମିନାକ୍ଷୀ । ଆଜି କିନ୍ତୁ ମିନାକ୍ଷୀ ହୁଅନ୍ତୁ ବା ସଂକେତ ହୁଅନ୍ତୁ- ସେମାନେ ଖସୁଛନ୍ତି ନିଶ୍ଚୟ । ହେଲେ ଅଲଗା ଅଲଗା । ଭିନ୍ନ ଦିଗରେ ।

ମିନାକ୍ଷୀ ପଚାରିଲେ, "କୁହ ତ ସଂକେତ। ଆମର ସମ୍ପର୍କ କଣ ?" ସଂକେତ କ'ଣ କହିବେ ସେ ସ୍ଥିର କରିପାରିଲେନି। କି ସମ୍ପର୍କ ତାଙ୍କର। ସେ ସମୟ ତ ସେମିତି ଯେ କହିଦେବେ, "ମୁଁ ତୁମକୁ ଭଲପାଏ।" ମିନାକ୍ଷୀ ଏକଥା ଶୁଣି ନିଶ୍ଚୟ କହିବେ, ହଁ। ତା' ତ ଠିକ୍, ଆମ ଭିତରେ ଭଲପାଇବା ନଥିଲେ ଆମେ କ'ଣ ଏମିତି ମିଶି ପାରନ୍ତେ ? ସେତିକି ଭଲପାଇବା ନଥିଲେ, ଏତେ ନିବିଡ଼ତା ବି ନଥାନ୍ତା। ଏହାପରେ ସଂକେତଙ୍କ ପାଖରେ କିଛି ଉତ୍ତର ନାହିଁ। ସେ ଭାବୁଥିଲେ, ସେ ଆଉ ଟିକେ ବିଶ୍ଳେଷଣ କରି କହିଥାନ୍ତେ, "ମୁଁ ତୁମକୁ ଭଲପାଏ ମିନାକ୍ଷୀ। ମୁଁ ତୁମକୁ ବିବାହ କରିବାକୁ ଚାହେଁ। ସାରା ଜୀବନ ତମର ମୋ ସହିତ ଗୋଟିଏ ବନ୍ଧନ ଥାନ୍ତା।"

ନା- ଏକଥା ବି ହେଲା ନାହିଁ।

ମିନାକ୍ଷୀ ଦ୍ୱିତୀୟ ବାର ପଚାରିଲେ ସେଇକଥା। ସମ୍ପର୍କର କଥା। "କୁହ ସଂକେତ କୁହ। କ'ଣ ଆମର ସମ୍ପର୍କ।"

ସଂକେତ ମନରେ ସାହସ ବାନ୍ଧୁଥିଲେ। ଦୃଢ଼ତା ଆଣୁଥିଲେ, ଯା' ହେଇଯାଉ ନିଶ୍ଚୟ କିଛି କହିବେ। ମିନାକ୍ଷୀ ବୋଧେ ତାଙ୍କୁ ପରୀକ୍ଷା କରୁଛନ୍ତି। ହୃଦୟକୁ ମାପୁଛନ୍ତି। ଭଲପାଇବାକୁ ତଉଲୁଛନ୍ତି।

"ଏ ପ୍ରଶ୍ନ ତୁମକୁ ଯଦି ମୁଁ ପଚାରେ ? ତୁମେ କ'ଣ କହିବ ?"- ସଂକେତ କହିଲେ।

ହସିଲେ ମିନାକ୍ଷୀ। ଏବଂ କହିଲେ- "ଆରେ ପ୍ରଶ୍ନଟା ମୋର ଥିଲା ନା। ଆଗେ ମୁଁ ପଚାରିଥିଲି। ତେଣୁ ତମେ ହିଁ ମୋତେ ଆଗ କହିବ।"

ସଂକେତ ସିଧାସଳଖ କହିଲେ- "ମୁଁ ତୁମକୁ ଭଲପାଏ। ଖୁବ୍ ଭଲପାଏ।"

- "ହଁ, ଏଇଟା ମୁଁ ଅନେକ ଦିନ ଆଗରୁ ଜାଣିସାରିଛି। ଯେଉଁଦିନୁ ତମ ସହ ମୋର ସମ୍ପର୍କ ଗଢ଼ି ଉଠିଥିଲା। ହେଲେ ସେ ଭଲପାଇବା କିଭଳି ? ସ୍ୱାର୍ଥର ନା ନିଃସ୍ୱାର୍ଥର। ସର୍ତ୍ତର ନା ନିସର୍ତ୍ତର।"

ମିନାକ୍ଷୀଙ୍କର ଏ କଥାରେ ଅତି ନିର୍ଭୀକତା ଲକ୍ଷ୍ୟ କରୁଥିଲେ ସଂକେତ।

ହାତରେ ଧରିଥିବା କଫି ଗ୍ଲାସରୁ ବାମ୍ପ ବାହାରି ସଂକେତଙ୍କ ମୁହଁକୁ କରି ଦେଉଥିଲା ଧୂଆଁଳିଆ। ଏକ ମାୟାର ଆସ୍ତରଣ ଯେମିତି ତାଙ୍କ ଆଖି, ମୁହଁ, ଦେହ ଓ ମନରେ ଢାଙ୍କି ହେଇଯାଉଛି।

ସେଦିନ ପାର୍କର ସିମେଣ୍ଟ ବେଂଚ୍ ଉପରେ ବସି ଦୁଇଜଣ କଥାବାର୍ତ୍ତା ହେଉଥିଲେ। ପ୍ରଶ୍ନ ପଚାରୁଥିଲେ ମିନାକ୍ଷୀ, ଜଣେ ପରୀକ୍ଷାର୍ଥି କଷ୍ଟପ୍ରଶ୍ନକୁ ବୁଝି ନପାରି ବିବ୍ରତ ହେଲାପରି ସଂକେତ ବିବ୍ରତ ହୋଇ ପଡୁଥିଲେ। କି ସମ୍ପର୍କ ତାଙ୍କର ? ସ୍ୱାର୍ଥର

ନା ନିଃସ୍ୱାର୍ଥର ? ସର୍ତ୍ତର ନା ନିସର୍ତ୍ତର ? ନିସର୍ତ୍ତ କହିଲେ- ସ୍ୱାର୍ଥହୀନ, ସମୟ ଚାପରେ ମିନାକ୍ଷୀ ଦୂରେଇ ଯିବେନି ତ ? ଅର୍ଥାତ୍ ନିଜ ନିଜ ସଂସାର ଭିତରେ ବାନ୍ଧି ହୋଇ ପରସ୍ପରକୁ ଭୁଲିଯିବେନି ତ ? ଆଉ ଯଦି ସ୍ୱାର୍ଥ ବା ସର୍ତ୍ତ କଥା ଉଠେ, ତା'ହେଲେ ସେ ଦୂରେଇ ଯିବେନି ତ ?

ଚିନ୍ତାର ରେଖା ସବୁ ବାରି ହଉଥିଲା ସଂକେତଙ୍କ ମୁହଁରେ । କପାଳରେ ଝାଳବିନ୍ଦୁ ଜକ୍ ଜକ୍ କରୁଥିଲା ।

"ସତରେ ତମେ ଜଣେ ଭାରି ଭୀରୁ । ଦୁର୍ବଳମନା ।" ଏତକ କହିବା ଭିତରେ ମିନାକ୍ଷୀ ପର୍ସରୁ ରୁମାଲ କାଢ଼ି ବଢ଼ଉଥିଲେ ସଂକେତଙ୍କ ଆଡ଼େ, "ନିଅ ଝାଳ ପୋଛି ପକା । କୁଲ୍ ଡାଉନ୍ । ଚାଲ କିଛି ଡ୍ରିଙ୍କ୍‌ସ ନେବା ।" ଆସ୍ତେ ଆସ୍ତେ ସ୍ୱାଭାବିକ ଆଡ଼କୁ ଯାଉଥିଲେ ସଂକେତ ।

ମିନାକ୍ଷୀଙ୍କ କଥା ଶୁଣି ସଂକେତ ପଚାରିଲେ, "କ'ଣ ଥଣ୍ଡା ନା କଫି ?"

"କଫି ପିଇବା ।"

"ହଁ କଫି ପିଇବା । ଥଣ୍ଡା ଟିକେ ଲାଗୁଛି ।"

ଦୁଇଜଣ କଫିଷ୍ଟଲ୍‌କୁ ଗଲେ ।

"କିଛି ସ୍ନାକ୍‌ସ ନେଇଥିଲେ ଭଲ ହେଇଥାନ୍ତା ବୋଧେ ?"

"ନା- ଏତିକି ଚଳିବ ।"

ଦି'ଜଣ ଦୁଇଟି କଫିକପ୍ ଧଇଲେ ।

ସଂକେତ ଆଶ୍ୱସ୍ତି ଅନୁଭବ କଲେ । ଯା'ହେଉ ସେ କଥାର ପୂର୍ଣ୍ଣଚ୍ଛେଦ ପଡ଼ିଲା । ମନ ଭିତରେ ବି ଭୟ । ପୁଣି କେବେ-ପାଉଁଶ ତଳର ନିଆଁ ଭଳି ସେ କଥା ଜକ୍ ଜକ୍ କରିପାରେ । ହୁଏତ ସେତେବେଳକୁ ସେ ପ୍ରସ୍ତୁତ ହୋଇ ସାରିଥିବେ । ଆଉ ହଠାତ୍ ହଡ଼ବଡ଼େଇ ଯିବେନି ।

ଚୁପ୍‌ଚାପ୍ ନିରବରେ କଫି ପି'ବା ଦେଖି ମିନାକ୍ଷୀ ଅଳ୍ପ ହସିଲେ । ସତରେ ସଂକେତ ଡରକୁଳା ।

କେତେଦିନ ପରେ ସଂକେତ ଆଜି କଫିକପ ଧରିଛନ୍ତି । ସାମ୍ନାରେ ମିନାକ୍ଷୀ । ଆଉ ତାଙ୍କ ପ୍ରଶ୍ନର ଉତ୍ତର ଦେବାର ଭୟ ଯଦିଓ ତାଙ୍କର ନାହିଁ, ହେଲେ କେଉଁ ଏକ ଅଶୁଭ ମୁହୂର୍ତ୍ତ ତାଙ୍କୁ ଚିରକାଳ ଭୟରେ ବାନ୍ଧି ଦେଲା । କେଉଁ ସମ୍ପର୍କରେ ସେମାନେ ବନ୍ଧା ? ସ୍ୱାର୍ଥର ନା ନିସର୍ତ୍ତର । ତା'ର ଉତ୍ତର ଏ ପର୍ଯ୍ୟନ୍ତ ବି ଠିକ୍ ଭାବରେ ତାଙ୍କ ପାଖରେ ନାହିଁ । ସମ୍ପର୍କ ଓ ନିସର୍ତ୍ତ- ବୋଧହୁଏ ଏଇ ଦୁଇଟି ଶବ୍ଦ କେବେ ପାଖାପାଖି ରହିପାରିବେନି ।

ବିନା ସର୍ତ୍ତରେ କି ସମ୍ପର୍କ ?

ହୁଏତ ଏଠି କୁହାଯାଇପାରେ ନିଃସ୍ୱାର୍ଥ। ତ୍ୟାଗ।

ତଥାପି ଭଲ ପାଇବା ତ ଗୋଟାଏ ସ୍ୱାର୍ଥ ନା? ଏହାକୁ କ'ଣ ମିନାକ୍ଷୀ କେବେ ଫାଙ୍କି ଦେବେ? କିନ୍ତୁ ଗୋଟିଏ ଭୁଲ୍ ବୁଝାମଣା ସେମାନଙ୍କ ଭିତରେ ରହିଗଲା। କେହି କାହାକୁ ଠିକ୍‌ରେ ବୁଝିପାରିଲେନି। ଯା' ପାଇଁ କେହି କାହାର ପାଖ ପଶନ୍ତିନି।

ସବୁ କଥା ତ ଠିକ୍ ଥିଲା।

ଆଗପରି। ଦି'ଜଣ ନିଜ ପରିବାର ଅନୁସାରେ ବାହା ହେଇଥିଲେ ମଧ୍ୟ, ସେମାନଙ୍କର ପୂର୍ବ ସମ୍ପର୍କ ତୁଟି ନଥିଲା। ଅବଶ୍ୟ ବାହାହେବା ନହେବାରେ କିଛି ଫରକ୍ ନଥିଲା, ବର୍ଷର ଗୋଟାଏ ଥର ସେମାନେ ଭେଟୁଥିଲେ। ଅନ୍ୟଦିନମାନଙ୍କରେ କୌଣସି ଯୋଗାଯୋଗ ବା ଦେଖାସାକ୍ଷାତ ନଥିଲା। ମିନାକ୍ଷୀ ତାଙ୍କ ସ୍ୱାମୀଙ୍କୁ ନେଇ ଖୁସି ଥିଲେ ଓ ସଂକେତ ମଧ୍ୟ ନିଜ ସ୍ତ୍ରୀ ପୁରବୀଙ୍କ ସହିତ ବେଶ୍ ସମୟ କାଟୁଥିଲେ।

ବର୍ଷରେ ଯେଉଁଦିନଟି ସେମାନେ ଭେଟାଭେଟି ହଉଥିଲେ, ତା' ହେଲା ଜାନୁଆରୀ ନ' ତାରିଖ। କାରଣ ସେଇଦିନଟି ଦୁଇଜଣଙ୍କର ଜନ୍ମ ତାରିଖ ଥିଲା। ସଂକେତ ଅପେକ୍ଷା କରିବେ। ମିନାକ୍ଷୀ ଆସିବ। ଗୋଟେ ହୋଟେଲକୁ। କିଛି ସମୟ କଟେଇବେ। କେକ୍ କାଟିବେ। ଉଭୟ ଉଭୟଙ୍କୁ ହାପି ବାର୍ଥଡ଼େ କହିବେ। କିଛି ସ୍ନାକ୍‌ସ ଓ କଫିନେବେ। ତା'ପରେ ଯେ ଯାହା ବାଟରେ ଯିବେ। ଏତିକି। ତା'ଠାରୁ ଅଧିକ କିଛି ନାହିଁ।

କାହାରି ପରିବାର ବିଷୟରେ ସେମାନେ କେବେ କଥା ହୁଅନ୍ତିନି। କେବଳ ଦୁଇଟି ଆତ୍ମାର ପ୍ରଶ୍ନ ଥାଏ ଗୋଟିଏ।

"ତୁମେ କେମିତି ଅଛ ସଂକେତ?"

"ଭଲ।"

"ଆଉ ତୁମେ କେମିତି ଅଛ ମିନାକ୍ଷୀ?"

"ଖୁବ୍ ଭଲ।"

ବାସ୍। ନିଜ ସମ୍ପର୍କରେ କିଛି କଥା ହେବା ଏତିକି। ଆଉ ଯାହା କଥା ହୁଅନ୍ତି, ତା'ର କିଛି ମାନେ ନାହିଁ। ଅର୍ଥହୀନ। କେବଳ କିଛି ସମୟ କଟାଇବା କଥା।

ଗତ ପାଞ୍ଚବର୍ଷ ତଳେ, ସେମାନଙ୍କର ସାକ୍ଷାତ ହୋଇଥିଲା ସଂକେତଙ୍କ ଘରେ। କାରଣ ସଂକେତ କିଛି ଦିନ ହେଲା ଏକା ରହୁଥିଲେ। ତାଙ୍କ ପାଖରେ ନଥିଲେ ପୁରବୀ। ସେଇ ଜାନୁଆରୀ ନ' ତାରିଖ। ମିନାକ୍ଷୀ ପୂର୍ବବର୍ଷ ଭଳି ପହଁଚିଲେ ଅପରାହ୍ଣରେ। ସେମିତି କିଛି କଥାବାର୍ତ୍ତା। ସେହି ପ୍ରଶ୍ନ। କେମିତି ଅଛନ୍ତି ସେମାନେ? ଆଜି ଉଭୟ ଉଭୟଙ୍କୁ ଅନୁଭବ କଲେ- ଅଲଗା କିଛି।

ମିନାକ୍ଷୀଙ୍କ ମୁହଁ ଉପରେ ପହଁରି ଯାଉଛି ଖୁବ୍ ଗୋଟାଏ ଚିନ୍ତାର ଛାଇ। ଶରୀର ବି କିଛି ଦୁର୍ବଳ ହେଇଯାଇଛି। ଖୁବ୍ ଅବଶ ଆଉ ଯେମିତି ଅନେକ କ୍ଳାନ୍ତ। ଥକି ପଡ଼ିଚନ୍ତି ସଂସାର ଚକରେ ପେଶି ହେଇ। ଅଥଚ କହୁଛନ୍ତି- ଖୁବ୍ ଭଲ ଅଛି।

ସଂକେତ ଅବଶ୍ୟ ସେ ବାବଦ କିଛି ପଚାରିଲେନି। ପଚାରିଲେ ବି କିଛି ଲାଭ ହେଇ ନଥାନ୍ତା। ଟି'ପୟ ଉପରେ କେକ୍‌ଟିଏ ଥୋଇଲେ ସଂକେତ। ନାଲି, ନେଳି ରଂଗର ମହମବତୀ ସଜେଇ ଦେଲେ। ଘରଟିକୁ ଆଗରୁ ସଜେଇ ଥିଲେ ବେଲୁନ୍‌ରେ।

"କେକ୍ କାଟ।"

ମିନାକ୍ଷୀ କେକ୍ କାଟିଲେ। ସଂକେତ ମହମବତୀ ଲଗେଇଲେ। ଦୁଇଜଣ ମହମବତୀ ଲିଭେଇ- "ହାପି ବାର୍ଥ ଡେ" କହିଲେ।

"ବସ ମିନାକ୍ଷୀ! ମୁଁ କଫି ଆଣେ।"

"ମୁଁ କରି ଆଣୁଛି।" ମିନାକ୍ଷୀ କହିଲେ।

"ନାଇଁ- ନାଇଁ ମୋର କରିବାର ଅଭ୍ୟାସ ଅଛି। ପୁରବୀ ଯେଉଁଦିନୁ ଗଲେଣି। ସେଦିନୁ।"

ସଂକେତଙ୍କ ସ୍ୱର ଭାଂଗିଲା ଶୁଭୁଥିଲା।

ଆଉ କିଛି ନକହି ସଂକେତ କଫି ତିଆରି କରି ଆଣି ଥୋଇଲେ। ପାଖରେ କିଛି ସ୍ନାକ୍‌ସ। ଘର କଥା କେଉଁଦିନ ସେ କଥା ହୁଅନ୍ତିନି। ଅଥଚ ମିନାକ୍ଷୀ ଆରମ୍ଭ କଲେ- "ତୁମର ପୁରବୀଙ୍କ ସହ ଡିଭର୍ସ ହେଇଚି ନା?"

"ତମେ କେମିତି ଜାଣିଲ?" - ସଂକେତ ଆଶ୍ଚର୍ଯ୍ୟ ହୋଇ ପଚାରିଲେ?

"ମୁଁ ଜାଣେ। ତମର ସମସ୍ତ ଖବର ମୋ ପାଖରେ।"

"ତୁମ ପାଇଁ ସେମିତି କିଛି ହେଇନି ମ?" ସଂକେତ ଆତ୍ମସଫେଇ ଦେଲେ।

"ମୁଁ ତ ସେ କଥା କହିନି।" ମିନାକ୍ଷୀ କହିଲେ।

ଏହି ସମୟରେ ମିନାକ୍ଷୀଙ୍କର ଫୋନ୍ ଆସିଲା।

ସଂକେତ ପଚାରିଲେ, "କାହା ଫୋନ୍? ପ୍ରବୀରଙ୍କର ବୋଧେ?"

ମିନାକ୍ଷୀ କହିଲେ, "ହଁ।"

"ଡେରି ହେଇଗଲାଣି ନା? ସେ ତୁମକୁ ଆଉ କ'ଣ ଭାବୁଥିବେ?" ସଂକେତ କହିଲେ।

"ନା- ସେମିତି କିଛି ନୁହେଁ। ଏଠିକି ଆସିଛି ବୋଲି ସେ ଜାଣନ୍ତି। ଅସୁବିଧା ନାହିଁ। ସେ ଅଲଗା କଥା ପାଇଁ ଫୋନ୍ କରିଥିଲେ।"

ମିନାକ୍ଷୀଙ୍କ କଥାରେ ସଂକେତ କାହିଁକି ଯେମିତି ସନ୍ତୁଷ୍ଟ ହେଲେନି।

"ଠିକ୍ ଅଛି, ତମେ ଏବେ ଯାଅ।" ସଂକେତ ଉଠି ଠିଆ ହେଲେ। ମିନାକ୍ଷୀଙ୍କ ଝିଅ ପାଇଁ ଗୋଟିଏ ଫ୍ୟାମିଲି ପ୍ୟାକ୍‌ର ଚକୋଲେଟ୍ ପ୍ୟାକେଟ୍ ଦେଲେ।

ମିନାକ୍ଷୀ କହିଲେ, "ତୁମକୁ ମୋର ଗୋଟେ କଥା କହିବାର ଅଛି।"

"ହଁ, କ'ଣ କୁହ।" ସଂକେତ କହିଲେ।

"ତୁମେ ଜାଣିଚ ସଂକେତ ! ଗତ ପାଞ୍ଚମାସ ହେଲା ମୋ ସ୍ୱାମୀ ପଙ୍ଗୁ ହୋଇ ଘରେ ବସିଛନ୍ତି। ଦିନେ କଲେଜରୁ ଫେରିଲାବେଳେ ଏକ ଆକ୍‌ସିଡେଣ୍ଟରେ ତାଙ୍କ ସ୍ପାଇନାଲ କର୍ଡ୍‌ରେ ଆଘାତ ହେଇଚି। ଡାକ୍ତର କହିଛନ୍ତି, ତାଙ୍କୁ ଅପରେସନ୍ କଲେ ଠିକ୍ ହେଇଯିବ ବୋଲି। ସେଥିପାଇଁ ମୁଁ ପଚାଶ ହଜାର ଟଙ୍କା ଦେବାକୁ କହୁଥିଲି। ଅବଶିଷ୍ଟ ଯୋଗାଡ଼ ହେଇଚି। ଏ କଥା ପ୍ରବୀର କହୁଛନ୍ତି ଏବଂ ସେଥିପାଇଁ ରିମାଣ୍ଡର ଫୋନ୍ ମଧ୍ୟ କରିଥିଲେ। ବିନା ଦ୍ୱିଧାରେ ଓ ସଂକୋଚରେ ମିନାକ୍ଷୀ ଏତେ କଥା କହିଦେଲେ।

ସଂକେତ ମଧ୍ୟ କିଛି ନକହି ଚିପ୍‌ଚାପ୍ ଚେକ୍ ବହି ଆଲମିରାରୁ ଆଣି ପଚାଶ ହଜାର ଟଙ୍କାର ଗୋଟେ ଚେକ୍ ଦେଲେ।

"ଧନ୍ୟବାଦ ତୁମକୁ।" ମିନାକ୍ଷୀ କହିଲେ।

ତା'ପରେ ଆଉ କିଛି ନକହି କବାଟ ଖୋଲି ବାହାରକୁ ଗଲାବେଳେ ସଂକେତ କହିଲେ- "ଶୁଣ ମିନାକ୍ଷୀ ଟଙ୍କା ଫେରାଇବା କଥା କେବେ ବି ଭାବିବନି।"

ମିନାକ୍ଷୀ ଅଟକିଲେ।

ମନିପର୍ସରୁ ଚେକ୍‌ଟି କାଢ଼ି ପୁଣି ଆସି ଟେବୁଲ୍ ଉପରେ ଥୋଇ ଦେଇ ଖୁବ୍ ଶୀଘ୍ର ଘରୁ ବାହାରିଗଲେ।

ସଂକେତ ଯେତେ ଡାକିଲେ ବି ସେ ଶୁଣିଲେନି। ବରଂ ପହଞ୍ଚି ଫୋନ୍ କଲେ, "ଟଙ୍କା ନ ଫେରେଇବା କଥା କହିଲେ ଗୋଟେ ସର୍ତ୍ତ ହୋଇଯିବ। ଯାହା ମୁଁ ଚାହେଁନା।" ବାସ୍ ଏତିକି।

ତା'ପରଠାରୁ ମିନାକ୍ଷୀ ଆଉ କେବେ ଆସିନାହାନ୍ତି।

ଆଜିକୁ ପାଞ୍ଚବର୍ଷ ହେଲା ସେ ତାଙ୍କ ଘରକୁ ଏଇବର୍ଷରେ ଥରେ ଆସିବାର ବି ମନ କରିନାହାନ୍ତି।

ସଂକେତଙ୍କର କଫି ଥଣ୍ଡା ହେଇ ଯାଇଥିଲା।

ମିନାକ୍ଷୀ ରାସ୍ତାକୁ ଯାଇ ଗୋଟେ ଅଟୋରେ ବସିଲେ।

■

ଗୋପୀସାହୁର ଦୋକାନ ଓ ମୋ ଗାଆଁ

ଆମ ଅଂଚଳର ଯାହାକୁ ସରକାରୀ ବସ୍‌ଷ୍ଟାଣ୍ଡ କୁହାଯାଇ ଆସୁଛି, ସେଠାରୁ ପୂର୍ବକୁ ପ୍ରାୟ ଆଠ, ନଅ କି.ମି. ଗଲେ ଗୋଟେ ଗାଆଁ ପଡ଼େ। ତା' ଅର୍ଥ ନୁହେଁ ଯେ ଏଇ ନଅ କି.ମି. ରାସ୍ତା ଯିବା ଭିତରେ ଆଦୌ ଗାଆଁ ନାହିଁ । ଅଛି, ପ୍ରାୟ ତିନି ଚାରିଟି କି ବେଶି ହେବ। ହେଲେ ଏ ଗାଆଁ ସବୁ ଏତେ ଜନମାନସରେ ପରିଚିତ ନୁହେଁ। ତା'ର ନିର୍ଦ୍ଦିଷ୍ଟ କେତୋଟି କାରଣ ମଧ୍ୟ ଅଛି। ପ୍ରଥମତଃ ଏହା ଏକ ଦୀର୍ଘ ଆୟତନର ଗାଆଁ, ଏହାର ଜନ ସଂଖ୍ୟା ଅଧିକ। ଏଠାରେ ସ୍କୁଲ, କଲେଜ, ଡାକ୍ତରଖାନା, ବ୍ୟାଂକ୍ ଇତ୍ୟାଦି ଅନେକ କଥା ଅଛି। ତେଣୁ ସେ ଗାଆଁର ନାଁ ମଧ୍ୟ ବଡ଼ ଗାଆଁ।

ଏଇ ହେଉଛି ମୋ ଗାଆଁ। ବଡ଼ ଗାଆଁ।

ଏ ଗାଆଁ ମୁଣ୍ଡରେ ଗୋଟେ ନଈ ବହିଯାଇଛି। ବ୍ରାହ୍ମଣୀ ନଦୀର ଶାଖା ନଦୀ। କେହି କେହି ଏହାକୁ କାଣୀ ଓ ଲୁଣି ନଈ ବୋଲି କୁହନ୍ତି। ଲୁଣୀ ନଦୀ କହିବାର କାରଣ ହେଲା ଆଗେ କୁଆଡେ ଖରାଦିନେ ସମୁଦ୍ର ଜୁଆର ପାଣି ପଶି ଏ ପାଣି ଲୁଣିଆ ହେଇଯାଉଥିଲା। ଏବେ ଅବଶ୍ୟ ନଦୀ ବଂଧ ଯୋଜନାରେ ପାଣି ମିଠା ହୋଇଯାଇଛି ଓ ଫସଲ ଉପଯୋଗୀ ମଧ୍ୟ ହୋଇପାରିଛି। ନଈକୂଳ ଜମିଗୁଡ଼ିକରେ ଚାଷୀମାନେ ଖରାଦିନିଆ ଭଲ ପରିବା ଅମଳ କରଂତି।

ଏ ଗାଆଁକୁ ଚିହ୍ନଟ କରିବାର ବଡ଼ ସଂକେତ ହେଲା ବିରାଟ ଏକ ହନୁମାନ। ଆମ ଗାଆଁ ମୁଣ୍ଡର ଏଇ ହନୁମାନ ବିଗ୍ରହ ବହୁତ ବଟ ଯାଏ ଲୋକଂକ ଦୃଷ୍ଟିକୁ ଆସେ। ଅବଶ୍ୟ ଏବେ ହନୁମାନ ମୂର୍ତ୍ତି ଗାଆଁ ଗାଆଁରେ ହେଲାଣି। ଭକ୍ତି ଭାବନା ପାଇଁ ନା ଦେଖାଶିଖାରେ ଗାଆଁ ଲୋକମାନେ ଏହା କରଂତି ? ତାହା ଠିକ୍ କେହି କହି ପାରିବେ ନାହିଁ ଯଦି କୌଣସି ଲୋକ ଏହାର କାରଣ ଖୋଜେ, ତା'ର କାରଣ କାହାକୁ ହିଁ ଜଣା ନଥିବ।

ଯେତେହୁ ଏଠି ଆଗରୁ ନଈ ଘାଟଥିଲା, ଲୋକମାନେ ଗଲା ଆଇଲା ବେଳେ ଯେଉଁ ଘଡ଼ିଏ ଠିଆ ହୁଅନ୍ତି, ସେତେବେଳେ ସେମାନେ ପାନ ଖଣ୍ଡେ କି ଟ୍ଢ଼' ଜଳଖିଆ ଟିକେ ଖୋଜନ୍ତି। ସେଥିପାଇଁ କେହି ଜଣେ ଦେଇଥିବା ଛୋଟ ଦୋକାନଟି ଏବେ ଭାଂଗିଯାଇ ବଡ଼ ଦୋକାନଟି ହୋଇଚି। ତା'ର ମୁଖ୍ୟତଃ ଦୁଇଟି କାରଣ ହେଲା - ପ୍ରଥମତଃ ଘାଟ ଉଠିଯାଇ ପୋଲ ହୋଇଯାଇଛି ଓ ଅନ୍ୟଟି ହେଲା ଏଇ ରାସ୍ତାଦେଇ ଦୁଇଟି ବସ୍ ଚ୍ଲୁଛି କଟକ ପର୍ଯ୍ୟନ୍ତ। ଏଇ ଜାଗାଟି ଏବେ ବସ୍‌ଷ୍ଟପେଜ୍ ହୋଇଯାଇଛି। ଯେ କେହି ବସ୍‌କୁ ଅପେକ୍ଷା କରିବେ, ନିଶ୍ଚୟ ସେ କିଛି ଭଲ ଜିନିଷ ଓ ବିଭିନ୍ନ ପ୍ରକାର ଖୋଜିପାରଂତି । ସେଥିପାଇଁ ଦୋକାନର କଳେବର ବଢ଼ିଯିବା ସ୍ୱାଭାବିକ ଓ ଅଧିକ ଅଧିକ ବିଭିନ୍ନ ପ୍ରକାର ଜିନିଷ ରହିବା ମଧ୍ୟ ସାଧାରଣ କଥା।

ମୋ ଗାଆଁକୁ ଏମିତି ସକାଳେ, ସଂଜେ କି ନିହାତି ଦରକାର ହେଲେ ବହୁଲୋକ ଆସଂତି। କାରଣ ଗାଆଁ ଭିତରେ ଗୋଟେ ବଜାର ଅଛି। ଯେଉଁଠି କିଛିବର୍ଷ ହେଲା କଲେଜ, ଡାକ୍ତରଖାନା ଏମିତି ଅନେକ ହେଇଯାଇଛି।

ସହର ସହର ଲାଗୁଛି ମୋ ଗାଆଁ।

ଲୋକକଂର ରୁଚି ବଦଳି ଯାଇଛି।

ବଡ଼ ଗାଆଁର ସବୁ ବଡ଼ଥିଲା ଏକଦା।

ତିନୋଟି ଗାଈ ପାଳି ବାହାରେ। ଗାଈ ଗୋରୁ ପଲରେ ଗାଆଁ ଦାଣ୍ଡରେ ଧୂଳି ଉଠେ। ହମ୍ବାରଡିରେ କଂପିଉଠେ ଗାଆଁ ରାସ୍ତା। ମଇଁଷି ପଲଙ୍କର ଘାଘୁଡି ମଧ୍ୟ ଶବ୍ଦାୟିତ କରିଦିଏ ମୋ ଗାଆଁ ଦାଣ୍ଡକୁ। ଗୋପଦାଣ୍ଡ ଭଳି।

ଫଗୁଣ ମାସରେ ଗୋପାଳମାନଙ୍କର ଡ଼ାଳିବୁଡ଼ା ହୁଏ।

ଲଉଡି ଖେଳ ଓ ଓଗାଳରେ ନାଚି ଉଠେ ବଡ଼ ଗାଆଁ।

ଏଇ ନଈ ଘାଟକୁ ଆସନ୍ତି ଦଳଦଳ ହୋଇ ଗୋପଳପୁଅ ଡାଳି ବୁଡାଇବା ପାଇଁ, ଗାଆଁ ଦାଣ୍ଡରେ ଦୋଳବିମାନ ବସି ଭୋଗ ଖାଇଲାବେଳେ ସତେ ଯେମିତି ବ୍ରଜପୁରୀ ହୋଇଯାଏ ମୋ 'ଗାଆଁ'। ରଜ ପର୍ବରେ ବାଗୁଡି ଖେଳ, ଝିଅମାନଙ୍କର କୁଆଁର ପୂନେଇଁ ଗୀତ। ପୁଚିଖେଳ ଆଜି ବି ସ୍ମୃତି ପାଲଟିଯାଏ ଦିନକୁ ଦିନ।

ଅନେକବର୍ଷ ମୁଁ କଲିକତାର ଚଟକଳରେ କାମ କରିଛି। ସବୁ ସମୟ ପ୍ରାୟ କଲିକତାରେ ରହିବା ଭିତରେ ଏଇ ପୂନେଇଁ ପରବରେ ମୁଁ କିଂତୁ ଗାଆଁକୁ ପଳେଇ ଆସେ, ମୋ ସାଂଗରେ ଆଉ ଯେଉଁମାନେ ଥିଲେ, ସେମାନେ କୁହନ୍ତି ଏଇ ସମୟରେ ତ ଓଭର ଟାଇମ୍ କରିବା କଥା। ତୁ ଓଭରଟାଇମ୍ ଅନ୍ୟମାନଙ୍କୁ ଦେଇ ଗାଆଁକୁ କାହିଁକି ଯାଉଛୁ? ସେଠି କ'ଣ ଅଛି? ସହରରେ ନରହି ମାଟିକାଦୁଅରେ ଗାଆଁକୁ ଯାଉଛୁ?"

ସେ ସମୟରେ ମୁଁ କିଛି ଉତ୍ତର ଦେଇପାରି ନଥିଲି ।

ଯେଉଁମାନଂକ ପାଖରେ କେବଳ ଅର୍ଥ ହିଁ ସର୍ବସ୍ୱ, କେମିତି ସେମାନଂକୁ ବୁଝେଇ ଥାନ୍ତି ଯେ, ସହରର କୃତ୍ରିମ ଆନଂଦ ଠାରୁ ମୋ ଗାଆଁ କାଦୁଅ ମାଟିର ଆନଂଦ କେତେ ଖାଣ୍ଟି ଓ କେତେ ନିରୋଳା ?

ଆଜି ସେମିତି ମୋ ପାଖରେ ଆଉ ଜଣଙ୍କର ପ୍ରଶ୍ନ,

ଦୀର୍ଘ ଚାଳିଶ ବର୍ଷ ତଳେ ।

ମୁଁ ପ୍ରାୟ ସମୟ ଦାଣ୍ଡ ପିଣ୍ଡାରେ ବସେ ।

ବାହାରେ ଆତଯାତ ମଣିଷମାନଂକୁ ଦେଖେ । ସମୟକୁ ମାପେ । କେତେ ଶୀଘ୍ର ସରିଯାଉଛି ସମୟ । ଆମ ଆଖି ଆଗରେ ଛୋଟ ପିଲାମାନେ ସାଇକେଲ ଚଢ଼ି ଏପଟ ସେପଟ ହୁଅନ୍ତି । ଆମେ ଯେତେବେଳେ ଏଇ ବୟସର ହୋଇଥିଲୁ ସେତେବେଳେ ସାଇକେଲ ଚକା ବାଡିରେ ଗଡଉଥିଲୁ ଗାଆଁ ଦାଣ୍ଡରେ । ଏବେ ସେ ସବୁ ତ ଆଉ ଦେଖିବାକୁ ମିଳିବନି । ମତେ ସ୍ୱପ୍ନ ପରିଲାଗେ ।

ସେଦିନ ମୁଁ ବସିଥିଲା ବେଳେ ଦେଖିଲି ମୋ ନାତି ଟୋକା ସାଇକେଲ ଧରି ଟହଲ ମାରୁଛି ଦାଣ୍ଡରେ । ଏପଟରୁ ସେପଟକୁ ।

ନଈ ପୋଲ ଆଡ଼କୁ ଗଲା ସେ । କିଛି ସମୟ ପରେ ଫେରିଲା ।

ସାଇକେଲଟି ଦାଣ୍ଡ ପିଣ୍ଡା ପାଖକୁ ଷ୍ଟାଣ୍ଡ କରି ଘର ଭିତରକୁ ଦୌଡି ଦୌଡି ଗଲା । କିଛି ସମୟ ପରେ ଭାରି ଗୋଟେ ଜୋର୍‌ରେ ପାଟିଗୋଳ କରି ଘର ଭିତରୁ ଫେରିଲା । ତା' ପଛେ ପଛେ ତା' ବଡ଼ଭଉଣୀ । ପଞ୍ଚମ ଶ୍ରେଣୀରେ ପାଠପଢୁଛି ।

ମତେ ଆସି କହିଲା – 'ଦେଖିଲ ଜେଜେ ବୋଉ ପଇସା ଦେଲା ଆଣିବା ପାଇଁ ସେ ମତେ ନଦେଇ ଅଙ୍କ ଦଉଚି"

ତା' କଥା ବି ମୁଁ କିଛି ବୁଝି ପାରିଲିନି । ପଚାରିଲି – 'କଥା କ'ଣ କି ବୁଢ଼ୀ ମା', କଣ ହେଇଚି । ମୁଁ ତାକୁ ଶ୍ରଦ୍ଧାରେ ବେଳେବେଳେ ବୁଢ଼ୀମା' କହେ । କାରଣ ସେ ଏମିତି ଗୋଟେ ଗୋଟେ କଥା କହିବ ଯେ, କେଉଁ ଅମଳର କଥା । ବୁଢ଼ୀମାମାନେ ଯେମିତି କୁହଂତି । ସେଥିପାଇଁ ତାକୁ ମୁଁ ବୁଢ଼ୀମା' କହେ । ସେ କିଂତୁ ମୋ କଥାରେ ବେଳେବେଳେ ଚିଡେ, ପୁଣି ଅନେକ ସମୟରେ ଗେହ୍ଲା ହୁଏ । ନାତି ଟୋକାଟା ପାଖ ପଶିବନି । କେବଳ ପଇସା ପତ୍ର ଦେବାର ଥିଲେ ପାଖରେ ବସି ଜେଜ ଜେଜ କହି ସାକୁଲେଇ ହେବ ।

ଆଜି ଦି' ଜଣଂକ କଳି ଭିତରେ ବୁଢ଼ୀ ମା' କିଂତୁ ମୋ ଉପରେ ଚିଡ଼ିଲେନି । ବରଂ କହିଲା ବୁଝିଲ ଜେଜେ! ବୋଉ ଆମେ ସ୍କୁଲରୁ ଆସିଲା ପରେ ସୋମୁକୁ ପଇସା ଦେଇଥିଲା ଦି' ପାକେଟ୍ କୁରୁକୁରୀ ଆଣିବା ପାଇଁ ।

ମୁଁ କଥା ଅଧାରୁ ପଚାରିଲି - ସେ କ'ଣ ଆଣି ନାହିଁ ?

ହଁ ଆଣିଛି ଯେ - ତା'ର ତ ଗୋଟାଏ ମୋର ଗୋଟାଏ । ସେ ତା'ର ଗୋଟାଏ ରଖି ମୋ ପାକେଟ ଖୋଲି ଅଧେ ନେଇଯାଉଛି । କହିଲାବେଳକୁ ନଦେଇ ଦୌଡି ପଳେଇ ଆସୁଛି ।

ମୁଁ ଦେଖିଲି ଏ କଥାରେ କିଛି କହି ହେବନି କି ସମାଧାନ କରିହେବନି । ତଥାପି କହିଲି 'କିରେ ଟୋକା ତୁ କାହିଁକି ତା' ପାକେଟରୁ ନେଇଛୁ ? ସେ ମତେ କହିଲା,

- କି କାହିଁକି ? ପୂରା ପ୍ୟାକେଟ୍ ତାକୁ ଦେବି ?

ମୁଁ ପୁଣି ଏତେ ବାଟ ସାଇକେଲରେ ଗଲି - ସେ ଯାଇ ଆଣିଲାନି ?

- ଏତେବାଟ ମାନେ ? ପୋଲ ପାଖକୁ ତ ? ଆମେ ପରା ଆଗେ ବସ୍‌ଷ୍ଟାଣ୍ଡରୁ ଘରକୁ ଚାଲି ଚାଲି ଆସୁଥିଲୁ । ଏବେ ତ ପିଚୁରାସ୍ତା ହେଲାଣି, ହେଲେ ପାଣି କାଦୁଅରେ ନସର ପସର ହେଇ ଆସିବାକୁ ପଡୁଥିଲା । ମୁଁ ଆଉ କଥା ଆଗକୁ ନ ବଢେଇ କହିଲି ଠିକ୍ ଅଛି ଝିଅ- ତୁ ସୋମୁ ସହ ଝଗଡା କରନା । ମୁଁ ପଇସା ଦେଇ ଆଉ ଦି' ପାକେଟ ତୋ' ପାଇଁ ମଗେଇ ଦେବି । ବୋଧହୁଏ ଉଭୟ ଖୁସି ହେଲେ ମୋ କଥାରେ ।

ମୁଁ ଭାବିଲି ସମୟ କେମିତି ଲଂବା ପାହୁଣ୍ଡ ପକେଇ ଆଗକୁ ମାଡ଼ି ଚାଲିଛି । କେତେ ବଦଳି ଗଲାଣି ସମୟ । ରୂପରେ ଗୁଣରେ ସବୁଥିରେ ।

ଏ ନଈ ଆଗରୁ ଥିଲା । ସେ' ନଈ ଘାଟରେ ଦୋକାନ ଥିଲା । କିଂତୁ ସେଇ ଦୋକାନ ଭିତରେ ଆଜି କେତେ ଫରକ୍ ।

ସେଦିନ ସଂଜ ବେଳେ ପିଣ୍ଡାରେ ମୋ ପାଖରେ ସୋମୁ ବସିଥିଲା ।

ମତେ ପଚାରିଲା ଆଚ୍ଛା କହିଲ ଜେଜେ - ତୁମେ ସେଦିନ କହିଥିଲ, ବହୁଦିନ ତଳେ ଗାଆଁରେ ସବୁ କୁଆଡ଼େ ଦୋକାନ ନଥିଲା ? ଲୋକମାନେ କେମିତି ଚଳୁଥିଲେ ?

ହଁ ଥିଲା କାଁ ଭାଁ ଗାଆଁରେ ଗୋଟାଏ, ସେଠି ତେଜରାତି ଜିନିଷ ସହିତ କିଛି ଆବଶ୍ୟକ ଜିନିଷ ବି ମିଳୁଥିଲା, ଏଇ ଯେମିତି ସାବୁନ, ସୋଢ଼ା ଇତ୍ୟାଦି । ଏହା ଛଡା, ଚୁଡା, ମୁଢ଼ି, କ୍ଷୀର ମଧ୍ୟ ମିଳୁଥିଲା । ମୋ କଥା ଶୁଣି ସୋମୁ ଟିକେ ଆଶ୍ଚର୍ଯ୍ୟ ହେଲା । ପଚାରିଲା - କୁରୁକୁରୀ, ପାନ, ଏସବୁ ମିଳୁ ନଥିଲା । କୁରୁକୁରୀ ତ ନଥିଲା ଯୋଉ ପାନ ମିଳୁଥିଲା, ଧଣିଆ ଗୁଣ୍ଡି ଦିଆ ପାନ । ଛାଡ ତୁ ବୁଝି ପାରିବୁନି ସେ କଥା, - ମୁଁ କହିଲା ମାତ୍ରେ ସୋମୁ ସାଂଗେ ସାଂଗେ କହିଲା, 'ମୁଁ ପା' ଜାଣିଛି, ତେଜେ ମା' ଯୋଉ ପାନ ଖାଆନ୍ତି ତ ? ତମକୁ ବି ଭାଂଗି ଦିଅନ୍ତି । ନୁହଁ ଜେଜେ ?

ମୁଁ ହସିଲି ।

ହଁ ସେଇ ପାନ ।

ବେଳେବେଳେ ସାନ ଦାଦା ଦୋକାନରୁ କ'ଣ ଆଣି ପାଟିରେ ପକାନ୍ତି ?

ସେ କ'ଣ କଡ଼ା ? ନା ପିଲାଂକ ସାଦା ମସଲା ?

ମୁଁ ଜାଣିପାରିଲି, ସୋମୁ ମତେ କ'ଣ କହିବାକୁ ଚାହୁଁଛି । ମନେ ମନେ ସ୍ୱଗତୋକ୍ତି କଲି ଏବେ ତ ଅନେକ କଥା ଦୋକାନରେ ମିଳିଲାଣି । ଖାଲି ପାନ ଗୁଟୁଖା କ'ଣ ? ମଦ ମଧ ମିଳୁଛି । ସୋମୁ ପିଲା ମଣିଷ, ଏବେ କିଛି ଜାଣି ପାରୁନି । ଦିନ ଆସିବ ସବୁ ଜାଣିବ । ସେ ବି ତା' ସାନଦାଦା ଭଳି ଖାଇପାରେ ।

ବହୁଦିନ ତଳେ ଓଡ଼ିଶାର ଜଣେ ବିଶିଷ୍ଟ ଔପନ୍ୟାସିକ ବ୍ୟାସକବି ଫକୀରମୋହନ ତାଂକ ଉପନ୍ୟାସରେ ଗୋଟେ ଦୋକାନ କଥା ଲେଖିଥିଲେ । ଯାହା ସମସ୍ତଙ୍କ ମୁହଁରେ ଜଣାଥିଲା । ଗୋପୀସାହୁର ଦୋକାନ । ଏଇ ଆମ ଗାଆଁ ନଈଘାଟେ ଦୋକାନଟିଏ ହେଲା ପରି ସେଠି ଗୋପୀସାହୁ ଦୋକାନ ଦେଇଥିଲା । ଘାଟ ପାରିହେବା ଲୋକ ତା' ଦୋକାନରେ ବିଶ୍ରାମ ନେବା ସହିତ ଚ଼ ଜଳଖିଆ, ପାନ ବି ଖାଉଥିଲେ । ଜଳଖିଆ କହିଲେ ମୁଢ଼ି ଚୁଡା ଗୁଡ କି ଦେଶୀ ପାଚିଲା କଦଳୀ । ଯେଉଁମାନେ ଟିକେ ଅଧିକ ପଇସା ଦେବେ ଗୋପୀସାହୁ ପୁଅ ଗାଆଁ ଭିତରୁ ଭଲ ଖାଣ୍ଟି କ୍ଷୀର ଅଧବେଲା ଆଣି ଦିଏ ।

ସବୁଠାରୁ ଗୋପୀସାହୁ ଦୋକାନର ଗୋଟେ ବିଶେଷତ୍ୱ ହେଲା, ଘାଟ ପାର ହୋଇ ଦୂର ଗାଆଁକୁ ଯଦି କେହି ଯାତ୍ରୀ ନ ଯାଇ ପାରିଲେ ତା'ହେଲେ ଏଇଠି ରହିଯାଏ ସେ, ତା' ଦୋକାନ ଘରକୁ ଲାଗି ଗୋଟେ ଅଲଗା ଘର ଅଛି । ଚୁଲି ଅଛି । ଯେ ଚାହିଁବ ରୋଷେଇ କରି ଖାଇ ପାରିବ । ଗୋପୀ, ଚାଉଳ, ମୁଗ ଡାଲି ଠାରୁ ଆରମ୍ଭ କରି ତେଲ ଲୁଣ, କିରୋସିନ, କାଠ, ଦିଆସିଲି ସବୁ ଦେଇଦେବ । ଗୋପୀ କିଂତୁ ସଂଜ ହେଲେ ଘରକୁ ଆସେ । ଦୋକାନ ବଂଦ ରହେ । କାରଣ ନାରଣ ଘାଟିଆ ଘାଟ ବଂଦ କରିଦିଏ । ଯାତ୍ରୀ ଆଉ ଆସନ୍ତିନି । ଘରେ ଆସି ଧୂଆଁପତ୍ର ଟାଣେ ।

ଆଜି ସେ ଗୋପୀସାହୁ ନାହିଁ । ସେ ଦିନ ବଡ଼ ଗାଆଁର ନଈ ଘାଟରେ ସିନା ଗୋଟିଏ ଦୋକାନ ଥିଲା, ହେଲେ ସବୁ ଗାଆଁରେ ଛକରେ ଛକରେ ଅନେକ ଦୋକାନ । କେତେ ଗୋପୀସାହୁ ମୁଣ୍ଡ ଟେକି ଉଠିଲେଣି । ଏଇ ଆଜିକାଲିର ଗୋପୀସାହୁ ଦୋକାନମାନଙ୍କରେ ଚୁଡା, ମୁଢ଼ି, ଗୁଡ ମିଳୁନି । ଧଣିଆ ଧୂଆଁପତ୍ର ଦିଆ ଗୁଣ୍ଡି ମିଳୁନି । ଏଠି ବିଭିନ୍ନ ପ୍ରକାର ଜର୍ଦ୍ଦା ମହକରେ ମହକି ଯାଉଛି ଏ ଦୋକାନ । କେତେ ପ୍ରକାର ଗୁଡ଼୍‌ଖା ଝୁଲୁଛି ଦୋକାନ ଆଗରେ । ଏ ଦୋକାନ ସଂଜ ସରିକି ବଂଦ ହୁଏ ନାହିଁ, ବରଂ ଗହ ଗହ କଂପି ଉଠେ ।

ସୋମୁ ସେଦିନ ମତେ କହିଲା -

ଚାଲଯିବା ଜେଜ ପୋଲ ଦୋକାନ ପାଖକୁ ସଂଜରେ ବୁଲି ।

ଦେଖିବା କେତେ ଲୋକ ଅଛନ୍ତି। ପୋଲ ଉପରେ ବସି ପବନ ଖାଉଛନ୍ତି। ମଜା ହେବ, ମୁଁ ତାକୁ ସିନା ଗାଳି ଦେଲି, ହେଲେ ଗାଆଁର କେତେ ଯୁବକ ସେଇଠି ତ ଭିଡ଼ ଜମଉଛନ୍ତି। ଦୋକାନ ଖୋଲା ରହୁଛି ରାତି ଏଗାର ପର୍ଯ୍ୟନ୍ତ। ବେଶି ରାତିରେ ହିଁ ଭଲ ବେପାର ହୁଏ। ଚୋରା ମଦ କାରବାର। ପୋଲ ଉପରେ କି ବଂଧକଡ଼ରେ ଟୋକାଙ୍କର ଆଖଡା ଜମେ। ପଲିଥିନ୍, ଗ୍ଲାସ, ମିକ୍ସଚର ସବୁ ସେଇଠ ହିଁ ମିଳେ। କେମିତି ବଦଳି ଯାଉଛି ଗାଆଁ ସଂସ୍କାର।

ସୋମୁମାନଙ୍କ ଭଳି ପିଲାଙ୍କର ଭବିଷ୍ୟତ କେଡେ ଭୟଙ୍କର ସତରେ ?

ଆଗେ ଲୋକ କୁହାକୁହି ହେଉଥିଲେ 'ପିଲାଟା ବିଦେଶରେ ରହି ଖରାପ ହେଇଗଲା। କୁସଂଗ କଲା। ମଦ ଗଂଜେଇ ଖାଇଲା। ହେଲେ, ଆଜି ଆଉ ସହର ଯିବାକୁ ପଡ଼ିବନି, ଗାଆଁ ହୋଇ ଗଲାଣି ସହର।

ସୋମୁ କହିଲା 'ଦାଦା କ'ଣ ଖାଉଛ' ?

ସମୟ ଆସିବ ସୋମୁ ନିଜେ ନିଜେ ଏହାର ଉତ୍ତର ନିଶ୍ଚୟ ପାଇବ। ତାକୁ କେହି କିଛି କହିବେନି। ଅଥଚ ସେ ସବୁ ଜାଣି ଦବ।

ମୁଁ ମନେ ମନେ ଭାରି ବ୍ୟସ୍ତ ହୋଇ ପଡୁଥିଲି।

ଆମର ତ ବେଳକାଳ ଗଲାଣି। କ'ଣ ହେବ ଏ ମାନଂକ ଭବିଷ୍ୟତ ?

ତେଣୁ ମୁଁ ନିଷ୍ପତ୍ତି ନେଲି - ବଡ଼ପୁଅକୁ କହିବି ସେ ତ ବାହାରେ ରହୁଛି, ବରଂ ସୋମୁ ଓ ତା' ଭଉଣୀ ଦୁଇଜଣଙ୍କୁ ନେଇ ବାହାରେ ରହୁ, ପିଲାଦୁଇଜଣଙ୍କୁ ଭଲ ବୋର୍ଡିଂରେ ରଖୁ। ନହେଲେ ଗାଁରେ ପରିବେଶ ଯାହା ସେ ଖରାପ ହୋଇଯିବେ। ଯାବତୀୟ ଗଣ୍ଡଗୋଳ ହେଉଛି ଏଇ ପୋଲ ଦୋକାନ ପାଖରେ। ସ୍କୁଲ କଲେଜକୁ ଯାଉଥିବା ଝିଅଂକୁ ଅଶ୍ଳୀଳ ଇଂଗିତ ଦେଉଛନ୍ତି ଗୁଟ୍‌ଖା ଖାଇ ଟହଲ ମାରୁଥିବା ବେକାର ଟୋକା। ମଦ ପିଇ ମାରପିଟି।

ଯିଏ କହିବ ସେ ହିଁ ଦୋଷୀ ହେବ।

ସେଥିପାଇଁ ତ ଆମ ଭଳି ଅକର୍ମଣ୍ୟ ମଣିଷମାନେ ଅଚଳ ଓ ଅପଦାର୍ଥ ପାଲଟି ଗଲୁଣି। ତମେ ବରଂ ଭଲ କରିଛ ଗୋପୀସାହୁ।

ତୁମ ସମୟରୁ ତମେ ଖସିଯାଇଛ। ନଚେତ୍ ଏବେ ଥିଲେ ନା ? ତମ ଦୋକାନକୁ କୋଉଦିନୁ ଅଚଳ କରି ଦିଅନ୍ତେଣି। ତୁମେ କେବଳ ଅସହାୟତାରେ ଛଟପଟ ହେଉଥାନ୍ତ।

ତୁମେ ଭଲ କରିଛ ଗୋପୀସାହୁ, ଏବେ ନାହାଁ।

ଖୁବ୍ ଭଲ କରିଛ।

■

ନିଧିସୁଆର

ଆମ ଅଞ୍ଚଳର ପିଲାଛୁଆଙ୍କ ଠାରୁ ଆରମ୍ଭ କରି ବୁଢ଼ାବୁଢ଼ୀଙ୍କ ପର୍ଯ୍ୟନ୍ତ ସମସ୍ତଙ୍କ ପାଖରେ ନିଧିସୁଆର ଖୁବ୍ ଗୋଟାଏ ପରିଚିତ ନାଁ। ଆମ ଗାଆଁଠାରୁ ଅନ୍ତତଃ ପନ୍ଦର କୋଡ଼ିଏ ମାଇଲ ଦୂରରେ ଅବସ୍ଥିତ ଶ୍ରୀଜଗନ୍ନାଥ ମନ୍ଦିରରେ ସେବକ ସୁଆର ମାନଙ୍କ ମଧ୍ୟରୁ ସେ ଜଣେ। ନିଧିସୁଆର। ସମସ୍ତେ ଡାକନ୍ତି ନିଧିଆ ନା'।

ଚିକ୍ ଚିକ୍ ଗୋରା, ପତଳା। ଗେଡ୍ଡୁ ଲୋକଟିଏ।

ଖାଲିଦେହ। କାନ୍ଧରେ ଛ'ସରି ପଇତା। ଚଉଡ଼ାପାଡ଼ି ଲୁଗା ଲମ୍ବି ଆସିଥିବ ଆଣ୍ଠୁ ତଳକୁ। ଅଣ୍ଟାରେ ଭିଡ଼ା ହୋଇଥିବ। କଲିକତି କୋଠି କୋଠି ନାଲି ଗାମୁଛା। ଦେହରେ ଲୁଗାର ଚାଦର। ମୁଣ୍ଡରେ ଠେକାଟିଏ। କାନ୍ଧରେ ଝୁଲୁଥିବ ଲମ୍ବା ଫିତାଲଗା ବ୍ୟାଗ୍ ଅଣ୍ଟାତଳ ପର୍ଯ୍ୟନ୍ତ। ସେଥିରେ ଥିବ ଜଗନ୍ନାଥଙ୍କର ଅଙ୍ଗଲାଗି ଶ୍ରୀକପଡ଼ା। ପାଟଫୁଲ, ରଂଗିଲା କାଠମାଳି, ମହାପ୍ରସାଦ ପୁଡ଼ିଆ। ଚନ୍ଦନ ଆଉ ଅଗରୁରେ ବିଭୂଷିତ ଜଗନ୍ନାଥଙ୍କ ଚରଣତୁଳସୀ ଓ କିଛି ଶୁଖିଲା ଭୋଗ।

ପ୍ରତିବର୍ଷ ସେ ଆସନ୍ତି ଆମ ଅଞ୍ଚଳକୁ।

ଗାଁ ଗାଁ ବୁଲନ୍ତି; ଦିନପରେ ଦିନ।

ମୋତେ ଏବେ ବି ଜକ ଜକ ହୋଇ ଦେଖାଯାଉଛି, ନିଧିସୁଆରଙ୍କ ମୁହଁ। ରୂପ ଆଉ ଚାଲିବାର ଠାଣି। ସାଇକେଲ ଡେରି ଦେବେ ଆମ ଦୁଆର ମୁହଁରେ। ବାବୁଘର ସାଆନ୍ତାଣି ଘରେ ଅଛ ଟି' ବୋଲି ଦାଣ୍ଡ ପାହାଚରୁ ଡାକ ଛାଡ଼ିବେ। ଆମ ଅଞ୍ଚଳରେ ଯେହେତୁ ଆମର ଜମିଦାର ଘର, ସେଥିପାଇଁ ସୁଆରେ ପ୍ରଥମେ ଆମ ଘରକୁ ଆସନ୍ତି। ତାଙ୍କ ଡାକ ଶୁଣି ବାପା ଡାକ ଛାଡ଼ିବେ, 'ଆରେ ଶୁଣ ବଡ଼ ଠାକୁରଙ୍କ ସୁଆର ଆସିଛନ୍ତି। ଗୋଡ଼ଧୋଇବାକୁ ଶିଘ୍ର ପାଣି ଦିଅ। ଆସନ ପକାଅ। ବୋଉ

ପାଣିଲୋଟା ଧରି ଗୋଡ଼ ଧୋଇଦିଏ। କାନିକୁ ବେକରେ ଗୁଡ଼େଇ ମୁଣ୍ଡିଆ ମାରେ। ଆଉ ଆସନ ପକେଇଦିଏ ବସିବା ପାଇଁ।

ଆମ ଅଲଗଂ ପିଣ୍ଡାରେ ସପ ପକେଇ ବସିଯାଆନ୍ତି ନିଧିସୁଆର।

ମୁଣ୍ଡରୁ ଠେକା ଖୋଲି ମୁହଁ ଆଉ ଗୋଡ଼ ପୋଛନ୍ତି। ବୋଉ ସେତେବେଳକୁ ଚା'ବସେଇ କଣ କିଛି ଜଳଖିଆ ତିଆରିର ଯୋଗାଡ଼ କରୁଥାଏ। ବାପା ଭାଗବତ ଖଞ୍ଜାକୁ ଯାଇ ନନାଙ୍କୁ କହିଆସନ୍ତି, ଆଜି ଆମ ଘରର ପାରୁଣ ସୁଆରେ ପାଇବେ। ଘରକୁ ନ ପଠେଇ ଏଇଠି ରଖିଥିବ।' କାରଣ ସେ ଆସିଲେ ଆଉ କୋଉଠି ଖାଆନ୍ତିନି। ସେ ଜାଣନ୍ତି ଆମର ହିଁ ଭାଗବତ ଖଞ୍ଜା ଅଛି ଓ ନନା ଅନ୍ନପ୍ରସାଦ ନିତ୍ୟ ସେବା ଦିଅନ୍ତି। ସକାଳବେଳା କିଛି ଘର ବୁଲି ମଧ୍ୟାହ୍ନରେ ଆସି ପହଞ୍ଚନ୍ତି। ପ୍ରସାଦ ପାଇ କିଛି ସମୟ ବିଶ୍ରାମ କରନ୍ତି ଓ ଓପରବେଳା ପୁଣି ଗାଆଁ ଯାଆନ୍ତି। ଏମିତି ପ୍ରାୟ ତିନି ଚାରିଦିନ କି ବେଶୀ ହେବ, ସେ ବୁଲିଥାନ୍ତି।

ଆମ ସମସ୍ତଙ୍କର ଗୋଟେ ଧାରଣା ଅଛି ଜଗନ୍ନାଥ ଠାକୁରଙ୍କର ସେବକମାନେ ତାଙ୍କର ପ୍ରତିନିଧି। ସେ ହିଁ ନିଜେ ସୁଆର ମାଧ୍ୟମରେ ଭୋଗ ପଠାନ୍ତି। ସୁଆରେ ସପ ଉପରେ ବସି କହିବେ- 'ସାଆନ୍ତାଣି ମା' ଚା' ପରେ ଖାଇବା ଆଗେ ଗୋଟେ କଂସାଥାଳି ଆଣ। ବୋଉ ଧୂଆ ହୋଇ ରହିଥିବା କଂସା ଥାଳିଟି ଆଣି ଥୁଏ। ସୁଆରେ ସେଥିରେ ସଜେଇ ଦିଅନ୍ତି, ପାଟଫୁଲ, ମାଳି, ନିର୍ମାଲ୍ୟ ଓ ଶୁଖିଲା ମହାପ୍ରସାଦ। ତା' ସାଙ୍ଗକୁ ଚରଣ ତୁଳସୀ।

ସେତିକିରେ ମହମହ ବାସି ଉଠେ ଘର, ଦୁଆର। ପବନରେ ଖେଳେଇ ହେଇଯାଏ ଅଗୁରୁ ଚନ୍ଦନର ମହମହ ବାସ୍ନା। ସୁଆରଙ୍କ ଦେହରୁ ଯେମିତି ଗୋଟେ ଦେବ ମନ୍ଦିରର ବାସ୍ନା ବାରି ହେଇପଡ଼େ।

ବୋଉ ମୁଣ୍ଡରେ ମାରେ ସେ ଥାଳି।

ଆଣ୍ଠୁମାଡ଼ି ଦଣ୍ଡବତ ହୁଏ ଜଗନ୍ନାଥଙ୍କ ଉଦ୍ଦେଶ୍ୟରେ।

ଆମ ଘର ଠାରୁ ପ୍ରାୟ ଦଶବାର କି.ମି ଦୂରରେ ଏଇ ଜଗନ୍ନାଥ ମନ୍ଦିର ଅଛି। ଲୋକକଥାରୁ ଶୁଣାଯାଏ, କାହିଁ କେତେବର୍ଷ ତଳେ କନିକାରୁ ରଥ ସହ ଠାକୁର ଉଡ଼ି ଆସି ଅବସ୍ଥାପିତ ହୋଇଥିଲେ। ବହୁ ପ୍ରାଚୀନ ଏ ମନ୍ଦିର। ଅଖଣ୍ଡ ବିଶ୍ୱାସ ଏଠା ଲୋକଙ୍କର, ଘର ତିଆରି, କାନ୍ଥକଟା କି ପ୍ରତିଷ୍ଠା ହେଉ, ବାହାଘର ବା କୌଣସି ଶୁଭ କାମରେ ଜଗନ୍ନାଥଙ୍କର କରପଲ୍ଲବ ଆଜ୍ଞାମାଳ ନ ଆସିଲେ ହୁଏନା। ଏବେ ମଧ୍ୟ ଏଇ ଜଗନ୍ନାଥ ଚେନ୍‌ରେ ବନ୍ଧା ହୁଅନ୍ତି। କାଲେ ପୁଣି କୁଆଡ଼େ ଚାଲିଯିବେ। ଜଗନ୍ନାଥଙ୍କର ସବୁଠାରୁ ପ୍ରିୟ ଭୋଗ ହେଲା ରସାବଳୀ।

ନିଧିସୁଆରେ କାର୍ତ୍ତିକ ମାସରେ ଆସି, ଏଇ ରସାବଳୀ ଭୋଗ ଆମ ଘରେ ଦେଇଯାଆନ୍ତି। ପଞ୍ଚୁକ ପାଞ୍ଚଦିନରେ ଏଠିକା ଲୋକମାନେ ମହାପ୍ରଭୁଙ୍କ ପାଖରେ ଖଟଣି ଲାଗି କରନ୍ତି। ଯେହେତୁ ଆମର ସୁଆର ନିଧିଅ ନା'-ତାଙ୍କ ମାଧ୍ୟମରେ ଖଟଣି ଲାଗେ। ଆମେ ଖଟଣି କୁ ଯାଉ। ସାଙ୍ଗରେ ଅରୁଆ ଚାଉଳ, ଡାଲି ପରିବା ନଡ଼ିଆ, ଘିଅ, କ୍ଷୀର, ଚିନି ଇତ୍ୟାଦି। ଏପରିକି ଜାଳ ମଧ୍ୟ ଯାଇଥାଏ। ସୁଆରେ ଏ ସବୁର ଦାୟିତ୍ୱ ନିଅନ୍ତି। ସମସ୍ତଙ୍କୁ ଅଲଗା ହାଣ୍ଡି। ରୋଷେଇ ମଧ୍ୟ ତାଙ୍କର। ପ୍ରସାଦ ପାଇସାରିଲା ପରେ ଯାହା ତାଙ୍କର ଖର୍ଚ୍ଚ ଲାଗିଥାଏ, ସେ ନିଅନ୍ତି।

ଏମିତି ଚାଲେ ଫି ବର୍ଷ।

ନିଧିସୁଆରଙ୍କ ସାଇକେଲ ଗାଆଁଦାଣ୍ଡରେ ଗଡ଼ିଲେ, ପିଲାଏ ତାଙ୍କ ଚାରିପଟେ ଘେରିଯାଇ ତାଳିମାରନ୍ତି ଆନନ୍ଦରେ। ଖୁସିରେ। କାରଣ ସେ ତାଙ୍କ ବ୍ୟାଗରୁ କାଢ଼ି ମାଳି କି ପାଟଫୁଲ ଦେବେ। ଭୋଗ ଟିକେ ଟିକେ ମଧ୍ୟ ଦବାକୁ ପଛାନ୍ତିନି। ଏଠି ପିଲାଙ୍କର ଭକ୍ତି ନାହିଁ, ଅଥଚ ଅଛି ଖୁସି ଆଉ ଆଗ୍ରହ। ଏତିକି ସେମାନେ ଜାଣନ୍ତି ନିଧିଆ'ନା ଠାକୁରଙ୍କ ମନ୍ଦିରରୁ ଆସିଛନ୍ତି। ଭୋଗ ମିଳିବ। ବାସ୍ ସେତିକି।

ନିଧିସୁଆରଙ୍କର ଗାଆଁବୁଲି ଆସିବା ମଝିରେ ପ୍ରାୟ ସାତ କି ଆଠବର୍ଷ ବନ୍ଦ ହେଇଗଲା। ତାଙ୍କ କାମ କିନ୍ତୁ ମନ୍ଦିରରେ ବନ୍ଦ ନଥିଲା କି ତାଙ୍କ ଭକ୍ତ କେହିଗଲେ-ସେବା ଯୋଗାଇବାରେ ଅବହେଳା କରୁନଥିଲେ। ଖଟଣୀ ଠାରୁ ଦିଅଁଦର୍ଶନ ପର୍ଯ୍ୟନ୍ତ।

ମୁଁ ସେଥର ଗାଆଁକୁ ଆସିଥାଏ।

ବୋଉ କହିଲା, ଯାଉନୁ ଠାକୁରଙ୍କ ଦର୍ଶନ କରିଆସିବୁ। ସୁଆରଙ୍କ ଦେହ ଭଲ ନାହିଁ ବୋଲି ସମସ୍ତେ କହୁଛନ୍ତି। ତୁ ଟିକେ ଦେଖିଆସିବୁ। କଣ ଟିକେ ପ୍ରଣାମୀ ଦେଇ ଆସିବୁ।'

ମୁଁ ଭାବିଲି, ସତକଥା ବି।

କିଛି ଦିନ ହେଲାଣି ଠାକୁରଙ୍କ ଦର୍ଶନ ବି କରିନାହିଁ। ଦର୍ଶନ ହେବ, ସୁଆରଙ୍କ ଠାରୁ ଅଧରାମୃତ ବି ମିଳିବ।

ସକାଳୁ ସକାଳୁ ଯାଇଥିଲି ମନ୍ଦିର। ବେଶ୍ ଫର୍ଚ୍ଚା ସମୟ। ପୁରା ଫାଙ୍କା। ଦର୍ଶକଙ୍କ ଭିଡ଼ ନାହିଁ। ଅବଶ୍ୟ ପୁନେଇ ପରବରେ ଅଧିକ ଭିଡ଼ ହୁଏ। ନହେଲେ ନିତି ଏମିତି ଖୁବ୍ କମ ଭକ୍ତ ଯାଆନ୍ତି।

ମନେ ମନେ ଖୋଜିଲି। ନିଧି ସୁଆରଙ୍କୁ। କୋଉଠି ଥିଲେ ବୋଧେ ଆସିଲେ। ଭାରି ରୁଗ୍ଣ ଦେଖାଯାଉଛନ୍ତି। ଆଗର ସେ ତେଜ ନାହିଁ। ଠାଣି ନାହିଁ କି ଚିକ୍ ଚିକ୍ କରୁଥିବା ଗୋରା ଦେହରେ ପାନଖିଆ ପାଟିର ହସ ନାହିଁ। ମଳିନ,କ୍ଳାନ୍ତ। ମୁଁ ପ୍ରଣାମ

କଲି। ମୁଣ୍ଡ ଆଉଁସୀ ଦେଲେ। ଜମିଦାର କାର୍ତ୍ତିକ ବାବୁଙ୍କ ପୁଅ ତ ? ମୁଁ ଠିକ୍ ଚିହ୍ନୁଛି। ଯେଉଁଠି ସେ ଭକ୍ତମାନଙ୍କୁ ନେଇ ବସାନ୍ତି, ସେଇଠି ନେଇ ଆଗରୁ ପଡ଼ିଥିବା ସପ ଉପରେ ବସାଇଲେ।

କହିଲେ- ବୁଝିଲ ବାପା ! ଆଉ ଯିବା ଆସିବା କରିପାରୁନି। ସାଇକେଲ ଚଲେଇବାକୁ ଡାକ୍ତର ମନା କରିଛି। ଏଇଠି କାଳିଆର ସେବା କରୁଛି। ଯେ ଆସିଲେ କେହି ଭକ୍ତ ସେମାନଙ୍କର ଯାହା ଦର୍କାର-ସେଥିରେ ସାହାଯ୍ୟ କରୁଛି।

ଏମିତି କିଛି ସମୟ କଥାବାର୍ତ୍ତା ହେଲୁ। ଗାଆଁର ଅନ୍ୟମାନଙ୍କ କଥା ପଚାରିଲେ ସେ। ମତେ ଲାଗିଲା ସତେଯେମିତି ଜଗନ୍ନାଥ ମହାପ୍ରଭୁଙ୍କର କରୁଣାର ଜଳବିନ୍ଦୁକୁ ନେଇ ତାଙ୍କ ଅଞ୍ଚଳର ଲୋକମାନଙ୍କ ଉପରେ ସିଞ୍ଚନ କରିବାର ସଂକଳ୍ପ କରିଛନ୍ତି।

ମୁଁ ତଥାପି ପଚାରିଲି- ଆପଣ କ'ଣ ଆମ ଆଡ଼େ ଆଉ ଯମା ଯିବେନି ?

- ପାରୁନି ତ, ତଥାପି ଭାବୁଛି, କେହି ଜଣେ ମତେ ଗାଡ଼ିରେ ବସେଇ ନେଲେ ଯାଇ ବୁଲି ଆସନ୍ତି। ଦେଖିବା କଣ ହେଉଛି। ଯଦି କାଳିଆର ଇଚ୍ଛାଥିବ ତା'ହେଲେ ସିନା ଯାଇପାରିବି ? ନହେଲେ କେମିତି ଯିବି ? ସୁଆରେ ଭଙ୍ଗାସ୍ୱରରେ କହିଲେ।

ସତକୁ ସତ ସେ ବର୍ଷ କାର୍ତ୍ତିକମାସ ଶେଷ ବେଳକୁ ନିଧିସୁଆରେ ଆମ ଗାଆଁକୁ ଆସିଥିଲେ। ବୋଉ ଯଥାପୂର୍ବ ସେମିତି ଚର୍ଚ୍ଚା କଲା। ବାସୁଦେବଙ୍କ ଖଂଜାରେ ପ୍ରସାଦ ବ୍ୟବସ୍ଥା କଲା। ସୁଆରେ କିନ୍ତୁ ସେଦିନ ଆଉ ରହିଲେନି। ଗାଆଁରେ ଦୁଇତିନୋଟି ଘର ବୁଲି ଫେରିବାକୁ ବାହାରିଲେ।

ବୋଉ ପ୍ରଣାମୀ ଦେଇ ଦଣ୍ଡବତ କଲାବେଳେ ସେ କହିଲେ-

ବୁଝିଲ ସାଆନ୍ତାଣି ମା ! ତୁମ ଘରକୁ ଆସିବା ଏଇଟା ବୋଧେ ଶେଷ। ଜମିଦାର ବାବୁ ଆମକୁ ଛାଡ଼ି ଚାଲିଗଲେ, ଆଜ ଜୀବନ ବା ରହି ମୂଲ୍ୟ କ'ଣ ? ସେ ସମୟରେ ବାପାଙ୍କ କଥା ମନେ ପକେଇ ବୋଉ କାନ୍ଦି ପକେଇଲା।

'ବ୍ୟସ୍ତ ହୁଅନି ମା'। ତୁମକୁ ପରା ତୁମର କାଳିଆ, ଗୁରୁ ସମସ୍ତେ ଅନେଇଚନ୍ତି। ଅସୁବିଧା କିଛି ନାହିଁ। ମୁଁ ନ ଆସିଲେ କଣ ହେଲା କାଳିଆ ଯାହା ହାତରେ ବି ତା ପ୍ରସାଦ ପଠେଇଦେବ।'- ନିଧି ସୁଆର ବୁଝାଇଲେ।

ନିଧିସୁଆର ସେଦିନ ଫେରିଯାଇଥିଲେ ସଂଧ୍ୟା ପୂର୍ବରୁ।

ଆଉ ଆସି ନାହାନ୍ତି କେବେ।

ଅନେକ ଦିନ ହେଲା ମୁଁ ବି ଗାଆଁକୁ ଆସିନି। ବୋଉ ଭାରି ବୁଢ଼ୀ ହେଇଗଲାଣି। ଏଇ ଗତବର୍ଷ ଦୁର୍ଗାପୂଜାକୁ ଆସିଥିଲିଯେ, ମନ୍ଦିର ଦର୍ଶନ କରିବାକୁ ଯାଇଥିଲି। ମୋ

ଯିବାକଥା ଅବଶ୍ୟ କେହି ଜାଣି ନାହାନ୍ତି। ହଠାତ୍ ମନହେଲା ବଜାର ଯାଇଥିଲି ସେ ଆଡ଼େ ଚାଲିଗଲି।

ଖୋଜିଲି ନିଧିସୁଆରଙ୍କୁ।

ଜଣେ ନନା ପଚାରିଲେ-ତମ ଘର କୋଉଠି ବବୁ?

ବଡ଼ପଡ଼ା-ମୁଁ କହିଲି।

ନିଧିଆ'ନା ତୁମ ସୁଆର ବୋଧେ। ସେ ନନଙ୍କ ପାଟିରୁ କଥାଛଡ଼େଇ ମୁଁ କହିଲି ଆଜ୍ଞା ମୁଁ ତ ନିଧିଆ'ନାଙ୍କୁ ହିଁ ଖୋଜୁଚି। ସେ କାହିଁକି ଦେଖା ନାହାନ୍ତି? ସେ ବୟସ୍କ ନନା ଜଣକ କହିଲେ 'ତୁମେ କଣ କିଛି ଜାଣିନା ବାବୁ? ବୋଧେ ଗାଆଁରେ ରୁହନା?

କଣ ହେଲାକି କହୁନାହାନ୍ତି। ହଁ, ମୁଁ ବାହାରେ ରହେ।

ତାହେଲେ ସେୟା। ବର୍ଷେ ପରେ ହେବ ନିଧିଆ'ନା ଚାଲିଗଲେଣି। ଅନେକ ଦିନ ହେଲା ବେମାର ହେଇ ଘରେ ପଡ଼ି ଯାଇଥିଲେ। ସେ ମୋର ବଡ଼ବାପା ହେବେ। ତାଙ୍କର ଗୋଟିଏ ପୁଅ ଯେ,ତାକୁ କିଛି ଦିନହେବ, ଠାକୁରଙ୍କ ସେବାରେ ଲଗେଇଥିଲେ। ହେଲେ ସେ ରହିଲାନି। କିଛିଦିନ ଯାଇ କୁଆଡ଼େ ବାହାରେ ବୁଲିଲା। ପୁଣି ମନ୍ଦିର ଆସିଲା। ତା'ପରେ ଚାଲିଗଲା। ଯାଇଚି ଯେ ଆଉ ଆସୁନି। ସେ ସୁଆର ଜଣକ ସତେଯେମିତି ମୋ ମନରେ ସନ୍ଦେହ ନହେବା ପାଇଁ ଏତେଗୁଡ଼ା କଥା ଡଗ ଡଗ ହେଇ କହିଗଲେ।

ତଥାପି ମୁଁ ପଚାରିଲି-ତାଙ୍କ ପୁଅ କଣ ଘରେ ରହୁନି?

ହଁ ରହୁଛି, ହେଲେ ମନ୍ଦିର ସେବାରେ ତାର ମନ ନାହିଁ, ବେଳେବେଳେ ରଥ ଯାତ୍ରାରେ ଆସେ ନହେଲେ ନାହିଁ।- ସେ କହିଲେ।

ମୁଁ ଅନେକ କଥା ଭାବୁଥିଲି। ଧିରେ ଧିରେ ଜଗନ୍ନାଥଙ୍କର ଏଇ ସୁଆର ପରମ୍ପରା ଓ ପବିତ୍ରତା ଯେମିତି ଲୋପ ପାଇଯାଉଛି। ଆଉ ଗାଆଁକୁ କେହି ସୁଆର ବି ଯାଉନାହାନ୍ତି। ନିଧିସୁଆରଙ୍କ ଭଳି ସେମିତି ସାହାଯ୍ୟ ସହାନୁଭୂତି ବି ନାହିଁ। ସମୟର ଘୋର ପରିବର୍ତ୍ତନ ଯେମିତି ଏକ ବିପର୍ଯ୍ୟୟ ଘୋଟି ଆସୁଛି।

ମୋର ଅନ୍ୟମନସ୍କତାକୁ ଲକ୍ଷ୍ୟ କରି ସେ ନନା ଜଣକ ପଚାରିଲେ- କ'ଣ ଭାବଛ କି?

ଠାକୁରଙ୍କ ପାଖରେ ଭୋଗ କରିବେ ତ? ମତେ ଦିଅନ୍ତୁ କରିଆଣିବି। ନିଧିଆ'ନାଙ୍କ ପରେ ସେ ଅଞ୍ଚଳରେ ମୁଁ ପରା ସୁଆର।

ମୁଁ ଆଉ କିଛି ନକହି ଭୋଗ କରିବାକୁ ପଇସା ବଢ଼େଇ ଦିଅଁ ଦର୍ଶନ କରିବାକୁ

ଗଲି। ଠାକୁରଙ୍କ ଦର୍ଶନ ସାରି ଘରକୁ ଫେରିଲାବେଳେ ନନା ମତେ ଭୋଗ ଡାଟ ଦେଲେ। ମୁଁ ତାଙ୍କୁ ପ୍ରଣାମୀ ଦେଇ ଫେରିଲି।

ନିଧିଆ'ନା ହେଇଥିଲେ ତାଙ୍କ ଘରେ ବସିବାକୁ ସପ ପାରିଦେଇଥାନ୍ତେ। ଜଗନ୍ନାଥଙ୍କର ପ୍ରସାଦୀ ହାର ବେକରେ ପକେଇ ଦେଇଥାନ୍ତେ। ଏମିତି କେତେ କ'ଣ? ହେଲେ ତା ଆଜି ନାହିଁ। ତଥାପି ତ ସେ ଜଗନ୍ନାଥଙ୍କ ସେବକ।

ଘରକୁ ଗଲି।

ବୋଉ ପଚାରିଲା, ଏତେବେଳ ହେଲାଣି କୁଆଡ଼େ ଯାଇଥିଲୁ କି?

ମୁଁ କହିଲି ଠାକୁରଙ୍କ ପାଖକୁ। ନିଧିସୁଆର ନାହାଁନ୍ତି-ସବୁକଥା କହିଲି।

ବୋଉ କହିଲା, ମୁଁ ଜାଣେରେ ପୁଅ। ସବୁ କାଳିଆର ଇଚ୍ଛା।

ତୁ ଦର୍ଶନ କରିଆସିଲୁ ଭଲହେଲା। କେହି ନଥିଲେ କି ନ ପଚାରିଲେ, ଜଗନ୍ନାଥ ତ ଅଛନ୍ତି। ସେ ପରା ପଚାରିବେ।

ବୋଉ କଥାରେ ମୋ ପେଟ ପୁରିଗଲା।

ଅନୁଭବ କଲି, ଯେମିତି ସବୁ ଗ୍ଲାନି ମୋ ଭିତରୁ ଦୂରେଇ ଯାଉଛି ଆପେ ଆପେ।

■

ଆଉ କେତେ ବାଟ

ପ୍ରାୟ ପାଖାପାଖି ପଚିଶ ତିରିଶ ବର୍ଷ ହେବ ସଦାନନ୍ଦ ଗାଆଁକୁ ଯାଇନାହାନ୍ତି। ବାପାଙ୍କ ମରିବା ପରଠାରୁ ଏପର୍ଯ୍ୟନ୍ତ। କେବଳ ବାପାଙ୍କ କାମ ବେଳକୁ ସେ ଓ ତାଙ୍କର ପିଲାମାନେ ଗାଆଁକୁ ଯାଇଥିଲେ। ଶୁଦ୍ଧି କାର୍ଯ୍ୟ ସାରି ଫେରିଥିଲେ। ବୋଉ ମଲାବେଳକୁ ତ ଯାଇ ପାରିଲେନି। ଅଫିସ୍ କାମ ଭିଡ଼ ରହିଲା। ମନୋରାମା କି ତାଙ୍କ ପିଲା ମଧ୍ୟ ଯିବାକୁ ରାଜି ହେଲେନି। ଏଣୁ ବାଧ୍ୟ ହୋଇ ଭୁବନେଶ୍ୱର କ୍ୱାର୍ଟରରେ ମୂର୍ତ୍ତିକିଆ କାମ ବଢ଼େଇ ଦେଇଥିଲେ। ସାନଭାଇ ମାଧବାନନ୍ଦ ଭାରି ମନଦୁଃଖ କଲା। ସଦାନନ୍ଦଙ୍କ ମନରେ ଗୋଟେ ଅବଦୋସ ରହିଗଲା ଯେ ବୋଉ କାମରେ ଯୋଗ ଦେଇ ପାରିଲେନି। ସମୟ ଗୁଡ଼ା କେମିତି ଚରତରରେ ଗଡ଼ିଗଲା ଯେ, କୁଆଡ଼େ ହଜିଗଲା ଗାଆଁର ପିଲାଦିନ। ସକାଳୁ ସ୍କୁଲକୁ ଯିବାକୁ ହବ ବୋଲି ଆମ ତିନି ଭାଉଭଉଣୀଙ୍କ ପାଇଁ ବୋଉ ପୋଡ଼ପିଠା କି ଚିତଉପିଠା କରି ରଖିଥିବ। ଯେତେବେଳେ ଦଶଟାରୁ ଚାରିଟା ହେଇଯାଏ ସ୍କୁଲ, ସେତେବେଳେ ଗରମ ଭାତ ରାନ୍ଧିଦେବ। କିଛି ନକରି ପାରିଲେ ଭାତରେ ଦୁଧ ଗୋଳି ଆଳୁ ଚକଟିଦେବ। ସ୍କୁଲକୁ ଗଲାବେଳେ କପଡ଼ାରେ ମୁଢ଼ି ବାନ୍ଧି ଦେଇଥିବ। ଆଉ କହିବ, "ଖେଳ ଛୁଟିରେ ପାଟିରେ ପକେଇ ପାଣି ଢୋକେ ଟି' ଦବ। ଆସିଲେ ମୁଁ ଭଲ ତର୍କାରି କରି ରଖିଥିବି ଭାତ ଖାଇବ। ଦୁଷ୍ଟ ହବନି। ମନଦେଇ ସାର୍‌ଙ୍କ ପାଠ ଶୁଣିବ।"

ବହୁତ ଦିନ ହେଲା ଏଭଳି କଥା କାନରେ ବାଜୁନି କି ଆଉ ବାଜିବାର ବି ନାହିଁ। ପବନରେ ମିଳେଇ ଯାଇଛି ସେ କଥା। କେବଳ ସ୍ମୃତି ହୋଇ ରହିଯାଇଛି ବୋଉର ଆଦରରେ ଭରି ଯାଇଥିବା ସେ ଶବ୍ଦାବଳୀ। ଗାଆଁକୁ ଆଜି ବାହାରିଲା ବେଳେ ସଦାନନ୍ଦ ବିଚଳିତ ହୋଇ ପଡ଼ିଲେ। ଗାଆଁକୁ ଯିବାକଥା ଖାଲି ଭାବିଛନ୍ତି କି ନାହିଁ ହଠାତ୍ କାହିଁକି ବୋଉର ସେ ମୁହଁଟା ଜକଜକ ହେଇ ଦେଖାଗଲା। ମଲାବେଳେ

ସେ ମୋତେ ନିଶ୍ଚୟ ଖୋଜୁଥିବ। ଏଇ ଯେମିତି ମନୋରମା ସେଦିନ ମୃତ୍ୟୁଶଯ୍ୟାରେ ଥାଇ ଖୋଜିଲେ ତାଙ୍କ ପୁଅକୁ। ସଦାନନ୍ଦ କେବଳ ବୁଝେଇଲେ। ପୁଅ ନିଶ୍ଚୟ ଆସି ପହଂଚିବ। ସେ ତ ପାଖରେ କୋଉଠି ରହୁନି, କାହିଁ ଯାଇ ଆମେରିକା। ଖବର ପାଇଚି। ଫ୍ଲାଇଟରେ ଆଜି ଆସି ପହଂଚିବ।

ଏଇକଥା କେଇପଦରେ ମନୋରମାଙ୍କର ଅସ୍ଥିରତା ଟିକେ କମିଯାଏ। ସଦାନନ୍ଦ ଠିକ୍ ଭାବରେ ଜାଣିଥିଲେ, ସେ କେବେ ବି ଆମେରିକାରୁ ଆସିବନି। ପାଖାପାଖି ଦୁଇବର୍ଷ ହେଲା ଗଲାଣି। ଏ ପର୍ଯ୍ୟନ୍ତ ଥରଟିଏ ମଧ୍ୟ ଭାରତ ଆସିନି। କୌଣସି ନା କୌଣସି ଆଳ ଦେଖାଇ ସେ ରହିଯାଏ। ଏବେ ତା' ବୋଉ କଥା କହିଲ. "ହଠାତ୍ ତା'ର ଦେହ ଖରାପ ହୋଇ ମେଡ଼ିକାଲରେ ଭର୍ତ୍ତି ହେଲା ଯେ ବୋଧହୁଏ ସେ ଆଉ ଫେରିବନି। ଏଣୁ ତୋତେ ସେ ଖୋଜୁଛି ଭାରି ଆତୁରତାର ସହ। ତୁ ଆସିଲେ ଭଲ ହୁଅନ୍ତା।"

ସେ ଉତ୍ତର ଦେଇଥିଲା, "ବୁଝିଲେ ବାପା ! ଏ ଯେଉଁ ଚାକିରି ନା ଟିକେ ବି ଫୁରସତ୍ ନାହିଁ। କମ୍ପାନୀ ଏତେ ପଇସା ଖର୍ଚ୍ଚ କରି ପଠାଇଚି, ତା' କାମ ଯେମିତି ହେଲେ କରିବାକୁ ହବ। ଏଣୁ ଠାକୁରଙ୍କ ଇଚ୍ଛା ଯାହାଥିବ ହବ। ମୁଁ ଯାଇ ବା କ'ଣ କରିପାରିବି ?"

ନିଜ ଶିକ୍ଷିତ ପୁଅର ଏଇକଥା କେଇପଦ ସଦାନନ୍ଦଙ୍କ ଦେହରେ ଏକ ତୀକ୍ଷ୍ଣ ଶର ଭଳି ବିଦ୍ଧ ହୋଇ ଯାଉଥିଲା।

ମନୋରମା ମରିଗଲେ ପଛେ, ସେ ଆସିପାରିଲାନି। ମନୋରମାର ସମସ୍ତ କ୍ରିୟାକର୍ମ ଗାଆଁରୁ ଆସି ମାଧବ ପୁଅ କରିଥିଲା। ଏଇ ଭୁବନେଶ୍ୱରରେ ହିଁ ସେ କାମ ବଢ଼େଇ ଦେଇଥିଲେ। ପୁଅ ସୁକାନ୍ତ ଖାଲି ଫୋନ୍‌ରେ ପଚାରୁଥିଲା, ବୋଉ କାମ କେମିତି ହେଲା ଓ କିଏ ସବୁ କଲା ଇତ୍ୟାଦି। ବାଛି ବାଛି ବୋହୂ କରିଥିଲେ ଯେ, ଦିନେ ହେଲେ ବି ସେ କାହାରି ଭଲମନ୍ଦ କଥା ବୁଝେନି। ସେଇ ସମୟରେ ତାଙ୍କୁ ଭାରି ଦୁଃଖ ଲାଗୁଥିଲା। ମା'କୁ କେବେ ଆଉ ଜୀବନରେ ଦେଖି ପାରିବନି; ତଥାପି ତାକୁ ଛାଡ଼ି ଦେଲା ଅଥଚ ଚାକିରି, ଦାୟିତ୍ୱ ଏକାମ ଟିକେ ଛାଡ଼ି ପାରିଲାନି। ମୁହଁରେ ନିଆଁ ଦବାର ସୁଯୋଗ ପାଇଲାନି। ତା' ନ ହେଲା ନାହିଁ ଦଶତୁଠକୁ ଯାଇ ମୁଣ୍ଡରୁ କେରାଏ ଚୁଟି କାଟି ପାରିଲାନି। ଏଇ ହେଉଛି ଜୀବନ।

ମନୋରମା ପ୍ରତି ସମୟରେ ସଦାନନ୍ଦଙ୍କ ସହ ଝଗଡ଼ା କରନ୍ତି। ପୁଅ ପାଇଁ କେବଳ ଗୋଟିଏ ଯୁକ୍ତି, "ଗୋଟିଏ ବୋଲି ପୁଅ ସେ ଯାହା ଚାହୁଁଛି, ତା' ଦବା ପାଇଁ ମନା କରୁଛ କାହିଁକି ? ଆଗକୁ ପଛକୁ କିଏ ଅଛି ଯେ ? ସେ ଆମ ମୁହଁରେ ନିଆଁ ଟିକେ ଦବ। ବର୍ଷରେ ଥରେ ପିଣ୍ଡପାଣି ଟିକେ ଦବ।"

ମନୋରମାଙ୍କର ସ୍ୱପ୍ନ-ସ୍ୱପ୍ନରେ ହିଁ ରହିଗଲା।

ସକାଳ ହେବା ପର୍ଯ୍ୟନ୍ତ ବି ରହିଲାନି।

ସୁକାନ୍ତ ଶୁଦ୍ଧିକ୍ରିୟାରେ ତ ଆସିଲାନି ପିଣ୍ଡଦବାକୁ କ'ଣ କରିବ କେଜାଣି? ଅବଶ୍ୟ ସୁକାନ୍ତ ଆମେରିକାରୁ ଆସି ଏବେ ପୁନେରେ ଅଛି। କ'ଣ କହୁଥିଲା, ଗୋଟେ ଫ୍ଲାଟ୍ ଶସ୍ତାରେ ମିଳୁଚି ରଖିବ। ଆଉ ଏଇ ଯେଉଁ ଘର ଅଛି, ତାକୁ ଭଡ଼ା ଲଗେଇଦବ। ସଦାନନ୍ଦ ଏକଥା ଶୁଣି ମନେ ମନେ ହସିଦେଲେ। ଘର। ଏଇ ଘର ପାଇଁ ସେ ଆଜି ଗୋଟେ ସମୟରୁ ଅନ୍ତର ହେଇ ଯାଇଛନ୍ତି। ଆଉ ଏମିତି ଯେଉଁ ସମୟରେ ପାଦ ରଖି ଠିଆ ହେଇଛନ୍ତି, ତା' କେବଳ ଖାଲି ଶୂନ୍ୟତାରେ ଭରା। ତାଙ୍କ ପାଖରେ ତ କେହି ନାହାନ୍ତି। କ'ଣ ଦର୍କାର ଥିଲା ଗାଆଁ ଜମିର ନିଜ ଭାଗ ବିକି ରାଜଧାନୀରେ ଘର କରିବା? ମାଧବ ଅବଶ୍ୟ ପ୍ରତିବାଦ କରି ନଥିଲା; ବରଂ ପଦେ କଥା ସେଦିନ କହିଥିଲା, "ଭାଇ ଗାଆଁରେ ଜାଗା ବିକ୍ରି କରି ଦେଉଚ ବୋଲି ଭାବିବନି ଯେ ଏଠିକୁ ଆସିବା ବନ୍ଦ କରିଦବ। ଏ ଘର ତ ମୋର ନୁହେଁ, ବାପାଙ୍କର ଥିଲା। ଏଣୁ ଏ ଘରେ ତମର ସମ୍ପୂର୍ଣ୍ଣ ଅଧିକାର।"

ହେଲେ ସେ ଅଧିକାରକୁ ମୁଁ ରଖିଲିନି। ମନୋରାମା କେଉଁ ଅହଂକାରରେ କେଜାଣି ଗାଆଁ ସହିତ ସମ୍ପର୍କ ରଖିବାକୁ ଆଦୌ ରାଜି ହେଲେନି କି ମତେ ବି ସୁଯୋଗ ଦେଲେନି। ମୁଁ ବରଂ ନିର୍ବୋଧ ମଣିଷଟିଏ ପାଲଟି ଯାଇ ମନୋରମାଙ୍କ କଥାରେ ଦୂରେଇ ରହିଗଲି ଯେ, ରହିଯାଇଛି। ଯେଉଁ ମନୋରମା ଏ ଘର ପାଇଁ ଏତେ ଝଗଡ଼ା କରୁଥିଲେ, ପୁଅ ପାଇଁ ମୋ ସହ ଅପ୍ରିୟ ହଉଥିଲେ, ସେ ରହିଲେନି। ପୁଅ ବି ଶେଷକୁ ତାଙ୍କ ପାଟିରେ ପାଣି ଟୋପେ ଦେଇ ପାରିଲାନି। କ'ଣ ଲାଭ ହେଲା ଯେ? ଏ ପଟରେ ଗୋଟେ ପିଲାଦିନର ସମ୍ପର୍କ ମୁହୂର୍ତ୍ତକ ଭିତରେ ତୁଟିଗଲା। ଆଉ ସେପଟରେ ନିଜ ରକ୍ତର ମଣିଷ ବି ସମ୍ପର୍କ ରଖିଲାନି।

ସଦାନନ୍ଦ କାହିଁ କେଜାଣି ବିଚଳିତ ହୋଇ ପଡୁଥିଲେ। ମନୋରମାଙ୍କର ଅସହାୟତା ପାଇଁ ବୋଧହୁଏ ସେ ଦାୟୀ। ନିଜର ଚାକିରି, ପଇସାର ମୋହ, ଘରର ଆସକ୍ତିରେ ସେ ନିଜ ବୋଉ ମଲାବେଳକୁ ଯାଇପାରିଲେନି କି ବୋଉ ପାଟିରେ ପାଣି ଟୋପେ ଦେଇପାରିଲେ ନାହିଁ। ମାଧବ କହୁଥିଲା ବୋଉ ମଲାବେଳକୁ କୁଆଡ଼େ "ସଦା କେତେବେଳେ ଆସିବ? ମୋ ବେଳ ସରିଯାଉଛି ତାକୁ ଆଉ ଦେଖିପାରିବିନି। ସଦାକୁ ଟିକେ ଡାକ।" ଏମିତି କେତେକଥା କହୁଥିଲା। ସେ ସମୟରେ ବୋଉ ଭିତରେ ଗୋଟେ ବ୍ୟାକୁଳତା ଥିବ। କିନ୍ତୁ ସଦାନନ୍ଦ ସେ ବ୍ୟାକୁଳତାକୁ ଭାଙ୍ଗି ଦେଲେ। ଏକଦମ୍ ଫାଙ୍କିଦେଲେ କହିଲେ ଚଳେ। ତା' ମୃତ୍ୟୁ ଶଯ୍ୟାରେ ତାକୁ ଶେଷଥର ପାଇଁ

ଦେଖିବାକୁ କି ସଂସ୍କାର କରିବାକୁ ଏପରିକି ଶୁଦ୍ଧିକାମରେ ବି ଯାଇପାରିଲେନି। ଯାଇପାରିଲେନି କହିଲେ ବି ଠିକ୍ ହେଉନି; ବରଂ କୁହାଯାଇପାରେ ଗଲେନି। ଭୁବନେଶ୍ୱର ଥାଇ ଯେତେବେଳେ ସେ ଯାଇପାରିଲେନି ସୁକାନ୍ତ ତ ଆମେରିକାରେ ଅଛି। କେମିତି ଆସିଥାନ୍ତା ? ତାକୁ ଯେମିତି ଗାଆଁକୁ ଯିବାପାଇଁ ମନୋରମା ବାରଣ କରିଥିଲେ, ହୁଏତ ସେମିତି ସେ ବୋହୂ ତାକୁ ମନା କରିଦେଇ ଥାଇପାରେ। ଏଥିରେ କାହାରି ଦୋଷ ନାହିଁ; ବରଂ ନିଜର କୃତକର୍ମର ଫଳ। ପ୍ରାରବ୍ଧର ଫଳ। ଯେ ଯେମିତି କରିଚି, ସେ ସେମିତି ନିଶ୍ଚୟ ଭୋଗ କରିବ। ଯାହା ମନୋରମା ଭୋଗ କଲେ। ଏଥିରେ ବିଚଳିତ ହେବାର କିଛି ନାହିଁ।

ସଦାନନ୍ଦ ନିଜେ ଯେମିତି ନିଜକୁ ବୁଝେଇଦେଲେ। ଗାଆଁକୁ ଯିବାପାଇଁ ମାନସିକ ସ୍ତରରେ ପ୍ରସ୍ତୁତ ହେଲେ। ଏବେ ତ ଆଉ କେହି ନାହାନ୍ତି, ଯିବାପାଇଁ ପ୍ରତିବାଦ କରିବେ। ଖର୍ଚ୍ଚ ଅଧିକ ବଢ଼ିଯିବ। ପରପିଲାଙ୍କ ପାଇଁ କାହିଁକି ଖର୍ଚ୍ଚ କରିବେ। ଏମିତି ଢେର ଢେର ବାଧାବିଘ୍ନ। ସଦାନନ୍ଦ ଏଣିକୁ ଖୁବ୍ ସ୍ୱଚ୍ଛ। ଅନୁଶୋଚନାର ଶବ୍ଦ ସବୁ ଆପେଆପେ ବାହାରି ଆସୁଛି ଅନ୍ତର ଭିତରୁ କେହି ନ ପଚାରନ୍ତୁ। ନ ଶୁଣନ୍ତୁ। ସେଥିରେ ତାଙ୍କର କିଛି ଯାଏ ଆସେ ନାହିଁ। ସେ ଶବ୍‌ଦ ସବୁକୁ କେବେ ରୋକିବାର ନାହିଁ।

ଗାଆଁକୁ ଯିବାପୂର୍ବରୁ ମାଧବକୁ ଟିକେ କହି ଦେବାକୁ ପଡ଼ିବ। ବହୁତ ଦିନ ହେଲା ସେ ଫୋନ୍ କରିନାହାନ୍ତି। ମନୋରମା ଥିବାବେଳେ ଚୁପ୍‌ଚାପ୍ ଅଫିସରୁ କଥା ହୁଅନ୍ତି। ଯଦି କାଳେ ଶୁଣିଦେବେ କଥା ସଇଲା। ମା'ପୁଅ ଉଭୟ ଉତ୍ୟକ୍ତ ହୋଇ ଉଠିବେ, "କ'ଣ ଦର୍କାର ସେମାନଙ୍କ ସହ ସମ୍ପର୍କ ରଖିବା ? ସେମିତି କିଛି ଦର୍କାର ପଡ଼ିନି ନା ? ତା' ପିଲା ଗୁଡ଼ା ପଇସା ଝଡ଼େଇବାରେ ଧୁରନ୍ଧର।" ଏମିତି ଅନେକ କଥା।

ଏବେ ଯଦି ଶୂନ୍ୟରେ ଥାଇ କୋଉଠି ମନୋରମା ଶୁଣିପାରନ୍ତେ; ତା'ହେଲେ ସେ କୁହନ୍ତେ, "ଦେଖ ମନୋରମା ସେଇ ପିଲା ହିଁ ତମକୁ ମଶାଣିକୁ ନେଇ ମୁହଁରେ ନିଆଁ ଦେଲେ। ଶୁଦ୍ଧିକ୍ରିୟା କଲେ। ତମ ପୁଅ କୋଉଠି ଥିଲା ? କାହିଁ ଆସିଲାନି ?"

ସଦାନନ୍ଦ ଆପେ ଆପେ ବିଦ୍ରୋହ କରୁଥିଲେ।

ମନଟା ମରି ଯାଉଛି କେମିତି।

ଯେତିକି ଇଚ୍ଛା ହଉଚି ମାଧବକୁ ଫୋନ୍ କରି କୁହନ୍ତେ, ସେ ଗାଆଁକୁ ଯାଉଛନ୍ତି ବୋଲି। ହେଲେ ଶଙ୍କି ଯାଉଛନ୍ତି। ପୁଣି ଭାବୁଛନ୍ତି ନା- କିଛି ନକହି ସିଧା ପହଂଚିବେ। ମାଧବ ତ କହୁଥିଲା ଭୁବନେଶ୍ୱରରୁ ଗୋଟେ ବସ୍ ଯାଉଛି ତାଙ୍କ ଘର ଦେଇ। କାହାକୁ ପଚାରିବା କ'ଣ ଦର୍କାର ? ତିରିଶ ବର୍ଷ ଭିତରେ କ'ଣ ତାଙ୍କ ଗାଆଁ,

ଘର ଏମିତି ବଦଳି ଯାଇଥିବ ଯେ ସେ ଚିହ୍ନି ପାରିବେନି। ଅବଶ୍ୟ ଗାଆଁ ବଦଳି ଯାଇଛି ମାଧବ କହୁଥିଲା। ଢଳେଇ ରାସ୍ତା ହେଇ ଯାଇଛି। ଆଗଭଳି କାଦୁଅରେ ଆଉ ପଶି ଯିବାକୁ ହଉନି। ହଁ- ଘର ପାଖକୁ ଯୋଉଠି ବସ୍ ଯାଉଛି; ପିଚୁରାସ୍ତା କ'ଣ ହେଇ ନଥିବ ନା? ସେ କିଛି ନୂଆକଥା ନୁହେଁ। ଆଉ ଘର, ଆମ ଚାଳଘର ଭାଙ୍ଗି ଯାଇଛି। ଯେହେତୁ ମୋ ଭାଗ ଡିଅଟା ମାଧବ କିଣି ଦେଇଥିଲା, ସବୁ ଚାଳଘର ଭାଂଗି ଦେଇ ଘର ତିନିବଖରା କରିଛି। ହେଲେ ପୁରୁଣା ଡିଅଟା ସେ ଚିହ୍ନି ପାରିବେନି ନା? ଯେଉଁଠି ଜନ୍ମ ହେଇ ଖେଳିବୁଲି ମଣିଷ ହେଇଛନ୍ତି; ସେ ମାଟିର ଗୋଟେ ସ୍ୱତନ୍ତ୍ର ଗଂଧ ଅଛି। ନାକ ନିଶ୍ଚୟ ସେ ବାସ୍ନା ବାରିପାରିବ। ଆପାତତଃ କୌଣସି ଅସୁବିଧା ହବ ନାହିଁ।

ଏଥର ସଦାନନ୍ଦ ନିଜର ଜିନିଷପତ୍ର ସଜାଡ଼ି ଦେଲେ। ପାଖ ପଡ଼ୋଶୀ ନାୟକବାବୁଙ୍କୁ କହିଲେ- "ତାଙ୍କ ଘରେ ପୁଅକୁ କହିବେ ଶୁଆଶୋଇ କରୁଥିବ।"

ସଦାନନ୍ଦଙ୍କର ସବୁକଥା ନାୟକବାବୁ ଜାଣନ୍ତି। ଖାଲି ଗୋଟିଏ ବାକ୍ୟ ପଚାରିଲେ, "ସେଥିପାଇଁ ଆପଣ ଚିନ୍ତା କରୁନ୍ତୁନି। କିନ୍ତୁ..."।

- "କିନ୍ତୁ ପୁଣି କ'ଣ?"- ସଦାନନ୍ଦ ପଚାରିଲେ।

"ନାଇ, ଆପଣଙ୍କ ସାନଭାଇ କିଛି କହିବେନି ତ?" ନାୟକବାବୁ ବଡ଼ ଭୟରେ କହିଲେ। କାଳେ ସଦାନନ୍ଦବାବୁ ଖରାପ ଭାବିବେ।

ସଦାନନ୍ଦ ତୁରନ୍ତ ବୁଝେଇ ଦେଲେ, "ହେ ଆପଣ ଜାଣିନାହାନ୍ତି, ମାଧବଟା ବହୁତ ଭଲ। ତା' ପିଲାମାନେ ମଧ୍ୟ। ସେ ପରା ହଜାର ଥର କହୁଛି ଯିବାଲାଗି। ମୁଁ ସିନା ଯାଇପାରୁନି। ଗଲେ ସେ ତ ପୂରା ଖୁସିହବ।"

ନାୟକବାବୁ କହିଲେ- "ମୁଁ ପଚାରିଲି ବୋଲି କିଛି ଭାବିବେନି।"

ସଦାନନ୍ଦଙ୍କର ପ୍ରସ୍ତୁତିପର୍ବ ଚାଲିଲା ଭିତରେ ପିଲାଙ୍କ ପାଇଁ ବିଭିନ୍ନ ପ୍ରକାର ମିଠା, ବଡ଼ଝିଅ ପାଇଁ ଶାଢ଼ି, ସାନବୋହୂ ପାଇଁ ଶାଢ଼ି, ଏମିତି କେତେକ'ଣ। କାଲି ସକାଳେ ସେ ଗାଆଁକୁ ଯିବେ। ଗାଆଁ- ଆପଣାର ଗାଆଁ ନିଜ ଭିଟାମାଟି।

ସଦାନନ୍ଦ ପୁଣି ଭାବିଲେ ରାତିରେ ଶୋଇଶୋଇ, ଯୋଉ ଗାଆଁରୁ ସେ ତାଙ୍କ ଚିହ୍ନ ଲିଭେଇ ଦେଇଛନ୍ତି, ପୁଣିଥରେ ସ୍ମୃତିର ଗାର ଟାଣିବା ପାଇଁ ଯିବେ? ଲୋକେ ପରିହାସ କରିବେ। ନା- ବରଂ ସେ ଏଇଠି ଏମିତି ଥିବେ। ମୃତ୍ୟୁର ବାଟରେ ଚାଲିଛନ୍ତି ଚାଲିଥିବେ।

ଆଉ କେତେ ବାଟ- ସେ ଜାଣିନାହାନ୍ତି।

ଆତ୍ମା ପୁରୁଷ

ଜଣେ ଆଧ୍ୟାତ୍ମିକବାଦୀ, ଈଶ୍ୱର ବିଶ୍ୱାସୀ ଓ ଚିନ୍ତାଶୀଳ ବ୍ୟକ୍ତି ଭାବରେ ବ୍ରଜବନ୍ଧୁ ଏକ ନିଆରା ମଣିଷ। ସରଳ ଓ ସ୍ୱଚ୍ଛନ୍ଦ ଜୀବନ ପ୍ରଣାଳୀରେ ନିଜର ସମୟକୁ ଗଢ଼େଇ ନିଅନ୍ତି ସେ। ଖୁବ୍ ଉଚ୍ଚଶିକ୍ଷିତ କିମ୍ବା ବଡ଼ ପଦବୀଧାରୀ ବ୍ୟକ୍ତି ନୁହନ୍ତି ବ୍ରଜବନ୍ଧୁ। ୧୯୭୫ କିମ୍ବା ୭୬ ମସିହାରେ ଇଣ୍ଟରମିଡ଼ିୟଟ୍ ସାଇନ୍‌ସ ପାଶ୍ କରିଛନ୍ତି। ଚାହିଁଥିଲେ ପାଠପଢ଼ାରେ ଆଗକୁ ବଢ଼ି ପାରିଥାନ୍ତେ ଅଥବା ସେ ସମୟରେ କୌଣସି ଖଣ୍ଡେ ଭଲ ଚାକିରି କରିପାରିଥାନ୍ତେ। ଅଭାବ ଜନିତ ହେଉ କିମ୍ବା ପରିବେଶର ପ୍ରତିକୂଳ ପାଇଁ ହେଉ, ଆଉ ଆଗକୁ ଯାଇପାରି ନାହାନ୍ତି ସେ। ସେହି ଯୁବକ ବେଲୁ ଟିଉସନ୍‌କୁ ବୃତ୍ତି କରି ନେଇଛନ୍ତି। ବ୍ରଜବନ୍ଧୁଙ୍କର ବାପା, ବୋଉ ନାହାନ୍ତି। ଚାଲିଗଲେଣି। ତଳ ଭାଇ ଦୁଇଜଣ ଭଲମନ୍ଦ ରୋଜଗାର କରି ପରିବାର ସହ ବାହାରେ। ଦୁଇଭଉଣୀ ବାପା ଥିବାବେଳୁ ବାହା ହେଇ ଯାଇଛନ୍ତି। ବର୍ତ୍ତମାନ ତାଙ୍କର ପରିବାର କହିଲେ ନିଜେ ଓ ତାଙ୍କ ସ୍ତ୍ରୀ ଉର୍ମିଳା। ଝିଅ ଏବଂ ପୁଅଟିଏ। ଝିଅ ଯେହେତୁ ବଡ଼, ବାହାଘର ସରିଯାଇଛି ତା'ର। ପୁଅ ବାହା ହେଇନି। ଏଇ କେଇଦିନ ହେଲା ଗୋଟେ ଛୋଟ କମ୍ପାନୀରେ କାମ କରୁଛି ବାଙ୍ଗାଲୋରରେ। ଦରମା ସ୍ୱଳ୍ପ, ନିଜ ଖର୍ଚ୍ଚକୁ ନିଅଣ୍ଟ। ବେଳେବେଳେ ବାପାଙ୍କଠାରୁ ପଇସା ନେଇ ଚଳେ।

ବ୍ରଜବନ୍ଧୁ ଜଣେ ଉଦାର ମଣିଷ। ଭଦ୍ର, ଅମାୟିକ ମଧ୍ୟ। ମୁରବୀ ଭାବରେ ବହୁ ଲୋକ ତାଙ୍କୁ ମାନନ୍ତି। ଶରଣପଦା ଗାଆଁରେ ତାଙ୍କ ପରିଚୟ ସ୍ୱତନ୍ତ୍ର। ଯାହାକୁ ପଚାରିବ, ପ୍ରାୟ ଲୋକ କହିବେ, ବ୍ରଜବାବୁ ଜଣେ ଈଶ୍ୱର ପାଗଳ ଲୋକ। ପିଲାଙ୍କ ଟିଉସନ୍ ଆରମ୍ଭ ହୁଏ ସକାଳ ଛଅଟାରୁ। ଷଷ୍ଠରୁ ଦଶମ ଶ୍ରେଣୀ ପର୍ଯ୍ୟନ୍ତ ଅନେକ ପିଲା। ବ୍ୟାଚ୍ ଅନୁସାରେ ପାଠପଢ଼ନ୍ତି। ଅଙ୍କ, ବିଜ୍ଞାନ ସହିତ ଇଂରାଜୀରେ ବ୍ରଜବନ୍ଧୁଙ୍କର ଦକ୍ଷତା ଭଲ। ପିଲାଙ୍କର ଯେତେ ଅଭିଭାବକ ଅଛନ୍ତି, ସମସ୍ତଙ୍କର ପୂର୍ଣ୍ଣ ଭରସା

ବ୍ରଜସାରଙ୍କ ଉପରେ। ଠକାମି ନାହିଁ। ପରିଶ୍ରମ ଅକ୍ଳାନ୍ତ। ପିଲାଙ୍କ ଉପରେ ଚିଡ଼ିଚିଡ଼ା ପଣ ନାହିଁ। ସବୁ ଠିକ୍। ସକାଳ ସାତଟାରୁ ଦଶଟା, ପୁଣି ସଂଧ୍ୟା ପାଂଚଟାରୁ ରାତି ନ'ଟା ପର୍ଯ୍ୟନ୍ତ ବ୍ରଜବନ୍ଧୁଙ୍କ ଦୁଆରମୁହଁରେ ସାଇକେଲର ଭିଡ଼ ଜମେ। ଛୁଟିଦିନମାନଙ୍କରେ ଅଧିକ ସମୟ ଦିଅନ୍ତି ଏଥିପାଇଁ।

ଦିନମାନର ବନ୍ଧା ରୁଟିନ୍‌ରେ ଭୋର ଚାରିଟାରୁ ଉଠି ନିତ୍ୟକର୍ମ ସାରି କିଛି ପ୍ରାଣାୟାମ ଯୋଗ କରନ୍ତି। ତା'ପରେ ଘରେ ନିତ୍ୟ ସେବିତ ଗୁରୁ ଓ ଅନ୍ୟାନ୍ୟ ଦେବାଦେବୀଙ୍କ ପୂଜାର୍ଚ୍ଚନା ସାଙ୍ଗକୁ ଧ୍ୟାନ। ଗୋପାଳ ସହସ୍ର ନାମ ଓ ଶ୍ରୀମଦ୍ ଭଗବତ ଗୀତାର ଗୋଟିଏ ଅଧ୍ୟାୟ ପାରାୟଣ। ଅନ୍ତତଃ ସାଢ଼େ ଛ'ଟା ଭିତରେ ଏସବୁ କାର୍ଯ୍ୟ ସାରିଥାନ୍ତି ବ୍ରଜବନ୍ଧୁ। ତା'ପରେ ଏମିତି ବିସ୍କୁଟ୍ ଚା' ଖାଆନ୍ତି। ତା' ପୁଣି ନିଜ ପତ୍ନୀ ଉର୍ମିଳାଙ୍କ ସହିତ। ଠିକ୍ ସାତଟା ବେଳକୁ ପିଲାଙ୍କ ପାଠପଢ଼ା ଆରମ୍ଭ। ତାଙ୍କ ମାଟି ଘରର ବଡ଼ ମେଲାରେ ଦୁଇଟା କି ତିନିଟା ସପ ପଡ଼ିଥିବ। ପିଲାଙ୍କ ମଝିରେ ଚେକା ପକେଇ ବସନ୍ତି। ତା'ହେଲେ ବୁଲି ବୁଲି ପିଲାମାନଙ୍କ ପାଠସମସ୍ୟା ସମାଧାନ କରିବାକୁ ସହଜ ହୁଏ। ଦଶଟା ବେଳକୁ ପିଲାମାନେ ଗଲାପରେ ବିନା ଆଡ଼ମ୍ବରରେ କିଛି ଜଳଖିଆ ଖାଆନ୍ତି। ତା'ପରେ ଘର କାମ ଓ ମଧ୍ୟାହ୍ନରେ ଗାଈମାନଙ୍କ କଥା। ସକାଳର ଗାଈସେବା ଉର୍ମିଳା କରି ଦେଇଥାନ୍ତି। ଅପରାହ୍ନରେ ନିଜ ବାଡ଼ିରେ ଲଗେଇଥିବା କିଛି ପନିପରିବା ଓ ଫୁଲଗଛମାନଙ୍କ କଥା ସେ ବୁଝନ୍ତି। ସଂଧ୍ୟାରେ ପୁଣି ଦେବାର୍ଚ୍ଚନ, ଧ୍ୟାନ, ପ୍ରାର୍ଥନା ଓ ପାଠପଢ଼ା ଆରମ୍ଭ।

ଏମିତି ଏକ ଜୀବନ ବ୍ରଜବନ୍ଧୁଙ୍କର। ରୋଜଗାର ଏମିତି କିଛି ଆଖିଦୃଶିଆ ନୁହେଁ। ଏଇ ଧରିନିଆଯାଉ ଦଶବାର ହଜାର। ଚାହିଁଲେ ଅଧିକ ହେଇପାରନ୍ତା। କିନ୍ତୁ କାହାକୁ କିଛି କୁହନ୍ତିନି। ଯେ ଯାହା ଦେଲା। ଗରିବ ପିଲାମାନେ ଆଦୌ ବି ଦିଅନ୍ତିନି। ସେଥିରେ ତାଙ୍କର ଦୁଃଖ ନଥାଏ; ବରଂ ଥାଏ ଏକ ତୃପ୍ତ ଆନନ୍ଦବୋଧ।

ବ୍ରଜବନ୍ଧୁଙ୍କର ଧାରଣା ଥିଲା, ଖାଲି ଧାରଣା ନୁହେଁ ଭୟ ବି ଥିଲା, ସେ ନିର୍ବାହ କରୁଥିବା ଏ ଜୀବନଚର୍ଯ୍ୟାରେ ଉର୍ମିଳା ବୋଧେ ହାର ମାନିଯିବେ ଅଥବା ପ୍ରତିବାଦ କରିବେ। ନା- ବିବାହର ତିରିଶିବର୍ଷ ପରେ ବି ସେକଥା କେବେ ଘଟିନି।

ଏଇ ତିନିବର୍ଷ ତଳେ ପୁଅର ଏକ ଆଡ଼ମିସନ ଚିନ୍ତାରେ ଥାଆନ୍ତି ବ୍ରଜବନ୍ଧୁ। କିଛିଦିନ ଦେହ ଖରାପ ପାଇଁ ଟିଉସନ୍ ପାଠପଢ଼ା ବନ୍ଦ ହେଇ ଯାଇଥିଲା କହିଲେ ଚଳେ। ପଇସାପତ୍ର ଅଭାବ ଥିଲା ଅବଶ୍ୟ। ଉର୍ମିଳା ବି ବ୍ୟସ୍ତ ହେଇ ପଡୁଥିଲେ। ମନଭିତରେ କ'ଣ ଥିବ କେଜାଣି- କାହାକୁ ଏପରିକି ବ୍ରଜବନ୍ଧୁଙ୍କୁ ବି କିଛି କହିନାହାନ୍ତି।

ସେଦିନ ବ୍ରଜବନ୍ଧୁ ଦାଣ୍ଡ ପିଣ୍ଡାରେ ବସି ଦଶମଶ୍ରେଣୀ ପିଲାଙ୍କ ଅଙ୍କବହି

ଦେଖୁଥିଲେ। ଆଜିକାଲି ନୂଆ ନୂଆ ପଦ୍ଧତିରେ ପାଠପଢ଼ା ହେଉଚି। ସିଲାବସ୍ ବି କଷ୍ଟସାଧ୍ୟ। ଟିକେ ନିଜେ ନ ଦେଖିଲେ ପିଲାଙ୍କୁ ବୁଝେଇ ହବନି। ଏହା ଚିନ୍ତାକରି ବ୍ରଜବନ୍ଧୁ ସେ ଗଣିତ ବହି ଦେଖୁଥିବା ବେଳେ, ନେତାମାନଙ୍କ ପଛରେ ବୁଲି କଣ୍ଟ୍ରାକ୍ଟର କାମ କରୁଥିବା ତାଙ୍କ ସାନ ଶଳା ସୁର ଆସି ପହଞ୍ଚିଲା। ବ୍ରଜବାବୁଙ୍କୁ ଦେଖି ନମସ୍କାର କଲା।

"ଆରେ ସୁର ! ଯା', ଘର ଭିତରକୁ ଯା'।" ଏତିକି ସୌଜନ୍ୟବଶତଃ କହିଦେଇ ସେ ପୁଣି ବହିରେ ମନ ଦେଲେ।

ସୁର ସବୁବେଳେ ବଡ଼ପାଟିରେ କଥା କହେ। "ଆଲୋ ଅପା ! କୁଆଡ଼େ ଗଲୁକି ? କ'ଣ ଦେଖା ନାହିଁ ?"- ସୁର କହିଲା। ଉର୍ମିଳା ବାରିଆଡୁ- କାନିରେ ହାତ ପୋଛି ପୋଛି ଆସି ପହଂଚିଲେ। "କୋଉଠୁ ଆସିଲୁ ? ଗାଆଁରୁ ନା ଆଉ କୋଉଠୁ ?"- ଉର୍ମିଳା ପଚାରିଲେ।

- "ନା' ମ ଗାଆଁରୁ ଆସିଛି। ଭଲ ପରିବା ଆଣିଚି। ପାଚିଲା ଆମ୍ବ ପାଇଲି। ପାଞ୍ଚକିଲେ ନେଇ ଆସିଲି। ଆଜି ଭଲ ବାର ଥିଲା। ଭାଇନା ତ କିଛି ଖାଇବେନି, ନହେଲେ କୁକୁଡ଼ା କି ମାଛ କ'ଣ ହେଇଥାନ୍ତା। ହଉ ଛାଡ଼୍।" ଏତକ କହି ସୁର ବ୍ୟାଗ୍‌କୁ ନେଇ ରୋଷେଇ ଘରେ ଥୋଉ ଥୋଉ ପୁଣି କହିଲା- "ବୁଝିଲୁ ଅପା ! ଭାଇନା ଯୋଉ ଗୁଣ ଧରିଚନ୍ତି ନା, ଏ ଯୁଗରେ ଚଳି ପାରିବେନି। ଆଜିକାଲି ଟିଉସନ୍ ମାଷ୍ଟର ଟିଉସନ୍ କରି ସହରରେ ଗାଆଁରେ କୋଠା। ଅଥଚ ତମର ଛପର ଘର ଯାଉନି। କେମିତି ବା ଯିବ କହୁନୁ ? ଟିଉସନ୍ ଫି ବଢ଼େଇବେନି। କାହାକୁ ଠିକ୍‌ସେ ମାଗିବେନି। ଏଥିରେ କ'ଣ ଘର ଚଳିବ ?"

ବ୍ରଜବନ୍ଧୁ ଶୁଣୁଥିଲେ ସୁରର କଥା। ଭାବୁଥିଲେ ନିଶ୍ଚୟ ଉର୍ମିଳା କିଛି କଟୁ ମନ୍ତବ୍ୟ ଦେବ। ଦାରିଦ୍ର୍ୟରେ ଅସହାୟ ହେଇ ଭାଙ୍ଗି ପଡୁଥିବ ତାଙ୍କ ମନ। ଅବଶ୍ୟ କୋଉଦିନ କିଛି ସେ ମୁହଁ ଖୋଲି ନାହାନ୍ତି। ତଥାପି ଭିତରେ କିଛି ପ୍ରତିକ୍ରିୟା ଥିବ। ନିଜ ଭାଇ ଯେତେବେଳେ ଅସଲ କଥାଟା କହୁଛି, ହୁଏତ ସେଇ ଆବେଗରେ ସେ କିଛି କହିପାରନ୍ତି। ଅଥଚ ଉର୍ମିଳା ଗୋଟିଏ ମାତ୍ର ବାକ୍ୟ କହିଲେ- "ମୁଁ ସେମିତି କିଛି ଅସୁବିଧା ଅନୁଭବ କରିନି। ମୁଁ ଜାଣେ ତୋ ଭାଇନା ବେଶ୍ ଖୁସିରେ ଅଛନ୍ତି। ଆଉ କ'ଣ ଦର୍କାର।"

ଉର୍ମିଳାଙ୍କ କଥା ଶୁଣି ସୁର କହିଲା- "ଛାଡ଼୍ ମ ଅପା, ଏଗୁଡ଼ା ଖାଲି ଉପରକଥା। ଅଙ୍ଗୁର ନ ପାଇଲେ ଖଟା। ସଂସାରରେ ଯେତେଦିନ ଆମେ ଅଛୁ, ଆତ୍ମାପୁରୁଷ ଶାନ୍ତି ରହିଲେ ଗଲା। ସଉକ ନକରି, ଭଲମନ୍ଦ ନଖାଇ, ବଂଚିବାରେ ମୁଁ

ବିଶ୍ୱାସ କରେନା। ହଉରେ ବାବା! ତୁ କି ଭାଇନା ଯାହା ବୁଝିଛନ୍ତି ଭଲ। ମୋର କ'ଣ ଦର୍କାର।"

ଉର୍ମିଳା ଦେଖିଲେ, ସୁର ସାଙ୍ଗରେ ଆଉ କ'ଣ କଥା ହେଲେ, ସେ ପୁଣି କହିବ। ଯାହା ଶୁଣି ବ୍ରଜବନ୍ଧୁ ମନଦୁଃଖ କରିବେ। ହୁଏତ ଧରିନେଇ ପାରନ୍ତି ତାଙ୍କ ଦାରିଦ୍ର୍ୟକୁ ଆମ ଘର ଲୋକ ପରିହାସ କରୁଛନ୍ତି। ସେଥିପାଇଁ କଥାର ମୋଡ଼ ବଦଳାଇଲେ ଉର୍ମିଳା।

– "ଆଚ୍ଛା କହିଲୁ ସୁର। ଘର କଥା କିଛି ନକହି, ଖାଲି ବକର ବକର ହଉଚୁ।" ଏହା ଭିତରେ କପେ ଚା' ସୁର ପାଇଁ ନେଇ ଆସି ପାଖରେ ଥୋଇଲେ ସେ। ନେ ପି'ଦେ। ତା'ପରେ ଅଲଗା କଥା ହେବା। ମୁଁ ଯାଏ ରୋଷେଇ ଦେଖେ। ଉର୍ମିଳା ରୋଷେଇ ଘରକୁ ଗଲେ।

ବ୍ରଜବନ୍ଧୁ ଦାଣ୍ଡ ଦୁଆର ମୁହଁରେ ବସି ବହି ରଖି ନିରବ ଥିଲେ। ସୁର କଥା ଦୋହରାଇଲେ ମନେମନେ। ଆତ୍ମାପୁରୁଷ ଶାନ୍ତି ପାଇବ। ଆତ୍ମାପୁରୁଷ ଏହି ମାଛ ମାଂସ ଖାଇବା, ବାହ୍ୟ ଚାକଚକ୍ୟରେ ରହିବାରେ ସତରେ କ'ଣ ଶାନ୍ତି ପାଏ? ଏହି ପୁରୁଷ ଜଣକ କିଏ? ସେ ଥରେ କୌଣସି ଜଣେ ବିଶିଷ୍ଟ ସନ୍ଥଙ୍କ ଆଧ୍ୟାତ୍ମିକ ପୁସ୍ତକ ଖଣ୍ଡେ ପଢୁଥିଲେ। ଆତ୍ମା ପରମାତ୍ମା କଥା। ଆତ୍ମା ଚିନ୍ମୟ, ଶାଶ୍ୱତ, ଏହା କ'ଣ ସତରେ ବହିର କଥା ନା କାହାର ଅଙ୍ଗେ ଲିଭେଇଥିବା କଥା। ବ୍ରଜବନ୍ଧୁ ବାରମ୍ବାର ନିଜକୁ ପଚାରୁଥିଲେ।

ଆଜି ତ ସୁର କହିଲା ଏକଥା। କିନ୍ତୁ ସେଦିନ ବ୍ରଜବନ୍ଧୁଙ୍କର ଘନିଷ୍ଠ ସାଂଗ ଶୁକ ମାଷ୍ଟ୍ରେ ସଂଧ୍ୟାରେ ଚାଲିଚାଲି ଯାଉଯାଉ କଥା ପ୍ରସଂଗରେ କହିଲେ- "ତୁମେ କହିଲ ବ୍ରଜବନ୍ଧୁ! ଗୀତାର ଦ୍ୱିତୀୟ ଅଧ୍ୟାୟରେ ଯେଉଁ ଆତ୍ମା କଥା କୁହାଯାଇଛି; ତାହା କ'ଣ? ଆତ୍ମା ଯଦି ନିଆଁରେ ପୋଡ଼େ ନାହିଁ, ସେ ମରେ ନାହିଁ। ତା'ହେଲେ ଜଣେ ମରୁଚି କାହିଁକି? ସେ ଆତ୍ମା କୁଆଡ଼େ ଗଲା?"

ବ୍ରଜବନ୍ଧୁ ସଠିକ୍ ଉତ୍ତର ବି ଦେଇ ପାରିଲେନି। ଯଦି କିଛି କହିଥାନ୍ତେ, ତା'ହେଲେ ସେ ପ୍ରବଚନର ରୂପ ନେଇଥାନ୍ତା। ସେଇ ଶୁକମାଷ୍ଟ୍ରେ କହିଥାନ୍ତେ, ଅଙ୍କ ପଢ଼ଉଥିବା ଟିଉସନ୍ ମାଷ୍ଟର ବେଶି ବଡ଼ କଥା କହୁଛି। ସତେ ଯେମିତି ସେ ଆତ୍ମାକୁ ଦେଖିଚି କି ଚିହ୍ନିଛି। ତେଣୁ ବ୍ରଜବନ୍ଧୁ ଏତିକି କହିଲେ, "ବୁଝିଲ ମାଷ୍ଟ୍ର? ଏ ସବୁ ଅନୁଭବର କଥା।"

କଥାଟା ସିନା ଏତିକିରେ ରହିଗଲା। ହେଲେ ବ୍ରଜବନ୍ଧୁ କାହାକୁ ତ ବୁଝେଇ ପାରୁନାହାନ୍ତି- ନିଜେ ମଧ୍ୟ ବୁଝି ପାରୁନାହାନ୍ତି। ସେ ଆମିଷ ଭୋଜନ କରନ୍ତିନି।

ଉର୍ମିଳା ମଧ୍ୟ ନୁହେଁ। ପୁଅ କି ଝିଅ ଆସିଲେ ମଧ୍ୟ ଘରେ ହୁଏନା। ହୁଏତ ପଦାରେ ଖାଉଥିବେ। ସେମାନଙ୍କୁ ବାଧ୍ୟ କରି ବନ୍ଦ କରିନାହାନ୍ତି। ନିଜ ପତ୍ନୀଙ୍କୁ ମଧ୍ୟ ମନା କରି ନଥିଲେ। ବରଂ ସେ ତାଙ୍କର ଆପେ ଆପେ ଛାଡ଼ିଦେଇ ଥିଲେ।

ଆମିଷ ଖାଇବା କ'ଣ ଆତ୍ମା ଚାହେଁ। ନା ନଖାଇ ସାତ୍ତ୍ୱିକ ଆହାର କରିବା ଚାହେଁ? କେଉଁଟା ସତ? ଖାଦ୍ୟ ସହିତ ଆତ୍ମାର ସମ୍ପର୍କ ବା କ'ଣ?

ବ୍ରଜବନ୍ଧୁ ବେଳେବେଳେ ଭାରି ଅଡୁଆରେ ପଡ଼ନ୍ତି। ଜଣେ ଈଶ୍ୱର ବିଶ୍ୱାସୀ, ଆତ୍ମାର ଚିନ୍ତା କରୁଥିବା ବ୍ୟକ୍ତି। ଖସି ଯାଉଛନ୍ତି ଏକ ଦ୍ୱନ୍ଦ୍ୱମୟ ଜଗତ ଭିତରକୁ। ଯେଉଁଠି ଜଣେ ସାଧାରଣ ଲୋକ ଏମିତି ଭାବେ। ଛଟପଟ ହୁଏ। ବ୍ରଜବନ୍ଧୁଙ୍କର ଇଚ୍ଛା ହଉଥିଲା ଘରଦ୍ୱାର ଛାଡ଼ି ସେ କୁଆଡ଼େ ଚାଲିଯାଆନ୍ତେ। କେହି ଯେମିତି ତାଙ୍କର ସନ୍ଧାନ ପାଆନ୍ତାନି। ସେମିତି ଏକ ଅଜ୍ଞାତ ସ୍ଥାନରେ ବ୍ରଜବନ୍ଧୁ ଖୋଜନ୍ତେ ଆତ୍ମାପୁରୁଷକୁ। କିନ୍ତୁ ମଣିଷର ମୋହ ଏମିତି ଯେ, ସେ କୁଆଡ଼େ ବି ଯାଇପାରୁନାହାନ୍ତି।

ଏଇ କିଛିଦିନ ତଳେ ହଠାତ୍ ଉର୍ମିଳାଙ୍କର ଦେହ ଖରାପ ହେଲା। ଖବର ପାଇ ସୁର ଆସିଲା। ତାଙ୍କୁ ନେଇଗଲା ଡାକ୍ତରଖାନାକୁ। ଡାକ୍ତର କହିଲେ, ଦେହରୁ ହିମୋଗ୍ଲୋବିନ୍ କମିଯାଉଛି। ସେଥିପାଇଁ ତାଙ୍କର ସମସ୍ତ ଭେନ୍ ଧୀରେ ଧୀରେ ନିସ୍ତେଜ ହେଇଯାଇଛି। ଡାକ୍ତର ଅନେକ ଔଷଧ ଲେଖିଲେ। ଭିଟାମିନ୍ ଖାଇବାକୁ ଦେଲେ ଓ ପୁଷ୍ଟିସମ୍ପନ୍ନ ଖାଦ୍ୟ ଖାଇବାକୁ କହିଲେ। ଉର୍ମିଳା ଘରକୁ ଫେରିଲେ। ବୋଉର ଦେହ ଖରାପ ଜାଣି ଝିଅ ଜ୍ୱାଇଁ ସମସ୍ତେ ଆସି ପହଁଚିଲେ। ପୁଅ ଫୋନ୍ କରିଥିଲା ଆସିବା ଲାଗି। ବ୍ରଜବନ୍ଧୁ ମନା କଲେ, "ତୋର ଏତେବାଟରୁ ଦୁଇଦିନ ପାଇଁ ଆସିବା ଦର୍କାର ନାହିଁ। କମ୍ପାନୀ ଚାକିରି। ବ୍ୟସ୍ତ ହ'ନା। ବୋଉ ଦେହ ଭଲ ଅଛି। ଅପା, ଭାଇ, ମାମୁ ସମସ୍ତେ ଅଛନ୍ତି।"

ଝିଅ କହିଲା, "ବାପା! ମୁଁ କିଛିଦିନ ପାଇଁ ନେଇ ଯାଉଛି। ତମେ ମଧ୍ୟ ଚାଲ। ବୁଲାବୁଲି କରି ଆସିଲେ ଭଲ ଲାଗିବ।"

ବ୍ରଜବନ୍ଧୁ ହସିଲେ।

ଝିଅକୁ କହିଲେ- "ଶୁଣ୍‌ରେ ମା! ତୋ' ବୋଉକୁ ବରଂ ନେଇଯା'। ସେ ବୁଲାବୁଲି କରି ଆସୁ। ଦେଖୁଛୁ ତ ଆଗକୁ ପରୀକ୍ଷା ଅଛି। ପିଲାମାନଙ୍କୁ ଛାଡ଼ି ମୁଁ କ'ଣ ଯାଇପାରିବି? ଟିକି ଟିକି ପିଲାମାନେ। ମୋ ସଉକ ପାଇଁ ସେମାନଙ୍କ ଅବହେଳା କରିପାରିବିନି। ଏ ସମୟରେ ସେମାନଙ୍କ ବାପା ମା' ନୂଆ ଟିଉସନ ମାଷ୍ଟର ବି ଯୋଗାଡ଼ କରିପାରିବେନି। କହିଲୁ ଝିଅ ସେମାନଙ୍କ ମନ, ପିଲାମାନଙ୍କ ଭବିଷ୍ୟତ କ'ଣ ହେବ?"

ଏହାପୂର୍ବରୁ ଝିଅ ଭାଇନାଙ୍କୁ ସାଙ୍ଗରେ ନେବା କଥା ଶୁଣି ଭାରି ଖୁସି ହୋଇଥିଲା । ବଡ଼ପାଟିରେ ବି କହିଲା, "ତୁ ଠିକ୍ କହିଛୁ ଝିଅ । ଦି'ଜଣଙ୍କୁ ସାଙ୍ଗରେ ନେଇ ଯା' । ଏ ଘରକଥା ମୁଁ ବୁଝିବି । ନିଜେ କିଛି ଭଲମନ୍ଦ ଖାଉ ନାହାନ୍ତି । ଅପାକୁ ବି ଖୁଆଇ ଦେଉନାହାନ୍ତି । ଯେ ଆତ୍ମାପୁରୁଷକୁ ଶାନ୍ତି ନକରି ପାରେ ସେ କ'ଣ ଆଦର୍ଶ ଲୋକ ହେବ କହିଲୁ ?"

ଜ୍ୱାଇଁ କହିଲେ, "ଠିକ୍ ଅଛି । ମା' ତେବେ ଆମ ସାଙ୍ଗରେ ଚାଲନ୍ତୁ । ଦେହ, ଠିକ୍ ହୋଇଗଲେ ମୁଁ ନିଜେ ଆଣି ଛାଡ଼ିଦେଇ ଯିବି ।"

"ତୁମେ କେହି ମୋ ପାଇଁ ବ୍ୟସ୍ତ ହୁଅନା । ମୁଁ ଏବେ ଭଲ ଅଛି । ଆଉ କେଇଦିନରେ ପୂରା ସୁସ୍ଥ ହୋଇଯିବିନି ।" - କ୍ଷୀଣସ୍ୱରରେ କହିଲେ ଉର୍ମିଳା ।

"ତୁ କ'ଣ ଠିକ୍ ଅଛୁ କହିଲୁ ? ଆମେ ସବୁ ଗଲାପରେ ତୁ ପୁଣି ଅହରହ ଖଟିବୁ । ନୁହେଁ । ଏ ଘର ବାଡ଼ି ତ ତତେ ସ୍ୱର୍ଗକୁ ନବ ।" ସୁର ତା' ଢଙ୍ଗରେ କହିଲା ।

ବ୍ରଜବନ୍ଧୁ ସେମିତି ନିରବରେ ଚେୟାର ଉପରେ ବସିଥାନ୍ତି । ଏମାନଙ୍କ କଥା ଶୁଣୁଥାନ୍ତି । ସତରେ ବି ଉର୍ମିଳା ଯାଇ ବୁଲିଆସିବା କଥା । ସେ ତ ତାଙ୍କ ଜୀବନରେ କିଛି ମାତ୍ର ସୁଖ ଦେଇପାରିଲେନି । ବରଂ ଏ ବୟସରେ ଟିକେ ବିଶ୍ରାମ କରିବା ଦର୍କାର । ବ୍ରଜବନ୍ଧୁ ଜାଣନ୍ତି ଯଦି ଏ ପ୍ରକାର କଥା କହିବେ, ତା'ହେଲେ ଉର୍ମିଳା ନିଶ୍ଚୟ ମନ ଦୁଃଖ କରିବେ । ମନରେ କଷ୍ଟ ବି ହେବ, କାରଣ କେବେହେଲେ ସେ ଏଭଳି କଥା କହିନାହାନ୍ତି କି ଭାବିନାହାନ୍ତି । ତେଣୁ ବ୍ରଜବନ୍ଧୁ ନିରବ ରହିଲେ ।

ମାମୁ, ଭାଣିଜୀ ଓ ଜ୍ୱାଇଁ ସମସ୍ତେ ମିଶି ଯେତେବେଳେ ଉର୍ମିଳାକୁ ଯିବାକୁ ବାଧ କଲେ; ସେତେବେଳେ ଉର୍ମିଳା ପାଟି ଖୋଲିଲେ, "ତମେମାନେ ସବୁ କିଭଳି କଥା କହୁଛ ମୁଁ ଜାଣିପାରୁନି । ଏ ବୟସରେ ସେ ଘରେ ରହି ଟିଉସନ କରି ଅନ୍ୟାନ୍ୟ କାମ ସହ ହାତରେ ରୋଷେଇ କରି ଖାଇବେ । ମୁଁ ସେଠିଯାଇ ଝିଅ ପାଖରେ ଭଲ ଖାଇ ଅୟସ କରିବି ? ତମମାନଙ୍କୁ ଖରାପ ଲାଗୁନି ? ଜଣକ ଆତ୍ମା ଏଠି ପଡ଼ି କଲବଲ ହେବ, ମୁଁ ସେଠି ବସିବି । ମୁଁ ବଂଚିଥିବା ଯାଏ, ତାଙ୍କ କଥା ବୁଝୁଥିବି । ମୁଁ ଏ ଘର ଛାଡ଼ି କୁଆଡ଼େ ଯିବିନି ।"

ସୁର କି ଝିଅ ଜ୍ୱାଇଁ ଆଉ କିଛି କଥା ବଢ଼େଇଲେନି । ସୁର ଗାଁକୁ ପଳେଇଲା । ଝିଅ ଆଉ କିଛିଦିନ ରହି ତା' ଜାଗାକୁ ଗଲା ।

ଯେଉଁଦିନ ଝିଅ ଯିବ, ସେଦିନ ସୁର ଆସି ପହଞ୍ଚିଥିଲା ।

ବାପା ବୋଉଙ୍କର ଏ ଅବସ୍ଥା ପାଇଁ ସେ କାନ୍ଦି ପକେଇଲା ଏବଂ କହିଲା, "ତୁ ସିନା ଗଲୁନି ବୋଉ ! ନିଶ୍ଚୟ ହଇରାଣ ହେବୁ । ମୁଁ ମାମୁଙ୍କୁ କହିଛି ସେ ଆସି

ତୋର ଓ ବାପାଙ୍କ ଦେଖାଶୁଣା କରୁଥିବେ। କିଛି ସେମିତି ଅସୁବିଧା ହେଲେ ମତେ ଫୋନ୍ କରି ଜଣେଇବୁ।"

ସୁର ଦେଖିଲା ବିଚିତ୍ର ଏକ ପରିବେଶ।

ବ୍ରଜବନ୍ଧୁ ସେମିତି ବସିଛନ୍ତି ଚେୟାରରେ ଚୁପ୍‌ଚାପ୍। ଉର୍ମିଳା ଉଠି ଦାଣ୍ଡ ମୁହଁରେ ଠିଆ ହେଇଛନ୍ତି। କେହି କିଛି କହୁନାହାନ୍ତି। ଝିଅ କାନ୍ଦିଲା ଅଥଚ ମା' ଆଖିରେ ଲୁହ ନାହିଁ। ସେମାନେ ଗାଡ଼ିରେ ବସି- ଗାଆଁ ପାର ହେଇଗଲେ। ଉର୍ମିଳା ଘର ଭିତରକୁ ପଶିଲେ। ବ୍ରଜବନ୍ଧୁ ତାଙ୍କ କାମରେ ବାହାରିଗଲେ।

ସୁର ଅନୁଭବ କଲା- ସତେଯେମିତି ଏ ଦୁଇଜଣ ମଣିଷର ଆତ୍ମାପୁରୁଷକୁ ଦେଖି ପାରିଚନ୍ତି, ନହେଲେ ପରସ୍ପର ପ୍ରତି ଏତେ ଆବେଗ କେମିତି ? କେତେ ସ୍ଥିତପ୍ରଜ୍ଞ ସେମାନେ। କେତେ ନିର୍ବିକାର।

ସୁରର ଇଚ୍ଛା ହଉଥିଲା ଦୁଇଜଣଙ୍କୁ କୁଣ୍ଢେଇ ଧରି କାନ୍ଦିଥାନ୍ତା। ଆଜି ସତେ ଯେମିତି ତା' ଭିତରର ପ୍ରତିସ୍ପର୍ଦ୍ଧାର ସୌଧ ଏମାନଙ୍କ ପାଖରେ ଭାଙ୍ଗି ଚୁରମାର୍ ହେଇ ଯାଉଛି। ହାରି ଯାଉଛି ନିରସ୍ତ୍ର ସୈନିକ ଭଳି।

■

ଏଥର ଗାଆଁକୁ ଯିବି

ଆମ ଗାଆଁ ମଝିଭାଗରେ ଯେଉଁ ଚାରି ଛକି ଅଛି, ପ୍ରଥମ ସେଠି ଗୋଟିଏ ଚା' ଦୋକାନରୁ କେତେ ଦୋକାନକୁ ଲମ୍ବି ଗଲାଣି। ଯେହେତୁ ଗାଆଁ ଭିତରକୁ ଏବେ ସହରର ଗନ୍ଧ ପଶିଗଲାଣି, ସେ ଦୃଷ୍ଟିରୁ କେବଳ ଆମ ଗାଆଁ କାହିଁକି, ସବୁ ଗାଆଁରେ ସହରର ବାସ୍ନା। ଗାଆଁ ଟୋକା କି ଝିଅ, ସମସ୍ତେ ଯେପରି ହଠାତ୍ ସହରୀ ପାଲଟିଯିବେ। ଆଗେ ପିଲାଦିନେ ମନେ ଅଛି, କେଉଁ ସହରକୁ ଯିବାକୁ ହେଲେ କେତେ ବାଟ ଚାଲି ଚାଲି ଯାଇ ବସ୍ ଧରିବାକୁ ପଡୁଥିଲା। ବର୍ଷା ଦିନେ ପୁଣି ନାହିଁ ନଥିବା ଅସୁବିଧା। ଆଣ୍ଠିଏ କାଦୁଅ। ସେଇ କାଦୁଅ ଭିତରେ କିନ୍ତୁ ଯିବାକୁ ପଡୁଥିଲା। ସେମିତି ରାସ୍ତାରେ ଯିବାବେଳେ ଆମର ଗୋଟେ ନଦୀ ପାର ହେବାକୁ ପଡ଼େ। ନଦୀ ନୁହେଁ, ଗୋଟେ ବଡ଼ କେନାଲ। ଭରିଥାଏ ପାଣି। ଡଙ୍ଗାଟିଏ ପଡ଼େ। ସେ ଡଙ୍ଗାରେ କାତ କି ଆହୁଲା ଦର୍କାର ହୁଏନା। ଏ ପଟରେ ଗୋଟେ ଓ ସେପଟରେ ଗୋଟେ ଦଉଡ଼ି ଲାଗିଥାଏ। ଦଉଡ଼ି ଧରି ଯେଉଁ ଦିଗକୁ ଟାଣିବ ସେଇ ଦିଗକୁ ସେ ଯିବ। ସେଠି ଗୋଟେ ଚା' ଦୋକାନ ଥାଏ। ବରଗଛ ମୂଳେ ଛୋଟିଆ କେବିନ୍‌ଟିଏ। କୋଇଲା ଆଂଚରେ ନିଆଁ ଧରେଇ ଫୁଙ୍କୁଥାଏ ଦୋକାନୀ। ସେଥିରୁ ଯେଉଁ ଧୂଆଁ ବାହାରେ, ତା'ର ଗନ୍ଧ ନାକରେ ବାଜିଲେ କେମିତି ସହର ସହର ଲାଗେ। ମନେହୁଏ ବଜାର ସହର ପାଖେଇ ଆସିଲା ବୋଧେ।

ଏବେ କିନ୍ତୁ ଆଉ ତା' ନାହିଁ।

ସବୁ ଗାଆଁକୁ ପ୍ରଧାନମନ୍ତ୍ରୀ ସଡ଼କ ଯୋଜନା। କାଁ ଭାଁ ବସ୍ ବି ଚାଲୁଛି। ଆମ ଗାଆଁ ଛକ ଦେଇ ଦୁଇଟି ବସ୍ ବି ଯାଏ। ସେଇ ଛକ ଚା' ଦୋକାନରେ ଭାରି ଭିଡ଼। ସକାଳ କି ସଂଜ ବେଳେ ଲୋକାକୁ ଚା' ଯୋଗାଇବାକୁ ନାକେଦମ୍ ହେବାକୁ ପଡ଼େ।

ସେଇ ଭିଡ଼ ଭିତରେ ଆମେ କେଇଜଣ ନଯାଇ ଯାଉ ବହୁ ପଛରେ। ବେଞ୍ଚ୍ ଉପରେ ବସୁ। କଥାବାର୍ତ୍ତା ହଉ। ତା'ପରେ ଲୋକା ଦି'ତିନି କପ୍ ଚା' ବଢ଼ାଏ। ସେଦିନ ଏମିତି ଚା' ପିଇବା ଭିତରେ ଲୋକା ପଚାରିଲା, "ସୁରଭାଇ ସେ ଯେଉଁ ଟୋକାଟି ଏଠି ବସି ସବୁଦିନେ ଚା' ପିଏନା, ସେ କାହିଁ ବହୁଦିନ ହେଲା ଦେଖାଯାଉନି। ସେ କ'ଣ ତମ ସାଂଗ? କାରଣ ସେ ତ ତୁମ ସହ ବହୁ ସମୟରେ କଥା ହୁଏ।"

ସୁର ପଚାରିଲା, "କାହା କଥା କହୁଛୁ ମ?"

"ଆରେ ରଘୁ! ତୁ କ'ଣ କିଛି ଜାଣିପାରୁଛୁ? ଲୋକା କାହାକଥା ପଚାରୁଛି?"

ରଘୁ କହିଲା, "ଆମ ଗାଆଁର ସେମିତିକା ପିଲା କିଏ ଅଛି ବୋଲି ମୋର କାହିଁକି ମନେହୁଏନା। ଆଉ କୋଉ ଗାଆଁର ହେଇଥିବ ମ?"

"ଆରେ ଲୋକ! କାହା କଥା କହୁଚୁ ଯେ? ତା'ଛଡ଼ା ତା' ପାଖରେ ତୋର କିଛି କାମ ଅଛିକି? ସେ ପିଲା ବିଷୟରେ ସମ୍ୟକ୍ ଜାଣିଲେ ସିନା କ'ଣ ହୁଅନ୍ତା।"

ଲୋକା କହିଲା- "ରଘୁଭାଇ! ତମେ ଦେଖିଥିବ, ଗୋଟେ ଧଳା ଟୋପି ପିନ୍ଧି ଖବରକାଗଜ ଖଣ୍ଡେ ହାତରେ ଧରି ଏଠାକୁ ଆସି ଚା' ପିଏ। ସେଇ ବେଞ୍ଚ୍ ଉପରେ ବସି ପେପର ପଢ଼ିବ, ପୁଣି ତାକୁ ଭାଙ୍ଗିଭୁଙ୍ଗି ଚାଲିବ। ତମକୁ ବି କ'ଣ ସେ ପେପରରୁ ଦେଖାଏ। ପଚାରେ। ମତେ ଲାଗେ ବଡ଼ ଅଜବ ଲୋକ ସେ। କୋଉଠି କ'ଣ ସେ କରେ କେଜାଣି, ବହୁ ସମୟରେ ବ୍ୟସ୍ତ ଥିଲା ଭଳି ମନେହୁଏ।"

ଲୋକା କଥା ଶୁଣି ସୁର କହିଲା- "ଓହୋ ମନେ ପଡ଼ିଲା।"

"ମୁଁ ଜାଣେ ତୁମେମାନେ ବା ଜାଣିଚ। ଭୁଲି ଯାଇଛ ବୋଧେ। ବହୁଦିନ ହେଲାଣି ନା। ହଁ, ତଥାପି ବର୍ଷେ କି ଦି' ବର୍ଷ ହେବ।" ଲୋକା କହିଲା।

ସୁର ରଘକୁ କହିଲା, "ହେ- ତୁ ଜାଣିପାରୁନୁ କ'ଣ ମ? ସେ ହେଉଚି ନୂଆପଡ଼ାର ପିଲା। ତା' ନାଟା ମନେଥିଲା ମ। ଭାରି ଟାଲେଣ୍ଟେଡ଼ ପିଲା ଯେ। ବି.ଏସ୍.ସି ପାଶ୍ କରିଛି। ଟିଉସନ କରୁଥିଲା ନା କ'ଣ?'

ରଘୁ ସୁରର କଥା ଶୁଣି କହିଲା, "ତୁ ବଳରାମ କଥା କହୁନୁ ତ?"

ରଘୁ ପାଟିରୁ କଥା ଛଡ଼େଇ ଯେମିତି ସୁର କହିଉଠିଲା, "ହଁ ହଁ ବଳରାମ। କୋଉଠି ବୋଧେ ସେ ଜବ୍ ପାଇ ଯାଇଛି, ସେଥିପାଇଁ ଦେଖାନାହିଁ।"

ଲୋକା କଥାର ପରିସମାପ୍ତି ଘଟିଲା କି କ'ଣ- ସେ ପ୍ରସଂଗ କିନ୍ତୁ ବନ୍ଦ ରହିଲା।

ରଘୁ ମନେମନେ କିନ୍ତୁ ବଳରାମ କଥା ଭାବୁଥିଲା । ତା' ବିଷୟରେ ଭାବିବାର ଅବଶ୍ୟ କିଛି କାରଣ ନାହିଁ, ହେଲେ କିଛି ଦିନ ତଳେ ନୂଆପଡ଼ାର ଜଣେ ବୟସ୍କ ଚାଷୀ ଲୋକ ତା' ଦେଖା କରି କହିଥିଲେ- "ବାବୁ ମୋ ପୁଅ ତମ ସାଂଗରେ ବସାଉଠା କରେ ବୋଲି ଖବର ପାଇଲି । ସେ ବର୍ଷେ ଉପରେ ହବ, ଘରୁ ଯାଇଛି ଯେ ଏପର୍ଯ୍ୟନ୍ତ ଫେରିନି କି କୌଣସି ଖବର ନାହିଁ । ସେ କୋଉଠି ଅଛି ମୋତେ ବି ଜଣା ନାହିଁ । ତମେ ତା' ବିଷୟରେ କିଛି ଜାଣିଚ କି ?"

ସେ ବୃଦ୍ଧ ଜଣକ କଥାଶୁଣି ରଘୁ ହଡ଼ବଡ଼େଇ ଗଲା ।

ସେ ଲୋକକୁ ସେ ଆଦୌ ଜାଣିନାହିଁ । ତାଙ୍କ ଘର କୋଉଠି ତା' ମଧ୍ୟ ଜଣାନାହିଁ । ବାକି ରହିଲା ତାଙ୍କ ପୁଅ କଥା । ତା' ସାଙ୍ଗରେ ବସାଉଠା କରୁଥିବା ସେମିତି କେହି ତ ଥିଲାଭଳି ମନେ ହୁଏନି । ସେମାନେ ଯୋଉ ତିନିଜଣ ବସନ୍ତି କି ଚା' ପିଇବାକୁ ଆସନ୍ତି, ସେମାନେ ହେଲେ ହରି, ରଘୁ ଓ ସେ । ଆଉ କିଏ ?

ବାରମ୍ବାର ମନେ ପକଉଥିଲା ରଘୁ ଆଦୌ ତା' ଖିଆଲକୁ ଆସୁନି । ରଘୁ ମନେ ପକେଇବାକୁ ପୁଣି ପଚାରିଲା- "ଆଚ୍ଛା ମଉସା ! ତମ ଘର କୋଉଠି ?"

"ବାବୁ! ଏଇ ନୂଆପଡ଼ା ମ !

ମୋ ନାଆଁ ଆଦିକନ୍ଦ- ଆଦିକନ୍ଦ ପୁହାଣ ।

ଆମ ଗାଁର ରବି କହିଲା, ସେ ପୁଅ ଆସି ଅନେକ ସମୟରେ ଏଇ ଛକ ଚା' ଦୋକାନରେ ବସେ । ତମମାନଙ୍କ ସହିତ ସେ ମଧ୍ୟ କଥାବାର୍ତ୍ତା କରେ । ରବି କହିଲାରୁ ପଚାରି ତମ ପାଖକୁ ଆସିଛି । ଶୁଣିଲି ତମେ ମାଧବ ଗୁରୁଜୀଙ୍କ ପୁଅ । ମୁଁ ଭାରି ଆସ୍ୱସ୍ତ ହେଲି । ତା'ହେଲେ ଠିକ୍ ଲୋକ ସହ ମିଶୁଛି ସେ ।"

ମୁଁ ପଚାରିଲି- "ତା' ନାଁ କ'ଣ କହିଲ ?"

ସେ କହିଲେ- "ତା' ନାଁ ବଳରାମ । ବଳିଆ ବୋଲି ଡାକନ୍ତି । ତମେ ଏଥର ନିଶ୍ଚୟ ଜାଣି ପାରୁଥିବ ।"

ଏ ପର୍ଯ୍ୟନ୍ତ ବି ମୋ ମନ ଭିତରକୁ ସେ ପିଲାର ସ୍କେଚ୍ ଆସିପାରୁ ନଥିଲା । କେମିତି ଯେ କହିଦେବି, ତମେ ଯାଅ ମଉସା- ମୁଁ ଜାଣିନି । ସେ ହଠାତ୍ ନିରାଶ ହେଇଯିବେ । ହୁଏତ ପୁତ୍ର ବିଚ୍ଛେଦ ଭାରା ସହି ନପାରନ୍ତି । କାରଣ ଦୁଇବର୍ଷ ପାଖ ଧରିବ ଯେତେବେଳେ ତାଙ୍କ ପୁଅ ଫେରୁନି, ଗୋଟଣିଏ ବାପାର ମନ କ'ଣ ହେଉଥିବ କେବଳ ଅନୁଭବୀ ହିଁ ଜାଣେ ।

ମନେ ମନେ ସ୍ୱଗତୋକ୍ତି କରୁଥିଲା ରଘୁ ।

କହିଲା- "ଠିକ୍ ଅଛି ମଉସା ତମେ ଯାଅ । ମୁଁ ବୁଝିବି ତା' ବିଷୟରେ ।"

"ବୃଦ୍ଧଜଣକ ଏକପ୍ରକାର ଚିନ୍ତାହୀନ ହୋଇ ଲେଉଟି ଗଲାବେଳେ ରଘୁ ପୁଣି କହିଲା- "ହଁ, ମଉସା ତମ ପାଖରେ ତା'ର ଫୋନ୍ ନମ୍ବର ଅଛି କି ?"

ସେ କହିଲେ- "ମୋ ପାଖରେ ତ ନାହିଁ। ରବି ତା' ସହ କଥାବାର୍ତ୍ତା କରେ। ସେ କ'ଣ ଖବର ଦେଲେ ମୋତେ କହିଥାନ୍ତା। କହିନି ତ। ପଚାରିଲରୁ କହୁଚି, ବଳିଆ ତା' ପାଖକୁ କିଛି ଆଉ ଫୋନ୍ କରିନି। ହଉ ବାବୁ, ହବ ଯଦି ମୁଁ ତା' ପାଖରୁ ନମ୍ବର ଆଣିଦେବି।"

ମୁଁ ମୁଣ୍ଡ ଟୁଙ୍ଗାରିଲି।

ରଘୁ ଏ କଥା ସୁରକୁ କହିଥିଲା।

ହେଲେ ସୁର କହିଥିଲା- ଛାଡ଼୍ ମ ସେ କଥା। ସେ କ'ଣ ଛୋଟ ପିଲା ହେଇଚି ଯେ କୁଆଡ଼େ ମିସ୍ ହେଇଯିବ। କୋଉଠି ଅଛି ବଳେ ଖରବ ଦେବନି।"

ତା' ଦୋକାନରେ ସେଇ କଥା ଉଠୁ ଉଠୁ, ବଳିଆର କଥା ମନେ ପଡ଼ିଲା। ତା' ଭିତରେ ସେ ବୃଦ୍ଧ ଜଣକ ଗୋଟିଏ ଫୋନ୍ ନମ୍ବର ଆଣି ଦେଇଥିଲେ ରଘୁକୁ। ଅଣ୍ଟାରେ ଗୁଞ୍ଜି ଆଣିଥିବା ମୋଡ଼ିମୋଡ଼ି ହେଇ ଖଣ୍ଡେ କାଗଜରେ ଫୋନ୍ ନମ୍ବରଟି ଲେଖାଥିଲା। ରଘୁ ବହୁ କଷ୍ଟରେ ସେଇ ଅସ୍ପଷ୍ଟ ଅକ୍ଷରଗୁଡ଼ିକୁ ତା' ଫୋନ୍ ଖାତାରେ ଟିପି ଦେଇଥିଲା। ଥରେ ଖଣ୍ଡ ଲଗେଇଥିଲା, କାହିଁ କିଛି ରିଂଗ୍ ହେଇ ନଥିଲା। ଭାବିଲା ନାଇନ୍ ଫୋର ନମ୍ବର ହୁଏତ ନେଟ୍‌ୱାର୍କ ପାଉନଥିବ। ପରେ କେବେ ଲଗେଇବା ଭାବି ରହିଯାଇଛି।

ମଝିରେ ଥରେ ବଳିଆର ବାପା ଆସିଥିଲେ। ଏଇ ଏପ୍ରିଲ ମାସରେ। ମଧ୍ୟାହ୍ନ ସମୟ ଦେହ ମୁଣ୍ଡରୁ ଝାଳ ସବୁ ବହିଯାଉଛି ସରସର୍ ହେଇ। ରଘୁ ଘରୁ ବାହାରି ଦେଖିଲାବେଳକୁ ଠିଆ ହେଇଚନ୍ତି ବଳିଆର ବାପା। ତାଙ୍କୁ ଦେଖି ସତେ ଯେମିତି ରଘୁ ଦେହରୁ ଝାଳ ବାହାରି ପଡ଼ିଲା। କ'ଣ ଉତ୍ତର ଦେବ ସେ ? ଆଉ ତ କେବେ ଫୋନ୍ ବି କରିନି। କେମିତି ମିଛ କଥା କହିବ ? ଏ ସମୟରେ ଗୋଟେ ବହୁ ପ୍ରତିକ୍ଷିତ ଦୃଷ୍ଟିରେ ଚାହିଁ ରହିଥିବା ବୃଦ୍ଧ ବାପା ଜଣଙ୍କୁ ସତକଥା କହି ବିଦା କରିଦେଲେ ବି ବିପଦ। ତାଙ୍କ ମନରେ ଆଶା ଦେବା ପାଇଁ କହିଲା- "ପ୍ରକୃତ କଥା କ'ଣ କି ମଉସା ବଳିଆର ଫୋନ୍‌ଟି ଲାଗିଲାନି। ବହୁଥର ଚେଷ୍ଟା ମଧ କରିଛି। ତୁମେ ଯାଅ, ମୁଁ ନିଜେ ରବି ପାଖକୁ ଯାଇ ଆଉଥରେ କଥା ହେବି ଓ ଖବର ଦେବି।"

ରଘୁର କଥା ବୋଧେ ବଳିଆର ବାପାଙ୍କ ମନ ଉପରେ କିଛି ପ୍ରଭାବ ପକାଇ ପାରିଲାନି। ନହେଲେ- ଏକ ନୈରାଶ୍ୟ ସୂଚକ 'ହଉ' କହି ସେ ବିଦାୟ ନେଇ ନଥାନ୍ତେ, ସେଇ ପ୍ରଚଣ୍ଡ ଖରାରେ।

ଜଣେ ବାପା ବିଲକାମ ସାରି ଧୂ ଧୂ ଖରାରେ ନୂଆପଡ଼ାରୁ ଏଠିକି ଆସିଛି ପୁଅ ବିଷୟରେ କିଛି ଜାଣିବା ପାଇଁ। ହୁଏତ ସେ ଗାଧେଇ ଖାଇ ନଥିବେ। ନିଶ୍ଚୟ ସେ ଭାବି ଆସିଥିବେ ଯେ, ବଳିଆର କିଛି ସୁଖବର ପାଇଲେ ତାଙ୍କର ପେଟ ପୂରିଯିବ। ଖାଇବାର ଆବଶ୍ୟକତା ନାହିଁ। ଅଥଚ ରଘୁର କଥା ଶୁଣି ଭୋକ ଯାହା ବି ପେଟରେ ଥିବ, ତା' ଆପେ ଆପେ ମରି ଯାଇଥିବ। ଅନେକ ଆଶାର ପରିତୃପ୍ତଠାରୁ ଆଉ କ'ଣବା ବଡ଼ ହେଇପାରେ ଯେ।

ରଘୁ ପେଟ ଭିତରେ ଯେମିତି ମନ୍ଥି ହେଇଯାଉଥିଲା। ମୂଳରୁ ସୁର ଭଳିଆ ମନା କରିଦେଇଥିଲେ ଚଳି ପାରିଥାନ୍ତା। ହେଲେ ସେ ତ ସେ ପ୍ରକାର ପିଲା ନୁହେଁ ଯେ, ହଠାତ୍ କାହା ମନରେ ଭାରା ସୃଷ୍ଟି କରିବ। ଏବେ ଯଦି ପ୍ରକୃତରେ ବଳିଆ କଥାଟା ନ ଜାଣିବ, ତା'ହେଲେ ତା' ବାପା ପୁଣି ଆସିବ ନିଶ୍ଚୟ। ସେତେବେଳେ କି ଉତ୍ତର ଦେବ ସେ ?

ସୁର ମନା କରିଥିଲେ ବି ରଘୁ ପୁଣି ତାକୁ ପଚାରିଲା ଏ ବିଷୟରେ।

- "କହିଲି ନା, କାହିଁ ସେ କଥାରେ ଅଯଥା ମୁଣ୍ଡ ଖେଳଉଚୁ? ଇରେ ବାବୁ, ସେ ପିଲା ସହ ଆମର ସମ୍ପର୍କ ନାହିଁ। ତା'ର କଣ୍ଟାକ୍ଟ ନମ୍ବର ବି ନାହିଁ। ସେ କେଉଁଦିନ ଗଲା, ତା' ବି ଆମକୁ ଜଣାନାହିଁ। କେମିତି ଯେ କ'ଣ କିଛି ତା' ବାପାଙ୍କୁ ନା କିଛି କରିପାରିବା। ସେଥିପାଇଁ କହୁଛି, ସେ କଥାରେ ମୁଣ୍ଡ ପୂରାନି। ଆ ଯିବା। ଏହି ଟେନ୍‌ସନରୁ କପେ କପେ ଲୋକା ଚା' ମାରି ଦେଇ ଆସିବା।"

କିନ୍ତୁ ରଘୁ ମନ ଭିତରେ ସୁରର ସେଇ କଥା ପଶୁ ନଥିଲା। ଯେମିତି ହେଲେ ତାକୁ ବଳିଆ ବିଷୟରେ କିଛି ଜାଣିବାକୁ ହବ।

ସୁର କହୁଛି, ଚା' ପିଇବାକୁ ଯିବା। ହେଲେ ରଘୁର କୌଣସି କଥାରେ ତା' ମନ ଲାଗୁ ନଥିଲା। ସୁର ବରଂ ନ ଯାଉ, ସେ ଯିବ ରବି ପାଖକୁ। ପଚାରିବ ତାକୁ ପ୍ରକୃତରେ ବଳରାମ କୁଆଡ଼େ ଯାଇଛି।

ତା'ପରଦିନ ରଘୁ ପହଂଚିଲା ରବି ପାଖରେ। ରବିକୁ ଦେଖି ସେ ଜାଣିପାରିଲା। କୌଣସି ଗୌରଚନ୍ଦ୍ରିକା ନକରି ସିଧା ସଳଖ ବଳରାମ ବିଷୟରେ ପଚାରିଲା। ରବି କିନ୍ତୁ ଯାହା କହିଲା, ରଘୁକୁ ତ ଆଶ୍ଚର୍ଯ୍ୟ ଲାଗିଲା।

ଯେଉଁଦିନ ସେ ଗାଆଁ ଛାଡ଼ିଲା, ତା'ପର ଦିନ ଖାଲି ରବିକୁ କହିଥିଲା, "ମୋର ଜଣେ ବନ୍ଧୁଙ୍କ ସାଂଗରେ ଦିଲ୍ଲୀ ଯାଉଛି। ସେଠାରେ ସେ ଏକ ପବ୍ଲିକ ସ୍କୁଲରେ ରଖେଇଦେବେ।" ରବି ଅବଶ୍ୟ କହିଥିଲା- "ଏଠି କ'ଣ ସ୍କୁଲ ନା କୋଚିଂ ସେଣ୍ଟର ନାହିଁ ଯେ, ତୋତେ ଦିଲ୍ଲୀ ଯିବାକୁ ହବ। ଗୋଟେ କାମ କର ତୋ ପାଇଁ ଭଲ

କୋଚିଂ ସେଣ୍ଟରଟିଏ ବୁଝିଦେବି। ସେଠି ରହିଲେ ମାସକୁ ଅନ୍ତତଃ ଦଶହଜାର ଟଙ୍କା ରୋଜଗାର କରିପାରିବୁ। ତା'ଛଡ଼ା ତୋର ବି ଟିଉସନ୍ ଅଛି। ଏଣୁ ଚଳିଯିବ।"

ବଳରାମ କାହିଁକି ରବି କଥାରେ ରାଜି ହେଇନଥିଲା। ସବୁଠାରୁ ବଡ଼ ଆଶ୍ଚର୍ଯ୍ୟର କଥା। ଗଲାବେଳେ ତା' ବୋଉକୁ ସେ ଦଶହଜାର ଟଙ୍କା ଦେଇଗଲା। କହିଥିଲା, "ରଖିଥା'। ମୁଁ ଦିଲ୍ଲୀ ଗଲେ ପଠେଇବି।" ତା' ବୋଉ ବି ପଚାରି ପାରିଲାନି, ଏ ଟଙ୍କା କୋଉଠୁ ଆଣିଲ. ଯାହା ରବିକୁ ବହୁଦିନ ପରେ କହିଲା।

ରଘୁ ପଚାରିଲା- "ତମେ ଆଉ କେବେ ଫୋନ୍ କରିଚ କି ?"

- "ହଁ ଥରେ କାହିଁକି, ପାଂଚଥର କହିଛି। ଆଗେ ରିଂଗ୍ ହେଉଥିଲା। ଏବେ ଖାଲି ସୁଇଚ୍ ଅପ୍ କହୁଛି।" ରବି ହତାଶସ୍ୱରରେ କହିଲା।

ରଘୁ ମନେକଲା ବଳରାମ କୌଣସି ଦଲାଲ ମାୟାରେ ପଡ଼ିଯାଇନି ତ। ଯା' ଫଳରେ ସେ ତା' କବଳରୁ ଖସି ପାରୁନି। କି ଆସି ପାରୁନି।

ରବି କହିଲା, "ହଁ ରଘୁଭାଇ ! ମୁଁ ଏତେ କଥା ବି ଭାବି ନଥିଲି। ଅଶ୍ଚର୍ଯ୍ୟର କଥା, ଗଲାବେଳେ ଦଶହଜାର ଟଙ୍କା ଆଣିଲା କେଉଁଠୁ ?"

ରଘୁ ବିଚଳିତ ହେଇ ପଡ଼ିଥିଲା।

କ'ଣ କହିବ ତା' ବାପାଙ୍କୁ। କେମିତି ଏତେଗୁଡ଼ିଏ କଥା ସେ କହିପାରିବ ଯେ। ସେ କଥା କ'ଣ ବୁଝିପାରିବ ? କାରଣ ସେ ଜଣେ ବାପା ତ।

ତେଣୁ ସ୍ଥିର କଲା, ଅନ୍ତତଃ ବଳିଆ ବିଷୟରେ ସଠିକ୍ ଜାଣିବା ପର୍ଯ୍ୟନ୍ତ ସେ କହିଦେବ ବଳିଆ କହିଛି- "ମୁଁ ଏଥର ଗାଆଁକୁ ଯିବି।"

■

ଦେବୀପ୍ରତିମା

ଯେଉଁଦିନ ପ୍ରତିମା ଜନ୍ମ ନେଲା, ସେଦିନ ଗ୍ରହଲଗ୍ନ କ'ଣ ଥିଲା କେଜାଣି, ସାଧୁଚରଣଙ୍କ ପରିବାରରେ କେମିତି ଗୋଟାଏ ଅଲଗା ଅଲଗା ବାସ୍ନା ଚହଟି ଉଠିଲା। ସାଧୁ ଓ ତା' ସ୍ତ୍ରୀ ବାସନ୍ତୀ ଉଭୟ ଅନୁଭବ କଲେ, ଜନ୍ମ ନେଇଥିବା ଝିଅଟି ତାଙ୍କ ଘର ପାଇଁ ଏକ ମଙ୍ଗଳକାରିଣୀ ଶକ୍ତି ବୋଲି। କାରଣ ବହୁତ ଦିନ ହେଲା ତାଙ୍କ କୋଳକୁ ଛୁଆଟିଏ ଆସୁ ନଥିଲା। କେତେ ଦେବାଦେବୀ, ଓଷାବ୍ରତ କରିଥିଲେ ମଧ୍ୟ କିଛି ଫଳ ହେଲାନି। ବାହାଘର ଆଠବର୍ଷ ହେଇଗଲା। ବାସନ୍ତୀ କେତେ ବ୍ୟସ୍ତ ହୁଏ। ଜଣେ ବନ୍ଧ୍ୟା ସ୍ତ୍ରୀର ଯେଉଁ ଅପବାଦ, ସେ ଆଗରୁ କାହାଣୀ ଭଳି ଜାଣିଚି। ହେଲେ ନିଜ ଭିତରେ ଯେତେବେଳେ ସେ ଅନୁଭବ କଲା, ସେ ଅପବାଦ ଖାଲି ଶୁଣା କଥା ନୁହେଁ ଗଳ୍ପ ଉପନ୍ୟାସର କଥା ନୁହେଁ, ବାସ୍ତବ ଜୀବନର କଥା, ସେଦିନ ରାତି ଶାନ୍ତିରେ ରହି ପାରିଲାନି। ସାଧୁ କେତେ ବୁଝେଇଛି, "ତୁ ଯମ ବ୍ୟସ୍ତ ହ ନା ବାସନ୍ତୀ। ଠାକୁର ଦୟା କଲେ ନିଶ୍ଚୟ ଆମ କୋଳକୁ ଛୁଆଟିଏ ଆସିବ। ଆମ ହାତରେ କ'ଣ ଅଛି କହିଲୁ?

ଅବଶ୍ୟ ତୁ କହୁଥିଲୁ ଡାକ୍ତର ଦେଖାଇବା ପାଇଁ। ତା' ଠିକ୍ ଯେ, ହେଲେ ଆମେ ତ ଗରିବ ଲୋକ। ପର ଜମି ଭାଗ କରି ଧାନଗଣ୍ଡାଏ ଯାହା ମିଳେ, ତା' ବର୍ଷକ ନିଅଣ୍ଟ ହୁଏ। ତା' ସାଂଗକୁ ଅନ୍ୟାନ୍ୟ ଖର୍ଚ୍ଚ। ମୂଳ ଲାଗି କ'ଣ କରିହବ କହିଲୁ? ଆମେ ସହର ଯାଇ ବଡ଼ ଡାକ୍ତରଙ୍କୁ ଦେଖାଇବା କୋଉ ସହଜ କଥା?"

ବାସନ୍ତୀ ହାତରେ ଯେମିତି ଆଉ କିଛି ନଥିଲା। ସେ ଆପେ ଆପେ ନିରବି ଯାଏ; ଗରିବକୁଳେ ଜନ୍ମ ନେବା ଏକ ଅଭିଶାପ। ବାସନ୍ତୀ ଯାହା ଘରେ କାମ କରେ, ତାଙ୍କ ବଡ଼ବୋହୂର ୩/୪ ବର୍ଷ ଧରି ପିଲାଛୁଆ ହେଉନଥିଲା, ସେମାନେ ସହରରେ ରହି ଡାକ୍ତର ଦେଖେଇ ଛୁଆ ହେଲା। ଏସବୁ କଥା ତାଙ୍କ ପାଇଁ ହିଁ ସମ୍ଭବ। ମାତ୍ର ତା' ପାଇଁ ସେ ପ୍ରକାର ଚିନ୍ତା କରିବା ଶୋଭା ପାଏନା।

ଆଜି କିନ୍ତୁ ବାସନ୍ତୀ ଅନୁଭବ କରୁଚି ଦେବୀମା'ଙ୍କର ଅପାର କରୁଣାରୁ ସେ ମା' ହୋଇପାରିଛି ଦୀର୍ଘ ଆଠବର୍ଷ ପରେ। ମାତୃତ୍ୱର ଆନନ୍ଦବୋଧ ଆଜି ବାସନ୍ତୀକୁ ଚହଲେଇ ଦଉଚି ବାରମ୍ବାର। କିଏ ଯେମିତି ତା' ଅନ୍ତର ଭିତରୁ କହୁଛି, ଶୁଣ ? ବାସନ୍ତୀ ତୁ ବନ୍ଧ୍ୟା ନୁହେଁ, ସନ୍ତାନବତୀ। କନ୍ୟାରତ୍ନର ମା'।

ଗାଆଁରେ ଯିଏ ଶୁଣୁଚି, ସେ ତ ଆଶ୍ଚର୍ଯ୍ୟ ହେଇଯାଉଛି। ଆଠବର୍ଷ ପରେ ବାସନ୍ତୀର ଛୁଆ ହେଇଚି, କିଏ କହୁଛି; ଗରିବଙ୍କ ପାଇଁ ଭଗବାନ ସାହା। ଖେମାବୋଉ ମନ୍ତବ୍ୟ ଦେଲା, "ହଁ ମ ଏତେଦିନ ପରେ ହେଲା ଯେ, ଖଟୁଆ, ପୁଅଟା ଭଲା ହେଇଥାନ୍ତା ସାଧୁଆର କୁଳରକ୍ଷା ହେଇଥାନ୍ତା। ଝିଅଟା ବାହା ହେଇଗଲେ ଗଲା ଶେଷ କାଳରେ ଏହାର କି କାମରେ ଲାଗିବ ଯେ ? କୋଉ ପୋଷିବ ନା ପାଳିବ।"

ସାଧୁଆ ବିଲ କାମ ସାରି ଘରକୁ ଫେରିଲା ବେଳେ ଖେମୀ ବୋଉର କଥା ତା' କାନରେ ବାଜିଲା। ଭାବୁଥିଲା ମୁହେଁ ମୁହେଁ କହି ଦେଇଥାନ୍ତା, ତୋ ଢିଅରେ ତ ଛୁଆଟିଏ ନାହିଁ, ତତେ ପୁଣି ପୋଷୁଚି କିଏ ? ଛାଡ଼। ଏସବୁ କଥା କହି କିଛି ଲାଭ ନାହିଁ। ବରଂ ଭଲ ହେଇଚି ତା' କାନରେ ଏକଥା ପଡ଼ିଛି। ବାସନ୍ତୀ କାନରେ ନୁହେଁ। ମନ ଦୁଃଖ ତ ଖାଲି କରି ନଥାନ୍ତା; ବରଂ ଝିଅ ହେଇଚି ଆଉ ଏକ ଭୂତ ତା' ମୁଣ୍ଡରେ ପଶିଥାନ୍ତା। ଝିଅ ହେବା ସତେଯେମିତି ପାପ। ଜମା ଛୁଆ ହଉ ନଥିଲା, ସେଥିରେ ଲୋକ କହିଲେ। ତା'ହେଲେ କେମିତି ଚଳିବାକୁ ହବ, ସେକଥା ଭାବିବା କଷ୍ଟ। ଏ ସଂସାର ଏମିତ ଯେ ସବୁ କଥାରେ ଲୋକ କହିବେ। ସେଗୁଡ଼ା ମୁଣ୍ଡରେ ପୁରାଇଲେ କିଛି କାମ କରି ହବନି।

ସାଧୁଆ ତା' ବାଟରେ ଫେରିଲା।

ଯାଉଯାଉ ପୁଣି ଫେରିଲା। ଅଯଥା କଥା ଭାବି ଭାବି ଆଗକୁ ପଳେଇ ଆସିଲାନି। ବାସନ୍ତୀ ପାଇଁ ଔଷଧ ନବାକୁ ହବ। ସେ ଡାକ୍ତର ତ ଗଲାବେଳେ ଖାଇ ଶୋଇଥିବ। ଯା'ହେଲେ ଔଷଧ ଆଣିବାକୁ ପଡ଼ିବ।

ଏତେବେଳ ହେଲାଣି ଆଜି କାହିଁକି ସାଧୁଆ କାମରୁ ଫେରିନି। ବାସନ୍ତୀ ଟିକେ ବ୍ୟସ୍ତ ହେଇ ପଡ଼ିଲା। ସେଇଦିନ ସେ ଏବେ ଖାଇବାକୁ ହଇରାଣ ହେବେ, ସେଥିପାଇଁ ତ ବାସନ୍ତୀ ତାଙ୍କ ଘରକୁ ଖବର ପଠେଇଥିଲା ସାନ ନୂଆ'ଉକୁ ପଠେଇବା ପାଇଁ। ଭାଇ କହିଗଲା, ହଁ ସେ ଯାଇ ପହଞ୍ଚିବ। ଆସିବ ବୋଧେ। ସମସ୍ତଙ୍କର ପୁଣି ତ ସଂସାର ଅଛି ନା ? କହିଲା ମାତ୍ରେ କ'ଣ କିଏ ଚାଲିଆସିବ। ବାସନ୍ତୀର ଆଉ କ'ଣ ବା ଉପାୟ ଅଛି ଯେ କରିପାରିବ। ତଥାପି ପଡ଼ିଶା ଘରର ଯେ ଯା' ହିସାବ ହବ ହାରାବୋଉ ସକାଳୁ ଆସି ଭାତରାନ୍ଧି ଦେଇଯାଇଛି। ବାସନ୍ତୀ ପାଇଁ ସାଗୁ ବି

କରିଦେଇ ଯାଇଚି। ଭାରି ଭଲ ଲୋକ ସେ ଖାଲି ଆଜି ନୁହେଁ ଏମିତି ବାସନ୍ତୀର ଦେହପା' ଖରାପ ହେଲେ ହାରାବୋଉ ଅପା ସାହାଯ୍ୟ କରିଛନ୍ତି। ତାଙ୍କୁ ନିନ୍ଦା କରିବାର ନାହିଁ। ସେ କଥା ବି ରାତିବେଳେ ଦି' ଚାରିଦିନ ଆମ ଘରେ ଖାଇଦେଲେ ହବନି। ଅନ୍ତୁଡ଼ି ଉଠିଗଲେ ତୁ ତୋ କାମ କରିବୁ। ମୁଁ କ'ଣ ସବୁଦିନେ ଦଉଚି କି ?

କେଜାଣି କାହିଁକି ବାସନ୍ତୀ ଏକଥାରେ ରାଜିହେଲାନି।

ବାସନ୍ତୀ ଭାବୁଥିଲା, ଏକରେ ହାରାବୋଉ ଅପାଙ୍କ ଘରେ ତାଙ୍କୁ ଏମିତି କାଇବାକୁ ଭଲ ଲାଗିବନି। ତା'ଛଡ଼ା ଏମିତି ଲୋକଟି ଯେ ଘରେ ଶାଗ ପଖାଳ ବରଂ ଖାଇବ, କୋଉ ନ୍ୟାୟ ନିମନ୍ତକୁ ଯିବାକୁ ଭାରି କଷ୍ଟ। ସାଧୁଆ ବାସନ୍ତୀକୁ କହେ, "ବୁଝିଲୁ ନା ବାସନ୍ତୀ, ଆମ ଘର ଛାଡ଼ିଦେଲେ, ଆଉ କୋଉଠି ଖାଇଲେ ପେଟ ପୂରିବନି ଲୋ। ସେଥିପାଇଁ କୋଉଠିକି ଯିବାକୁ ମୋର ମନ ହୁଏନା।"

ସାଧୁଆ ଫେରିଲା ବେଳକୁ ଟିକେ ଡେରି ହେଇଗଲା। ବାସନ୍ତୀ ବି ସେ ପର୍ଯ୍ୟନ୍ତ ସାଗୁ ଖାଇନି। ଡାକ୍ତର କହିଥିଲେ, ଦି'ଦିନ ଖଣ୍ଡ ସାଗୁ ଖାଇବାକୁ। ତା'ପରେ ରୁଟି କି ଭାତ ଖାଇବ। ସାଧୁଆ ପଚାରିଲା, "ତୁ କାହିଁକି ସାଗୁ ଖାଇନୁ ବାସନ୍ତୀ।"

ବାସନ୍ତୀ ତା' ଶୁଖିଲା ମୁହଁରେ ହସିଲା। ସତେ ଯେମିତି ସେ କହୁଥିଲା ସାଧୁଆକୁ, 'ତମେ ଖାଇନ ପରା ମୁଁ କେମିତି ଖାଇଥାନ୍ତି।'

ବାସନ୍ତୀ କହିଲା, "ମୁଁ ଖାଉଚି, ତମେ ଯାଅ ଗାଧୋଇପଡ଼ି ଖାଇଦବ। ହାରାବୋଉ ଅପା ଭାତ ରାନ୍ଧିଥିଲା। ତର୍କାରି ଆଣି ଦେଇଛି। ଯାଅ।"

ସେଦିନ ବାସନ୍ତୀ ପଚାରିଲା, "ଆଚ୍ଛା କହିଲନି ଆମ ଝିଅ ନାଁ କ'ଣ ଦେବା ?"

ସାଧୁଆ କହିଲା, "କୋଉ ନାଁ ଭଲହବ କି ଖରାପ ହବ। ମତେ ଜଣାନାହିଁ। ତୁ କ'ଣ ଦବୁ ଯଦି ଦେ'। ନହେଲେ ନାହାକ ଗୋସେଇଁଙ୍କୁ ପଚାରିବା। ତା' ଜନ୍ମ ଜାତକରେ କି ନାଁ ହେବ, ସେ କହିବେନି।"

ବାସନ୍ତୀ କହିଲା, "ହଁ ହଁ ସେୟା କର। ନାହାକ ସହ କଥା ହୁଅ। ନାଁ କ'ଣ ଦବା ସେ କଥା ତ ପଚାରିବ, ତା'ଛଡ଼ା ତା' ଭବିଷ୍ୟତ ବିଷୟରେ ବି ବୁଝିଆସିବ।"

ବାସନ୍ତୀ ସହ କଥାବାର୍ତ୍ତା ସାରି କାମକୁ ଗଲାବେଳେ ବାଟରେ ରଘୁ ନାହାକ ଦେଖା ହେଲେ ସାଧୁଆ ସହ। ସାଧୁଆ ନମସ୍କାର କଲା। ନାହାକେ କହିଲେ, "ମୁଁ ଜାଣେ ସାଧୁଆ। ତୁ କ'ଣ ପାଇଁ ନମସ୍କାର କଲୁ। ମୁଁ ତ ଭାବୁଥିଲି- ଝିଅ ହବା ଆସି ଏତେଦିନ ହେଲାଣି, ଏକୋଇଶା ହବ, ସାଧୁଆ କାହିଁ କିଛି କହିଲାନି ତ।"

- "ନା ନାହାକେ, ମୁଁ ଯାଇଥାନ୍ତି। ଏବେ ଟିକେ ବିଲ କାମ ଚାଲିଚି ତ। ସଂଜକୁ ଯାଇଥାନ୍ତି। ଯା'ହେଉ ବାଟରେ ଦେଖାହେଲା।" - ବଶମ୍ବଦ ଭଙ୍ଗୀରେ ସାଧୁଆ କହିଲା।

ରଘୁ ନାହାକ କହିଲେ, "ଠିକ୍ ଅଛି ମୁଁ ତ ଖବର ପାଇଲି। ମୁଁ କାଲି କି ପହରଦିନ ହେଉ ଯାଇ ତମ ଘରେ ପହଂଚିବି। ଖାଲି ଜନ୍ମ ସମୟରେ ଦେଲେ ମୁଁ ଗଣନ କରି ଆଉସବୁ ବାହାର କରିଦେବି। ଭବିଷ୍ୟତ, ତା'ର ଶୁଭ ଅଶୁଭ ସେଇ ଜନ୍ମସମୟରୁ ହିଁ ବାହାରି ଯିବ।"

ସାଧୁଆ ମନେମନେ ଭାରି ଖୁସି ହେଲା।

ତା' ଝିଅର ଭାଗ୍ୟ, ଭବିଷ୍ୟତ ସମ୍ପର୍କରେ ସେ ଜାଣିପାରିବ। ଜାତକ ଭାଗ୍ୟ ଯାହା କହୁନା କାହିଁକି, ସେ କିନ୍ତୁ ତା'ର ଏକ ସୁନ୍ଦର ଭବିଷ୍ୟତ ତିଆରି କରିବ। ଭଲ ପାଠ ପଢ଼ାଇବ। ଭଲ ଘରେ ଦେଖି ବାହା କରେଇବ। ଲୋକମାନେ ଝିଅ ହେଇଚି ବୋଲି ଯାହା ନିନ୍ଦା କରୁଛନ୍ତି, ସେ ପ୍ରମାଣ କରି ଦେଖେଇଦେବ ଯେ ପୁଅଠାରୁ ମଧ୍ୟ ଝିଅ ଅଧିକ କିଛି କରିପାରେ। ଝିଅର ଭବିଷ୍ୟତ କଥା ଭାବି ସାଧୁଆ ମନ ଭିତରେ ଏକ ଅଜଣା ପୁଲକ ଅନୁଭବ କଲା। ତାକୁ ଲାଗିଲା, ଏ ଜଗତ ଭିତରେ ସେ ବୋଧେ ଏକମାତ୍ର ବାପା। ତା' ଭଳି ପିତୃତ୍ୱର ଆନନ୍ଦ କେହି ଯେମିତି ପାଉ ନଥିବେ।

ରଘୁ ନାହାକେ ଜାତକ ତିଆରି କରି ପାଞ୍ଚଶହ ଟଙ୍କା ନେଇଥିଲେ ସାଧୁଆ ପାଖରୁ। ଖଟିଖିଆ ଲୋକଟା ତା' ପରିଶ୍ରମର ସଞ୍ଚିତ ଧନରୁ ଗଣିଦେଲା ରୋକ୍‌ଠୋକ୍ ପାଞ୍ଚଶହ ଟଙ୍କା ଆଉ ଥାଳିଏ ସିକା। ସେଥିରେ ଉଭୟଙ୍କର କାହାରି ମନଦୁଃଖ ବି ନଥିଲା। ଜାତକ ଅନୁସାରେ ତା' ନାଁ ହେଲା ପ୍ରତିମା। ତା' ହେଇପାରେ ଲକ୍ଷ୍ମୀପ୍ରତିମା। କି ଦେବୀ ପ୍ରତିମା।

ନାହାକେ କହିଲେ, "ମା' ଅମ୍ବିକାଙ୍କ କଳାରେ ଜନ୍ମ ନେଇଚି ଏ ଝିଅ। କୁହାଯାଇପାରେ ସାକ୍ଷାତ ଦୁର୍ଗା। ସେ ଯାହା ଚାହିଁବ, ତା' କରିପାରିବ।"

ସାଧୁଆ ମନରେ ଏସବୁ କଥା କିନ୍ତୁ ଛୁଇଁ ନଥିଲା। ହେଲେ ବାସନ୍ତୀ ଏଇ କଥାକୁ କହିଦେଲା ତା' ସାଂଗମାନଙ୍କ ମେଳରେ। ସମସ୍ତେ କୁହାକୁହି ହେଲେ, ବାସନ୍ତୀ ଗର୍ଭରୁ ଅମ୍ବିକା ଜନ୍ମ ନେଇଛନ୍ତି।

ଯେତେବେଳେ ପ୍ରତିମା ବଡ଼ ହେଲା, ସେ ଆଉ ବାହାରକୁ ଯାଇପାରିଲାନି। ଯିଏ ଦେଖିଲା, ଘରକୁ ଡାକି ନେଇ ଅର୍ଚ୍ଚନା କରିବାରେ ଲାଗିଲେ। ସେମାନଙ୍କର ଧାରଣା ପ୍ରତିମା ସାଧାରଣ ଝିଅ ନୁହେଁ। ଦେବୀ ପ୍ରତିମା। ସ୍କୁଲରେ ନାଁ ଲେଖା ହେଇଥିଲେ ମଧ୍ୟ ସେ ଯାଇପାରିଲାନି। ପିଲାମାନେ ମିଶିବାକୁ ଡରିଲେ। ଥରେ ତା'

ସାଂଗର ସାନଭଉଣୀ ଭାରି ଜରରେ ପଡ଼ିଗଲା। ଯେତେ ଔଷଧ ଖାଇଲେ ମଧ୍ୟ ଭଲ ହଉନଥିଲା। ସେମାନେ ପ୍ରତିମାକୁ ଡାକି ଦେଲେ। ଆଶ୍ଚର୍ଯ୍ୟର କଥା, ପ୍ରତିମା ତା' ମୁଣ୍ଡ ଆଉଁସି କିଛି ସମୟ ବସି କଥାବାର୍ତ୍ତା କଲାପରେ ସେ ସୁସ୍ଥ ହୋଇ ଯାଇଥିଲା। ସମସ୍ତେ ଭାବିଲେ, ମା' ଅମ୍ବିକାଙ୍କର କର ସ୍ପର୍ଶରେ ହେ ଭଲ ହେଇଗଲା। ପ୍ରତିମା କି ତା' ବାପା ବୋଉ କାହାକୁ ବୁଝେଇ କହିପାରୁ ନଥିଲେ ଯେ ଏସବୁ ମିଛ କଥା। ନାହାକ କେବଳ ପଇସା ଲୋଭରେ ଏମିତି କହିଛି। ପ୍ରକୃତରେ ତା'ର ଦେହ ଖରାପ ନଥିଲା। ମାନସିକ ଅସୁସ୍ଥତାରେ ଆକ୍ରାନ୍ତ ହେଇ ଘରେ ପଡ଼ିଥିଲା। କାରଣ ତା' ବାପା ମା' ସବୁବେଳେ ଘରେ ବାନ୍ଧି ରଖିଥିଲେ। କାହା ସହ ମିଶିବାକୁ ଦଉ ନଥିଲେ, ଯାହା ପ୍ରତିମା ଦ୍ୱାରା ହିଁ ସମ୍ଭବ ହେଇଥିଲା। ସେ ତା' ସହିତ ମିଶି ମନକୁ ପରିବର୍ତ୍ତନ କରିଦେଲା ଏବଂ ତା' ବାପାମା'ଙ୍କୁ କହିଲା, "ତା' ସମବୟସ୍କମାନଙ୍କ ସହ ସେ ମିଶାମିଶି କଲେ ଦେହ ସୁସ୍ଥ ରହିବ। ସେ ଏକା ହୋଇଗଲା ବେଳକୁ ତା' ମନ ଭଲ ରହୁନାହିଁ। ଏଣୁ ଏକା ହବାକୁ ଦେବନି। ମୁଁ ତ କିଛି କରିନି। ମତେ ଯିଏ ଯାହା କହୁଛନ୍ତି ସେସବୁ ଭୁଲ୍। ମିଛ, ଲୋକଙ୍କ ମନରେ ଗୋଟାଏ ଭ୍ରାନ୍ତ ଧାରଣା।"

ସାଧୁଆଙ୍କ ଘରେ ଯାହା ଟିକେ ଭଲ କଥା ଘଟିଲେ, ସବୁ ଦେବୀପ୍ରତିମା କରିଛନ୍ତି ବୋଲି କହୁଛନ୍ତି। କ୍ଲାସରେ ଯଦି ଭଲ ଉତ୍ତର ଦେଲା, ପିଲାମାନେ କହିଲେ ମା' ଅମ୍ବିକା ଦେବୀ କହୁଛନ୍ତି।

ଝିଅଟିଏ ହେଇଚି ବୋଲି ବାସନ୍ତୀ କି ସାଧୁଆ ସେମାନଙ୍କ ମନରେ ଯେଉଁ ଆନନ୍ଦ ଥିଲା, ତାହା କ୍ରମଶଃ ମହଳଣ ପଡ଼ିଗଲା। ଆନନ୍ଦ ପରିବର୍ତ୍ତେ କେବଳ ଭୟ ଆଶଙ୍କା ଲାଗିରହିଲା ସବୁଦିନ ପାଇଁ। ପ୍ରଥମରୁ ବାସନ୍ତୀର ଭୁଲ୍ ହେଇଗଲା ଯେ, ନାହାକଙ୍କ କଥାଟା ଅନ୍ୟମାନଙ୍କ ଆଗରେ କହିଦେବା। ନାହାକମାନେ ଏଇମିତି ପ୍ରଶଂସା କରି କହିଥାନ୍ତି ପଇସା ଲୋଭରେ, ଏକଥା ବୋଧେ ବାସନ୍ତୀ ଜାଣି ନଥିଲା। ଯାହାର ପରିଣତି ଏବେ ଖାଲି ପ୍ରତିମାକୁ ନୁହେଁ, ସେମାନଙ୍କୁ ବି ଭୋଗ କରିବାକୁ ପଡୁଚି।

ପ୍ରତିମା ଏବେ ବଡ଼ ହେଇଗଲାଣି।

ମାଟ୍ରିକ୍ ପରୀକ୍ଷା ଦେବ ବୋଲି ଭୟରେ ସ୍କୁଲକୁ ଯାଇପାରେନା।

ସେ ଚାହୁଁଥିଲା ଅନ୍ୟମାନେ ପ୍ରତିମା ବୋଲି ଗେହ୍ଲା କରନ୍ତୁ। ମିଶନ୍ତୁ। ଅଥତ ତା' ପରିବର୍ତ୍ତେ ତା' ପାଖରୁ ଦୂରେଇ ଯାଉଥିଲେ, ଘୃଣାରେ ନୁହେଁ; ବରଂ ଏକ ଅଜଣା ଭୟରେ। ପ୍ରତିମା ସମସ୍ତଙ୍କୁ ବୁଝେଇବାକୁ ଚାହୁଁଥିଲା ଯେ ସେ ଖାଲି ପ୍ରତିମା, ସାଧୁ ମହାନ୍ତିର ଝିଅ ପ୍ରତିମା। ଦେବୀପ୍ରତିମା ନୁହେଁ।

ତା' ସ୍କୁଲର ହେଡ୍‌ମାଷ୍ଟର ଦିନେ ସାଧୁଆକୁ ଡକେଇଲେ। ସାଧୁଆ ମନରେ

ବି ଭୟ, ତା' ଝିଅକୁ ଦେବୀ ବୋଲି କହିବେନି ତ ? ମାତ୍ର ହେଡ୍‌ମାଷ୍ଟର ବୁଝେଇଥିଲେ, "ଦେଖ ସାଧୁ! ତମ ଝିଅ ବହୁତ ଦିନ ହେଲା ସ୍କୁଲ ଆସୁନି। ମୁଁ ଜାଣେ ତା' ନ ଆସିବାର କାରଣ। ସେଗୁଡ଼ା ଲୋକମାନଙ୍କର କେବଳ ଅନ୍ଧବିଶ୍ୱାସ, କୁସଂସ୍କାର। ଏବେ ମାଟ୍ରିକ୍ ପରୀକ୍ଷା ପାଇଁ କୋଚିଂ ଚାଲିଛି। ପ୍ରତିମାକୁ କୁହ, ସେ ଆସୁ। ସେ ତ ଭଲ ପଢ଼େ। ଟିକେ ପରିଶ୍ରମ କଲେ ପ୍ରଥମ ଶ୍ରେଣୀରେ ପାଶ୍ କରିବ। ତା'ର କିଛି ଅସୁବିଧା ହବ ନାହିଁ। ପ୍ରତିମାର ଭବିଷ୍ୟତ ମୋ ହାତରେ। ମୁଁ ତାକୁ ଏକ ଆଦର୍ଶ ପିଲା କରି ଗଢ଼ି ଦେବି। ତମେ ବ୍ୟସ୍ତ ହବନି ସାଧୁ।"

ସାଧୁଆ ହେଡ୍‌ସାରଙ୍କ ଏଇ କଥା ପଦକରେ ସତେଯେମିତି ପ୍ରତିମାର ଏକ ଉଜ୍ଜ୍ୱଳ ଭବିଷ୍ୟତ ଦେଖୁଥିଲା।

॥ ଦୁଇ ॥

ଦିନରାତି ଅକ୍ଳାନ୍ତ ପରିଶ୍ରମ କରି ପ୍ରତିମା ମାଟ୍ରିକ୍ ପରୀକ୍ଷାରେ ଜିଲ୍ଲାରେ ପ୍ରଥମ ହେଲା। ସ୍କୁଲଠାରୁ ଆରମ୍ଭ କରି ଜିଲ୍ଲାପାଳଙ୍କ ପର୍ଯ୍ୟନ୍ତ ସବୁ ଜାଗାରେ ସମ୍ମାନ ସଂବର୍ଦ୍ଧନା ମିଳିଲା।

ଜିଲ୍ଲାପାଳ ଖୁସିହେଇ ସେଦିନ କହିଥିଲେ, "ତୁମେ ପାଠ ପଢ଼ି ସାରିଲେ ମୁଁ ତୁମର ଚାକିରି ବ୍ୟବସ୍ଥା କରିଦେବି।"

ଭବିଷ୍ୟତରେ ଏକଥା ସତ ହବ କି ମିଛ ହବ; ସେ ଯାହା ହେଉନା କାହିଁକି ଏକ ଉତ୍ସାହ ଅନ୍ତତଃ ସୃଷ୍ଟି ହୋଇ ପାରିଲା ପ୍ରତିମା ଓ ସାଧୁଆ ମନରେ।

ସବୁଠାରୁ ପ୍ରତିମାର ଦୁଃଖ ହେଲା, ଦିନରାତି ପରିଶ୍ରମର ଫଳ ପାଇଲା ପରେ ମଧ୍ୟ ଏ ସମାଜ ତାକୁ ଗ୍ରହଣ କଲାନି। ବରଂ କହିଲା, ପ୍ରତିମା ଭିତରେ ଅମ୍ବିକା ଅଛନ୍ତି ତ ସେ ତାକୁ ଭଲ ନମ୍ବର ଦେଇ ଉପରକୁ ଉଠେଇ ଦେଲେ।

ପ୍ରତିମା ଜାଣିଛି ଲୋକମାନଙ୍କ ମନ ଭିତରେ ବସା ବାନ୍ଧିଥିବା ଏ ବିଶ୍ୱାସ ତାକୁ କେବେ ବି ସେ ଦୂରେଇ ପାରିବ ନାହିଁ। ତା'ର ଇଚ୍ଛା ହଉଥିଲା, ସେ ଗାଆଁ ଛାଡ଼ି ବାହାରକୁ ପଳେଇବ। ଯେଉଁଠି ସେ ବଞ୍ଚିବ ଖାଲି ପ୍ରତିମା ହେଉ, ଦେବୀପ୍ରତିମା ନୁହେଁ। କାହାକୁ ବା କହିବ ? ଏଗୁଡ଼ା ମଣିଷ ମନର ଏକ ଅଜ୍ଞ କୁସଂସ୍କାର। ଯେ'ପର୍ଯ୍ୟନ୍ତ ତାହା ସମାଜରେ ଘର କରିରହିଛି, ସେ ପର୍ଯ୍ୟନ୍ତ ଉନ୍ନତି ନାହିଁ।

ପ୍ରତିମା ଭାବେ, ବାପାଙ୍କୁ କହିବ, ତାଙ୍କ ମନରେ ଯଦି ଏ ଭାବନା ଥାଏ ତାକୁ ସେ ଦୂରେଇଦେବେ। ସାଧୁଆର ଭାରି ଇଚ୍ଛା ଥିଲା, ନିଜେ ମୂଲ ଲାଗିକରି ବଞ୍ଚିଲେ ମଧ୍ୟ ପ୍ରତିମାକୁ ସେ ବହୁତ ପାଠ ପଢ଼େଇବେ। ଏହି ଚିନ୍ତାକୁ ପ୍ରତିମା ନିଶ୍ଚୟ

ଦିନେ ପୂରଣ କରିବ। ତାଙ୍କ ସ୍କୁଲ୍ ହେଡ୍‌ମାଷ୍ଟରଙ୍କ ସହାୟତାରେ ସେ କଲେଜରେ ପଢ଼ି ଆଗକୁ ଗଲା।

ସାଧୁଆ ଦିନେ ହେଡ୍‌ମାଷ୍ଟରଙ୍କ ଘରେ ପହଞ୍ଚି ତା' ବାଡ଼ିରେ ହେଇଥିବା କିଛି ପରିବା ଦେଲା। ସାର୍ କହିଲେ, "ଏସବୁ କାହିଁକି ଆଣିଲ ସାଧୁ! ତମେ ଗରିବ ଲୋକ ଏତକ ବିକ୍ରି କରିଥିଲେ ତମେ କିଛି ଲାଭ ପାଇଥାନ୍ତ।"

"ଆପଣଙ୍କ ଉପକାର ତ ମୁଁ କେବେ ସୁଝି ପାରିବି ନାହିଁ। ଆପଣଙ୍କ ଦୟାରୁ ମୋ ଝିଅ ଏତେ ବାଟ ପାଠପଢ଼ିଲାଣି। ସେ ନିଶ୍ଚୟ ବଡ଼ ମଣିଷ ହେବ। ଭଲ ଘରେ ବାହାହେଇ ଖୁସିରେ ରହିବ। ଏସବୁ ଆପଣଙ୍କ ଦୟାରୁ ହଉଚି। ଆଉ ଏ ପରିବା ଦି'ଟା ତ ଆମ ବାଡ଼ିରେ ବାସନ୍ତୀ ଓ ମୁଁ ଲଗେଇଥିଲୁ। ଏଥିରେ ମୁଁ ତ କିଛି ଖର୍ଚ୍ଚ କରି ଆପଣଙ୍କୁ ଦେଇନି।"- ବଡ଼ ବିନୟ ଭଙ୍ଗୀରେ କହିଲା ସାଧୁଆ।

"ତୁମ ଜାଣିଚ ସାଧୁ; ଆଜିକୁ ତିରିଶ ପଇଁତିରିଶ ବର୍ଷ ହେଲା ପିଲାଙ୍କୁ ପାଠ ପଢ଼ାଇ ମଣିଷ କରିବା ଚେଷ୍ଟା କରିଛି। ସମସ୍ତେ ହେଇ ପାରିଲେନି। ତା' ଭିତରୁ ହାତ ଗଣତିରେ ଦୁଇ ଚାରିଟି ଯଦି ଆଗକୁ ଉଠିଥିବେ ତ ଭଲ। ନହେଲେ ନାହିଁ। ସେଥିପାଇଁ ଯେତିକି ଦୁଃଖ ନଥିଲା, ସବୁଠାରୁ ବଡ଼ ଦୁଃଖ ହେଲା ମୋ ପୁଅ କି ଝିଅ ଜଣେ କେହି ଭଲ ପାଠପଢ଼ି ମଣିଷ ହେଲେନି। ପାଠପଢ଼ିବା ତ ବଡ଼ କଥା ନୁହେଁ, ଭଲ ମଣିଷ ହେବା ବଡ଼ କଥା। ଯାହା ମୋ ଛୁଆଙ୍କଠାରୁ ପାଇଲିନି। ଯେହେତୁ ପ୍ରତିମା ଭିତରେ ମୁଁ କିଛି ପ୍ରତିଭା ଦେଖି ପାରୁଛି; ସେଥିପାଇଁ ମୋର ଇଚ୍ଛା ସେ ପିଲାଟା ଆଗକୁ ଆଗକୁ ଯାଉ। ଗୋଟିଏ ଲତା କାହାର ସହାୟତା ପାଇଲେ ସିନ ଉପରକୁ ଉଠିବ, ମୁଁ ତାହା ହିଁ କରିଛି। ଏଥିପାଇଁ ମୁଁ ବହୁତ ଖୁସି।" ଏତିକି କଥା କହିବା ଭିତରେ କେଉଁ ଏକ ଅବ୍ୟକ୍ତ ଯନ୍ତ୍ରଣା ହେଡ଼ସାର୍‌ଙ୍କ ମୁହଁରେ ସ୍ପଷ୍ଟ ହୋଇ ଉଠୁଥିଲା।

ସାଧୁଆ ଆଉକିଛି କହିପାରିଲାନି।

ମୁଣ୍ଡିଆଟି ମାରି ଲେଉଟି ଗଲାବେଳେ ସାର୍ ପୁଣି କହିଲେ, "ମନେରଖ ସାଧୁ, ପ୍ରତ୍ୟେକ ନାରୀ ହିଁ ଜଣେ ଜଣେ ଦେବୀ। ସମସ୍ତଙ୍କ ହୃଦୟରେ ମା' ଅମ୍ବିକାଙ୍କର ଶକ୍ତି ନିହିତ ଅଛି। ତାକୁ ଜାଗ୍ରତ କରାଇଲେ, ସବୁଥିରେ ସେ ସଫଳ ହେବ। ସେ ହିଁ ପାଲଟିଯିବ ଜଣେ ଦେବୀ। ଖାଲି ପ୍ରତିମା ନୁହେଁ, ସମସ୍ତେ। ଯାହା ପ୍ରତିମା କରୁଛି, ଭବିଷ୍ୟତରେ ଆହୁରି କରିବ। ତମର ଝିଅକୁ ସମାଜ ଦିନେ କହିବ ଦେବୀପ୍ରତିମା।"

ହେଡ୍‌ମାଷ୍ଟରଙ୍କ କଥାରେ ସାଧୁଆ ଛାତି ଭିତରେ ଖୁସିର ଲହଡ଼ି ଭାଙ୍ଗୁଥିଲା। କୃତଜ୍ଞତାର ନମସ୍କାରଟିଏ ହେଇ ଲେଉଟିଲା।

■

ଅବରୁଦ୍ଧ ଉଦ୍ଧବ

ଘଂଚ ଜଙ୍ଗଲ ବେଷ୍ଟିତ କୌଣସି ଏକ ପାହାଡ଼ର ଗୁମ୍ଫା ଭିତରେ ଯଦି ତାହାକୁ ବାନ୍ଧି ରଖିଦିଆଯାଏ, ତେବେବି ସେ ବଞ୍ଚିବ। ହଁ ଧରିନିଆଯାଉ ତା'ର ଖାଇବା, ପିଇବାର ସମସ୍ତ ବନ୍ଦୋବସ୍ତ ସେଠି କରି ଦିଆଯିବ। କିନ୍ତୁ ସେ ଜାଗାଛାଡ଼ି ଲୋକମାନଙ୍କ ପାଖକୁ ଯାଇ ପାରିବନି, ତାକୁ ପଚରାଗଲେ ସେ ନିଶ୍ଚୟ କହିବ ସେ ବଞ୍ଚିନାହିଁ-ବରଂ ତା'ର ଜୀବନ୍ତ ମୃତ୍ୟୁ ହୋଇଛି।

ସେମିତି ଜିଇ କରି ମିରଥିବା ମଣିଷଟିଏ ହେଉଛି ଉଦ୍ଧବ।

ସକାଳ ହେଲେ ପାହାଡ଼ର ଗଛଲତା ଭିତରୁ ସେ ନୀଳ ଆକାଶକୁ ଚାହେଁ। ସୂର୍ଯ୍ୟ ଆସନ୍ତି ପତ୍ରର ଗହଳି ଭିତରୁ, ତା' ପାଖକୁ। ତା' ମୁଣ୍ଡ ଉପରକୁ ଧୂ ଧୂ ଖରାର ତାପ। ତା' ଦେହରେ ବାଜିବା ଭାରିକଷ୍ଟ।

ଯେଉଁଦିନ ନୂଆ ନୂଆ ଏଠିକି ଆସିଥିଲା, ସେ ଗୋଟେ ଅଲଗା ଭାବନା ଭିତରେ ଥିଲା। ଏଇ ମଣିଷମାନଙ୍କ ପାଖକୁ ଯେଉଁ ଲୋକଟି ଡାକିଥିଲା, ତାକୁ ପଚାରିଲା, "ଆଚ୍ଛା ଭାଇ! ତମେ ମତେ ସେଠିକୁ ଯିବାକୁ ଚାହୁଁଚ ଯେ, ହେଲେ ମୋର କ'ଣ ଲାଭ ହେବ।"

"ଏଠି କି ଲାଭ ପାଉଛୁ? ଏବଂ କୋଉ ଶବଦରୁ ପାଉଛୁ??" - ସେ ଉଦ୍ଧବକୁ ପଚାରିଲା।

"ପରିବାର ନେଇ ଏ ସଂସାରରେ ଘର କରିଲେ ଲାଭ କ୍ଷତିର ହିସାବ କରାଯାଏନା। ତା'ଛଡ଼ା କେହି କ'ଣ ତା' ବାପା, ମା' ଭାଇ ଭଉଣୀଙ୍କ ପାଖରୁ ଲାଭ ଖୋଜେ?" ଏ ଥିଲା ଉଦ୍ଧବର ସ୍ପଷ୍ଟୋକ୍ତି।

ଏ କଥାରେ ସେ ବ୍ୟକ୍ତି ଜଣକ ଯେମିତି ସନ୍ତୁଷ୍ଟ ନଥିଲା। ବରଂ ତାକୁ ବାହୁ ଦି'ଟାକୁ ହଲେଇ ଦେଇ କହିଲା, "ଦେଖ! ତୁମ ବାହୁରେ କେତେ ଶକ୍ତି। ତୁମେ

ଚାହିଁଲେ ଏହି ଶକ୍ତିକୁ ପ୍ରୟୋଗ କରିପାରିବ। ଯାହାଦ୍ୱାରା ତୁମେ ନ ଚାହିଁଲେ ମଧ୍ୟ ଲାଭ ଆଉ ଲାଭ। ଆଉ ଗୋଟେ କଥା ଶୁଣ ! ତମେ କହିପାର, ଏ ବାହୁ ବଳକୁ ବିଲ ବାଡ଼ି କ୍ଷେତ କାମରେ ଲଗେଇ ଲାଭ ଉଠାଯାଇପାରେ। ମାତ୍ର ତୁମେ ମୋତେ କୁହ ବିଲ ବାଡ଼ି କ୍ଷେତ ତୁମର କେତେ ଅଛି ? ଜମା ନାହିଁ। ପର ବିଲରେ ଖଟି ଅଧା ଫସଲ ପାଇବା। ସେଥିରେ ତୁମ ଦୁଇଜଣଙ୍କର ଲାଭ କ'ଣ ?

ଏକୁଟିଆ ବାପା ଯାହା ଫସଲ ପାଇବେ ପାଆନ୍ତୁ। ତୁମେ ବାହାରକୁ ଯାଇ କିଛି କଞ୍ଚା ପଇସା ପଠେଇବ। ଚାଷ କାମରେ ଲାଗିବ। ଘର କାମରେ ଲାଗିବ। ସେଠି ବାହୁବଳ ଲଗେଇବାରେ ହିଁ ଲାଭ ଅଛି। ମୁଁ ଗୋଟେ ଦାୟିତ୍ୱ ନେଇଛି। କିଛି ଏଭଳି ଉଦୀୟମାନ ଯୁବକଙ୍କୁ ଖୋଜି ସଙ୍ଗରେ ଦେବି। ତୁମ ଗ୍ରାମରୁ ଆଉ ଦୁଇଜଣ ଓ ତୁମ ପାଖ ଗାଆଁରୁ ତିନିଜଣ ଯାଉଛନ୍ତି।"

"ଆମକୁ ଯେଉଁ ସାଙ୍ଗରେ ଦେବାକୁ ଯାଉଛ, ସେଠାରେ ଆମମାନଙ୍କର କାମ କ'ଣ ?" ଉଦ୍ଧବ ପଚାରିଲେ।

ସେ ହସିଲେ, "ଓହୋ କାମକୁ ଡରିଯାଉଛ ବୋଧେ ? ତୁମେ ଦେଖୁଥିବ ବିଭିନ୍ନ ଯାଗାରୁ ଯୁବକମାନେ ଗାଆଁ ଛାଡ଼ି, କାହିଁ ଆନ୍ଧ୍ର, କେରଳ, ଦିଲ୍ଲୀ, ବାଙ୍ଗାଲୋର ବିଭିନ୍ନ ସ୍ଥାନକୁ ପଳେଇ ଯାଇ କାମ କରୁଛନ୍ତି। ସେଠି ସେମାନେ କି କାମ କରନ୍ତି ଜାଣିଛ ? ପାଣି ପାଇପ୍ ମିସ୍ତ୍ରୀଙ୍କ ପାଖରେ ଲେବର କାମ, ପୁଣି କେଉଁଠି ନୂଆ ଘର ତୋଳା କାମରେ ରଡ଼ କାଟିବା, ଗୋଡ଼ି ବୋହିବା ଏମିତି ଆଉକିଛି। ସେମାନେ ମଜୁରୀ ପାଆନ୍ତି। ମାତ୍ର ଅଢ଼େଇଶ କି ତିନିଶହ। ଲାଭ କ'ଣ ? ଗାଆଁରେ ତ ଅଧିକ ମଜୁରୀ ମିଳୁଛି। ତଥାପି ଅନେକ ପିଲା ଯାଇ କାମ କରୁଛନ୍ତି। ଏଠି କିନ୍ତୁ ତା' ନୁହେଁ। ପଇସା ଅଧିକ, କାମ କଷ୍ଟ ନୁହେଁ। କେବଳ ରିକ୍‌ସ ଅଧିକ।"

ଉଦ୍ଧବ ମନେମନେ ସବୁ କଥାର ତର୍ଜମା କରୁଥିଲା ଯେମିତି। କାମ, ଦରମା ଇତ୍ୟାଦି। ଅବଶ୍ୟ ତାଙ୍କ କଥା ଅନୁସାରେ ରିକ୍‌ସ ଅଧିକ। ସବୁ କାମରେ ତ ବିପଦ ଅଛି। ଏପରିକି ଦିଆସିଲି କାଠିଟିଏ ମାରିଲେ ବି ବିପଦ ରଖିଛି। ସେଇଟା ବଡ଼କଥା ନୁହେଁ। ତେବେ ଉଦ୍ଧବ ଜାଣିପାରୁ ନଥିଲା କ'ଣ ସେ କାମ ? ଯାହାହେଲେ ବି ସେ ବିଷୟରେ ନ ଜାଣି ନ ଶୁଣି ଯିବାଟା ଠିକ୍ ହେବନାହିଁ।

"ରିକ୍‌ସ ଥିବା କାମଟି ତା ହେଲେ କ'ଣ କରିବାକୁ ପଡ଼ିବ ?" ଉଦ୍ଧବ ଅତି ନିର୍ଭୀକ ଭାବରେ ପଚାରିଲା।

"ତୁମେ ସୈନ୍ୟ ବିଭାଗ କଥା ଜାଣିଛ ? ସେଥିରେ ଯେଉଁମାନେ ଯୋଗ ଦିଅନ୍ତି, ସେମାନଙ୍କୁ ବିଭିନ୍ନ ପ୍ରକାର ତାଲିମ୍ କରାଯାଏ। ଏଇ ଯେମିତି ବନ୍ଧୁକ

ଚଳେଇବା । ନଈ ପହଁରିବା, ବଣ ଜଙ୍ଗଲ ଭିତରେ ଲୁଚି ରହି ଶତ୍ରୁର ମୁକାବିଲା କରିବା- ଏମିତି ଅନେକ କଥା । ଏଠି ମଧ୍ୟ ସେୟା । ସୈନ୍ୟ ବିଭାଗ ଆଉ ତୁମ ଭିତରେ ଏତିକି ଫରକ୍ ହେଲା ଯେ ସେମାନେ ସରକାରୀ ଲୋକ । ଦେଶର ବାହ୍ୟଶତ୍ରୁମାନଙ୍କ ବିରୁଦ୍ଧରେ ଲଢ଼ନ୍ତି । ଆଉ ତୁମେମାନେ ହେଲା, ବେସରକାରୀ ଲୋକ । ତୁମେମାନେ ଦେଶ ଭିତରେ ଥିବା ଶତ୍ରୁମାନଙ୍କ ସହ ଲଢ଼ିବ ।"

ଛାତ୍ରଟିକୁ ଟିଉସନ୍ କଲାଭଳି ସେଇ ଲୋକ ଜଣକ ଅତି ପ୍ରାଞ୍ଜଳ ଭାବରେ ବୁଝେଇଦେଲା । ଉଦ୍ଧବ ଏମିତି ଚିନ୍ତାଗ୍ରସ୍ତ ହୋଇଗଲା ଯେ, ଭାବିପାରିଲାନି କ'ଣ କରିବ । ସେ ଲୋକ ଯାହା କହୁଛି । କେମିତି କେମିତି ଲାଗୁଛି ।

ଏଣିକି ଉଦ୍ଧବ ପୁଣି ପଚାରିଲା- "ଆଚ୍ଛା ଭାଇ ! ଆମେ ଯିବା କୋଉଠିକି ?"

"ଲାଲ୍ ଗଡ଼ ! ସେ ପୁଣି କେଉଁଠି ? ଆମ ଓଡ଼ିଶାରେ ନା ଓଡ଼ିଶା ବାହାରେ ?"

ସେ ଲୋକ ଟିକେ ଯୋର୍‌ରେ ହସିଲା ।

ତା' ହସଟା ଏମିତି ଶୁଭିଲା ଯେ ଉଦ୍ଧବ ଘରର କୋଠରି ଭେଦି, ଅନ୍ଧାର ଭିତରେ କୁଆଡ଼େ ଶୂନ୍ୟରେ ମିଳେଇ ଯାଉଥିଲା ।

ପୁଣି ଥରିଥରି କହିଲା, "ଲାଲଗଡ଼ ।"

ଏହି ଶବ୍ଦଟା ତା' ପାଟିରୁ ବାହାରିଗଲା ବେଳକୁ ଉଦ୍ଧବ ମନରେ ଯେମିତି ଏକ ଭୟଙ୍କର ରୂପ ଆଙ୍କି ହେଇ ଯାଉଥିଲା ।

କେଉଁଠି ସେ ଲାଲଗଡ଼ ? ସେ ଲୋକ ହସିଲା କାହିଁକି ?

ଉଦ୍ଧବ ମୁହଁର ବିସ୍ମିତ ଭାବଭଙ୍ଗୀ ଦେଖି ସେ ଅତି ନରମସ୍ୱରରେ ପୁଣି ବୁଝେଇଲା ଭଳି କହିଲା, "ତମେ ଡରୁଛ କି ? ଲାଲଗଡ଼ ଆମ ଓଡ଼ିଶାରେ ମ । ପାଖରେ ଏଇ ମାଲ୍‌କାନାଗିରି ଆଡ଼େ । ତମେ ସେଠାକୁ ଗଲେ ସବୁ ହାଲଚାଲ ବୁଝିଯିବନି । ହଁ ଶୁଣ ! ମୁଁ ଆଜି ଯାଉଛି । ଦଶ ପନ୍ଦରଦିନ ଭିତରେ ତମେ ଚିନ୍ତା କରିବ । ନିଜେ ଭାବିବ, କାହା ସହିତ କିଛି କଥା ନାହିଁ । ଲୋକମାନେ ତ ବାରକଥା କହିବେ । ସେଥିରୁ ଆମକୁ କ'ଣ ମିଳିବ । କିଏ ଦବ ନା ନବ ? ଆଉ ମୁଁ ଆସିଲେ ତୁମ ବାପା ବୋଉଙ୍କ ଖର୍ଚ୍ଚ ପାଇଁ କିଛି ଟଙ୍କା ମଧ୍ୟ ଆଡ୍‌ଭାନ୍‌ସ ଆକାରରେ ଦେଇଯିବି । ଅସୁବିଧାର ପ୍ରଶ୍ନ ନାହିଁ । ମୁଁ ଆସୁଛି ତା'ହେଲେ ?"

ଘରୁ ବାହାରି ଅନ୍ଧାର ରାସ୍ତାରେ ଗୋଟେ ଅଶରୀର ଆତ୍ମା ଭଳି ଯେମିତି ମିଳେଇଗଲା । ତା'ର କଳା ପୋଷାକ, କଳା ଅନ୍ଧାରେ ମିଶି ଯାଉଥିଲା ଶୂନ୍ୟରେ ।

ଉଦ୍ଧବ ଶୋଇ ପାରିଲାନି ରାତିସାରା ।

ତାକୁ ତେଇଶି ପୂରି ଚବିଶ ଚାଲିଲା । ସେ ଯେ ଏତେ ମୂର୍ଖ କି ଅଜ୍ଞ, ତା'

ବି ନୁହେଁ। 'ଲାଲଗଡ଼' ଶବ୍ଦଟା ତାକୁ ଆଗରୁ ଶୁଣିଲା ଭଳି ମନେହେଲା।

ସେ ଯେଉଁଠି ବଢ଼ିଛି, ସେ ବି ଜଙ୍ଗଲ ଜାଗା। ତାଙ୍କ ଗାଆଁରେ ଯେଉଁ ସ୍କୁଲ ଅଛି; ସେଠି ପିଲା ପାଠ ପଢ଼ନ୍ତିନି। ଯାହା ଖାଲି ଖାଇବା ପିଇବା ହୁଏ। ତାଙ୍କ ଅଞ୍ଚଳକୁ ଜଣେ ଦିଦି ଆସିଥିଲେ, ସରିତା ଦିଦି। ଭାରି ଭଲ ଲୋକ, ସେ ଲୋକମାନଙ୍କୁ ବୁଝେଇଥିଲେ, କିପରି ମାଓବାଦୀମାନେ କର୍ମଠ ଯୁବକମାନଙ୍କୁ ବିଭିନ୍ନ ଚାଟୁକଥା କହି ଭୁଲେଇ ନଉଚନ୍ତି। ଆଉ ସେମାନେ ସେଠି ଥରେ ମିଶିଗଲେ, ସେ ଗଡ଼ରୁ ବାହାରିବା ଭାରି କଷ୍ଟ। ଉଦ୍ଧବ ଭାବୁଛି, ଏ ଲୋକ ସେ ଦଳର ନୁହେଁ ତ? ବୋଉ ଦିନେ ବୋଧେ ସରିତା ଦିଦିଙ୍କ ମୁହଁରୁ ଏକ ଲାଲଗଡ଼ର କଥା ଶୁଣିଛି। ଏବେ ଯଦି ଦିଦି ଥାଆନ୍ତେ, ତା'ହେଲେ ପଚାରି ବୁଝନ୍ତା ସେ ତ କୋଉ ଦିନୁ ପଳେଇଗଲେଣି। ଏବେ ଯିଏ ନୂଆ ଦିଦି ଆସିଛନ୍ତି। ସେ ତାଙ୍କ ଭଳିଆ ନୁହନ୍ତି। ପଚାରିଲେ ବି ଲାଭ ନାହିଁ।

ତେବେ କାହାଶହ ପରାମର୍ଶ କରିବ ଉଦ୍ଧବ ଜାଣିପାରୁ ନଥିଲା। ଯଦି ଏହା ମାଓ ଦରବାର ହେଇଥାଏ; ତା'ହେଲେ ଟିକେ ଭୟ ଅଛି। ତା' ବ୍ୟତୀତ ଆଉ ଯଦି କିଛି କ'ଣ କିଛି ହେଇଥାଏ, ସେ ଅଲଗା କଥା।

କେବଳ ଗୋଟିଏ ରାତି ନୁହେଁ- କେତେ ରାତି, କେତେ ଦିନ ସେ ଶାନ୍ତିରେ ରହିପାରିଲାନି। ଚାଷ ଜମି ନାହିଁ। ଖାଇବ ପାଇଁ ଅନ୍ନସଂସ୍ଥାନ ନାହିଁ। କେବଳ ଜଙ୍ଗଲ ମାଟିରେ ଖଟି ଖଟି ଜୀବନକୁ ମାଟି କରି ଦେବା କଥା। ସରକାର ସଭାସମିତିରେ ଯେତିକି କଥା କହନ୍ତି, ସେତିକି କାମ କରନ୍ତିନି। ସେମାନେ ଯେଉଁ ନିମ୍ନମାନର ମଣିଷ, ସେଇ ନିମ୍ନସ୍ତର ସେ ହିଁ ଅଛନ୍ତି। ଟାଆଁ ମୁଖିଆକୁ କୁହାଯିବ। ସେ କାହାକୁ କହିବ ?

ସେଦିନ ତାଙ୍କ ଗାଁ ଆଡ଼େ ବି.ଡି.ଓ ଆସିଥିଲେ। ତାଙ୍କ ସାଙ୍ଗରେ ଆଉ ବାବୁମାନେ, ଏପଟରେ ଶିଶୁମୃତ୍ୟୁ ସଂଖ୍ୟା କେତେ ? କ'ଣ କେମିତି ସୁବିଧା ଅସୁବିଧାର କଥା ବୁଝୁଥିଲେ। ମୁଖିଆ ତ ସବୁ କଥା କହିଥିଲେ। ନଳକୂଅରେ ପାଣି ଆସୁନି। କାହିଁ କେତେଦୂରରୁ ଜୋର ଗଡ଼ିଆରୁ ହାଣ୍ଡି ମାଠିଆରେ ପାଣି ଆଣିବାକୁ ପଡୁଛି। ସେ ପାଣି ପୁଣି ଏତେ ଅପରିଷ୍କାର ଯେ କହିଲେ ନସରେ। ଟିଭି ବାଲା ତ ଆଗରୁ ଏସବୁ ଦେଖେଇ ସାରିଛନ୍ତି। କୋଉ ନୂଆ କଥା ଯେ ?

ଏ ଭଳି କଥା ସବୁ ଉଦ୍ଧବର ଦିହସୁହା ହୋଇଗଲାଣି।

ଏବେ ତା' ମନରେ ଖାଲି ସେଇ ଗୋଟିଏ ଶବ୍ଦ ଉଚ୍ଚାରିତ ହେଉଛି, ଲାଲଗଡ଼। କୋଉଠି ସେ ଲାଲଗଡ଼, ଆଉ କେମିତିକା ତା'ର ରୂପ।

ଯେଉଁମାନେ ସେଠାକୁ ଯାଆନ୍ତି, ସତରେ କ'ଣ ସେମାନେ ଆଉ ବାହାରି ପାରନ୍ତିନି। କେଜାଣି ପ୍ରକୃତ କଥାଟା କ'ଣ?

ସେ ଲୋକ କହୁଥିଲା ସେମାନେ ଆମ ଭିତରେ ଥିବା ଶତ୍ରୁମାନଙ୍କୁ ମାରନ୍ତି। କେତେଦିନ ସେ ଏମିତି ଗୋଟାଏ କେବଳ କିଛି ନଥିଲା ଜୀବନକୁ ଦେଇ ବଞ୍ଚିବ?

ବିଦ୍ରୋହରେ ଦେହ ଭିତରେ ଗୋଟାଏ ଜ୍ୱଳନ ଆସିଲେ ବି ସେ କିଛି କରିପାରୁନି। ସମସ୍ତଙ୍କ ମାୟା ତୁଟେଇ ଏଠୁ ଖସିଯିବାକୁ ହେବ। ଦିନେ ବାଟରେ ଦେଖାହେଲା ଆରପଡ଼ାର ମାଖନ୍ ମଣ୍ଡଳ। ପଚାରିଲା, "ଆରେ ଉଦ୍ଧବ ତୁ ଗୋଟେ କଥା କହିବୁ?"

"କି କଥା? ମୋ ପାଖରେ ପୁଣି ତୋ'ର ଏମିତି କଥା କ'ଣ?" ଉଦ୍ଧବ ସତର୍କତାର ସହ କହିଲା।

ମାଖନ୍ ପୁଣି କହୁଛି, "ଆରେ ନାଇଁ ମ- ଏତିକି କହି ଚାରିପଟକୁ ଅନେଇଲା।" କେହି କୁଆଡ଼େ ଦେଖୁନାହାନ୍ତି ସେମାନଙ୍କୁ କି କଥା ଶୁଣୁ ନାହାନ୍ତି।

"କହମ! କ'ଣ ଏତେ ଦେଖୁଚୁ?" - ଉଦ୍ଧବର କଥା ଶୁଣି ମାଖନ୍ କହିଲା, "ତୁ କୁଆଡ଼େ ଲାଲଗଡ଼ ଯାଉଚୁ?"

- "ଲାଲଗଡ଼!", ଉଦ୍ଧବ ଚମକି ପଡ଼ିଲା।

"ଆରେ ମତେ କହତ ମାଖନ୍ ସେ ଲାଲଗଡ଼ଟା କୋଉଠି? ମୁଁ ତସେ ବିଷୟରେ ଠିକ୍ କିଛି ଜାଣିନି। ଯିବି କ'ଣ?"

ସେଦିନ ସେ ଲୋକ ଯେମିତି କହିଥିଲା ମାଖନ୍ ସେଇ ଢଙ୍ଗରେ ବୁଝେଇ ଦେଲା, ଏବେ ଗୋଟିଏ କଥା କହିଲା ସେ- "ଲାଲଗଡ଼, ଜଙ୍ଗଲ ବହୁ ଜାଗାରେ ଏ ଲାଲ୍‌ଗଡ଼ ଅଛି।"

ଉଦ୍ଧବ ପୁଣି ପଚାରୁଛି, "ଯେଉଁମାନେ ଗୁଳିକରି ଲୋକ, ପୁଲିସ୍ ମାରୁଛନ୍ତି; ସେମାନେ ସେ ଲାଲଗଡ଼ର ତ?"

ମାଖନ କହିଲା, "ହଁ ସେମାନେ ଲାଲଗଡ଼ର ଲୋକ। ସେଠାକୁ ଯିବୁ କି?"

ଉଦ୍ଧବ କହିଲା, "ହଁ, ମୁଁ ଯିବି। କ'ଣ ରହି ଏଠି କରିବି ଯେ? ଏଠି ଅଭାବ ଅନଟନରେ ଛଟପଟ ହେଇ ମରିବା ଅପେକ୍ଷା ସେଠି, ମରିବା ଭଲ।" ସେ ଅତି ସ୍ପଷ୍ଟ ଭାବରେ କହିଲା। "ମୁଁ କିଛି ଚିନ୍ତା କରିନି କ'ଣ କରିବି। ଲୋକ ତ ଆସିବ ଆଉ ଆଠଦିନ ପରେ, ଦେଖୁଛି କ'ଣ କରିବି?ଃ

ଶେଷକୁ ଉଦ୍ଧବ ନିଜ ପାଖରେ ହିଁ ହାର୍ ମାନିଲା। ବଡ଼ ଉତ୍କଣ୍ଠା ଉତ୍ସାହର

ସହ ଗଲା ଲାଲଗଡ଼। ମାଖନ ଆଗରୁ ପହଂଚି ସାରିଥିଲା। ଏଇ ସେଇ ଲାଲଗଡ଼। ତା'ର ଈପ୍ସିତ ଲାଲଗଡ଼।

ସେଇ ବ୍ୟକ୍ତି ଉଦ୍ଧବକୁ ଯେଉଁ ଲାଭକ୍ଷତିର କଥା କହିଥିଲା, ଏଠି ତା'ର ହିସାବ ସେ ଆଉ କରୁନି। ଯେଉଁ ପାଞ୍ଚହଜାର ତା' ବୁଢ଼ାବାପ ହାତରେ ଦେଇ ଆସିଥିଲା, ସେଇ ବୋଧେ ତା' ଜୀବନର ଲାଭ।

ବାହାରକୁ ଭଲଭାବରେ ଯାଇପାରିବନି। ମୁହଁରେ ସବୁବେଳେ ପଟି। ପାଖରେ ରିଭଲଭଲ୍। କେତେବେଳେ ପୋଲିସ୍ ଏନ୍କାଉଣ୍ଟରରେ ମରିଯାଇପାରେ।

ଲାଲବାହିନୀର ଗୋଟିଏ କାଡର୍‌ର ସେ ମୁଖ୍ୟ।

ରାତ୍ରିର ନିରବତା ସେମାନଙ୍କ ପାଖରେ ନାହିଁ। ସବୁବେଳେ ସନ୍ଦେହର ଆଖି ଘୂରୁଚି ଚାରିଆଡ଼େ, କେତେବେଳେ ସରକାରୀ ଫୌଜ ଏଇ ଲାଲଗଡ଼ ଉପରେ ଆକ୍ରମଣ କରିପାରେ।

ବେଳେବେଳେ ଉଦ୍ଧବ ଭାବେ, ଏଠୁ ଖସି ପଳେଇବ କି? ଯେମିତି ସେ ମୁକ୍ତ ଭାବରେ ଜଙ୍ଗଲରେ ବୁଲୁଥିଲା। ସେମିତି ବୁଲିବ, ଡେଇଁବ, କିନ୍ତୁ ଯାଇପାରୁନି। ଲାଲଗଡ଼ର କାହାଣୀ ଜାଣିବାକୁ ଇଚ୍ଛାକରି ଏଠାକୁ ଆସି ଲାଲଗଡ଼ରେ ବନ୍ଦି ହୋଇ ଯାଇଛି।

ନା- ଯେମିତି ହେଲେ ଯିବାର ଉପାୟ କରିବ।

ମଣିଷମାନଙ୍କ ସମାଜ ସ୍ରୋତରେ ପୁଣି ଭାସିଯିବ। ବୁଢ଼ାବାପକୁ ସହାୟ ହେବ।

ଏଠି ଏମିତି ଅତି ଅସହାୟ ଭାବରେ ମରି ପାରିବନି।

ଉଦ୍ଧବ ମନେମନେ ପ୍ରସ୍ତୁତ କରୁଥିଲା ଆଉ ନକ୍ସା ଆଙ୍କୁଥିଲା ତା'ର ଆସିବା ବାଟର।

■

ଖରାଦିନ: ଛୁଟିଦିନ

ସ୍କୁଲରେ ବାର୍ଷିକ ପରୀକ୍ଷା ସରି ଫଳ ବାହାରି ସାରିଲେ ଖରାଛୁଟି ହୁଏ। ବର୍ଷତମାମ ଯେତେ ଛୁଟି ହେଲେ ବି ଅପେକ୍ଷା ଥାଏ ସେଇ ଖରାଛୁଟିକୁ। ହୁଏତ ଦୁଇଟି କାରଣ ପାଇଁ ଖରାଛୁଟି ପ୍ରତି ଏତେ ଆଗ୍ରହ। ପ୍ରଥମତଃ ବହୁଦିନ ଛୁଟି ମିଳେ। ପାଖାପାଖି ମାସେ। ଅନ୍ୟଟି ହେଲା ମାମୁଘର ବୁଲିଯିବା। ମାମୁ ଘରେ ବହୁତ ମଜା। ବର୍ଷେ ବାପା କହିଲେ, ଏବର୍ଷ ଖରାଛୁଟିରେ କୁଆଡ଼େ ଯିବାର ନାହିଁ। କାରଣ ଛୁଟି ହେଇଛି ନୂଆ ପାଠ ପଢ଼ିବା ପାଇଁ। ମୁଁ ଟିଉସନ ସାର୍‌ଙ୍କୁ କହିଦେଇଛି ଛୁଟି ହେଲେ ସେ ଆସି ପାଠପଢ଼ା ଆରମ୍ଭ କରିବେ। ବାପାଙ୍କ କଥା ଶୁଣି ରାଜା ମୋ ମୁହଁକୁ ଚାହିଁଲା। ମୁଁ ଦେଖିଲି ତା' ଆଖି ଛଳଛଳ। ଲୁହ ଟୋପା ଯେମିତି ଗଳି ପଡ଼ିବ କି ସେ ଭେଁ କିନା କାନ୍ଦି ଉଠିବ। ତା' ମୁହଁକୁ ଚାହିଁ ମତେ ବି କାନ୍ଦ ମାଡ଼ିଲା। ମୁଁ ରାଜାକୁ ଡାକିଲି – ଆ' ଏଆଡ଼େ ଯିବା।

ଆରଘରେ ବସି ରାଜା କହିଲା- ସତରେ ସୁମିଅପା – ଏଥର ଛୁଟିରେ ମାମୁ ଘରକୁ ଯିବାନି ? ବାପାଙ୍କ କଥାରେ ହଠାତ୍ ତୁ ଏମିତି କାହିଁକି ଭାଂଗି ପଡୁଚୁ କହିଲୁ ? ରହ, ଦେଖିବା କଣ ହଉଚି। ଏଇତ ମାତ୍ର ପରୀକ୍ଷା ସରିଛି। ଫଳ ପୁଣି ବାହାରିନି। ସେ କାମ ସବୁ ବଢୁ। ଏ ରାଜା ! ତୁ ଏଥର କ୍ଲାସରେ ଫାଷ୍ଟ ହବୁତ ? ମୁଁ କିନ୍ତୁ ନିଶ୍ଚୟ ହେବି। କଣ କହୁନୁ ?

ମୋ କଥା ଶୁଣି ରାଜା ଯେମିତି କିଛି ସମୟ ଭାବିଲା। ଯଦି ଫାଷ୍ଟ ନହୁଏ ତାହେଲେ ବାପା ତ ପିଠିରେ ପୋଖରୀ ଯାହା ଖୋଳିବେ, ମାମୁ ଘର ଯିବାର ଯାହା ଆଶା ଦେଖା ଯାଆନ୍ତା, ସେ ପୂରା ଲିଭିଯିବ।

କୋଉଥର ମୁଁ ଫାଷ୍ଟ ନ ହଉଚି କହିଲୁ ? ଏଥର ହେବିନା। ନିଶ୍ଚୟ ହେବି। ରାଜା ପୂର୍ଣ୍ଣ ଭରସା ଦେଲା।

ମୁଁ ସୁମି। ସୁମିତ୍ରା ଦାସ। ସପ୍ତମ ଶ୍ରେଣୀରେ ପାଠପଢ଼େ। ରାଜା ମୋ ସାନଭାଇ। ପଞ୍ଚମ ଶ୍ରେଣୀରେ ପାଠପଢ଼େ। ଖରାଦିନ ଛୁଟିରେ ମାମୁ ଘର ଯିବାର ଗୋଟେ ସଉକ ଅଛି। ମଜା ଅଛି। ଅଜା, ଆଈ, ମାମୁ, ମାଇଁ ସମସ୍ତେ ଭଲ। ମାମୁ ଘର ଗାଆଁ ମାଟି ମାଡ଼ିଲେ ଆମକୁ ଲାଗେ ସତେ ଯେମିତି ଆମେ ପହଂଚି ଯାଇଚୁ ଏକ ବନ୍ଧନହୀନ ଇଲାକାରେ। ଯେଉଁଠି ଖାଲି ଆନନ୍ଦ ଆଉ ଆନନ୍ଦ। ଘରେ ଯେ ଅଶାନ୍ତି ଲାଗେ ତା' ବି ନୁହେଁ, ଘର ଗୋଟେ ରୁଟିନ୍ ବନ୍ଧା ଜୀବନକୁ ନେଇ ଚାଲେ। ସକାଳ ଟିଉସନ୍। ସବୁ କାମ ସାରି ସ୍କୁଲ, ସଂଧ୍ୟାବେଳକୁ ପୁଣି ପ୍ରାର୍ଥନା ପରେ ପାଠପଢ଼ା, ରାତିରେ ଖାଇ ପି' ଶୋଇବା କଥା। ଏକଥା କିନ୍ତୁ ମାମୁ ଘରେ ନାହିଁ। ବାହାରେ ବୁଲିବା ଯଦି ଡେରି ହେଲା ଆଈ ଯଦି କଣ ପଦେ ଅଧେ କହେ, ହେଲେ ଅଜା କୁହନ୍ତି, ଏତେଦିନ ପରେ ଛୁଆ ଦି'ଟା ଆସିଛନ୍ତି ଟିକେ ବୁଲନ୍ତୁ। ବୋଉ ଆମ ସାଂଗରେ ଆସେ ଯେ ହେଲେ ଦୁଇତିନି ଦିନ ରହି ପଳାଏ। ନହେଲେ ବାପା ହଇରାଣ ହେବେ। ଗଲାବେଳେ ଆଈକୁ କହିଯାଇଥାଏ, ବୁଝିଲୁ ବୋଉ ଏମାନଙ୍କୁ ତାଗିଦ୍ କରିବୁ। ସୁମି ଅପେକ୍ଷା ରାଜା ଭାରି ଦୁଷ୍ଟ। ହଁ କାହା ସହ ଯେମିତି ମାଡ଼ଗୋଳ ନ କରେ। ବୋଉ କହେ: ସେମାନେ ଏଠି ସମସ୍ତଙ୍କୁ ଚିହ୍ନି ଗଲେଣି ମ। ସେମାନେ କଣ ନୂଆ ଆସିଲେ। ତୁ ଜମା ବ୍ୟସ୍ତ ହ'ନା।

ବୋଉ ଯିବା ପର୍ଯ୍ୟନ୍ତ ଆମ ପାଦରେ ବେଡ଼ି ପଡ଼ିଥାଏ। ବୋଉ ଯୁଆଡ଼େ ବୁଲିଯିବ ଆମକୁ ସାଂଗରେ ନେବ। ଆମେ ସିନା ଯନ୍ତ୍ରଚାଳିତ କଣ୍ଢେଇ ଭଳି ତା' ସହିତ ଯାଉ ହେଲେ ଭଲ ଲାଗେନି। ସେମାନେ ବଡ଼ ବଡ଼ ଲୋକ ସବୁ ବସି ଗପିବେ। ଆମେ ଅବା କେତେ ବସିବୁ। ରଜା ହାତ ଠାରେ ପଳେଇଯିବା ଲାଗି। କିନ୍ତୁ ବୋଉ ଭୟରେ ଯାଇପାରୁନା। ଯୋଗକୁ ସର ଆଈ କୁହନ୍ତି, ବୁଝିଲୁ ବନ ତୋ ଛୁଆ ଦି'ଟା ନା ଭାରି ଭଲ। ଏଇ ପିଲାମାନଙ୍କ ସହ ଖେଳିବେ ଟିକେ ହେଲେ ବି ପାଟି ତୁଣ୍ଡ ନାହିଁ। ମୁଁ ଭାବେ ଧେତ୍ ଏ ପ୍ରଶଂସାରୁ ଆମକୁ କଣ ମିଳିବ? କହନ୍ତେ ଭଲା ଯା' ପଦାରେ ପିଲାଙ୍କ ସହ ଖେଳିବ। ସେ କଥା କହିବାର ନାହିଁ। ମୋ ସାଂଗ ରାନୁ ଆସିଥିଲା। କହିଲା ଆରେ ସୁମି! କୋଉ ଦିନ ଆସିଲୁ ମ? କାହିଁ ତୋଟା ଆଡ଼େ ତ ଯାଉନୁ? ଏ ବର୍ଷ ରଜକୁ ନା ତୋଟାରେ ଦି'ଟା ପଟା ଦୋଳି ଲାଗିବ। ଭାରି ମଜା ହେବ। ଇରେ ରାଜା। ତୁ ଏଠି କାହିଁକି ବସିଛୁ? ଯାଉନୁ ଖେଳିବୁ। ପିଲାମାନେ ଦାଣ୍ଡରେ ଖେଳୁଚନ୍ତି। ରାନୁ କଥାରେ ସର ଆଈ କହିଲେ ଯା'ରେ ପିଲେ ଯା। ରାନୁ ସାଂଗରେ ଯା। ବୋଉ ଆଉ ପ୍ରତିବାଦ କଲାନି ବରଂ ସେମାନଙ୍କ କଥାରେ ପୂର୍ବ ପରି।

ମାମୁ ଘରେ ରଜରେ ତ ନାହିଁ ନଥିବା ମଜା।

ପିଠା ପଣା ଖାଇବା ପିଇବା ଯେମିତି, ସେମିତି ବି ଦୋଳି ଖେଳ। ଗାଆଁବୁଲା, ସାଂଗସାଥି କେତେ କ'ଣ? ଯେତେ ପଦାରେ ବୁଲୁଥିଲେ ବି, ଆଈ କିନ୍ତୁ ଟିକେ ସଂଜ ଗଡ଼ିଲେ କୁହାଟ ଛାଡ଼ିବ। କୁଆଡ଼େ ଗଲୁ ସୁମି। ଇଲୋ ଶୀଘ୍ର ଆ। ବିଲୁଆ ଭୁକିବ ପରା। ବିଲୁଆ ଡାକିଲେ ଆଉ ରଜବତୀ ମାନେ ଖାଆନ୍ତି ନି।

ଖାଲି ମୁଁ ନୁହେଁ; ସବୁ ଝିଅମାନେ ଘରମୁହାଁ ହେବେ।

ମୁଁ ଘରକୁ ଗଲାବେଳକୁ ଆଈ ବାଢ଼ି ରଖିଥିବ ସଜ ପଖାଳ, ଗରମ ଭଜା, ଆଉ ବଢ଼ି ଚୂରା। ମାଇଁ ତରତରରେ ଏସବୁ କରିଦେଇଥିବେ ଆଗରୁ। ସଂଜ ପୂର୍ବରୁ। ଆମେ ଖାଇବସିଲେ ମାଇଁ ଗୋଟିଏ ଥାଳିଆରେ ବାଡ଼ିର ପାଚିଲା ଆମ୍ବ କାଟି ଥୋଇବେ, ରଖୁ ରଖୁ କହିବେ- ତମେ ଆସିବ ବୋଲି ବାପା ବାଡ଼ି ଆମ୍ବ ଆଣି ବାଲି ଦେଇ ରଖିଛନ୍ତି। ଭାରି ମିଠା। ଖାଅ, ହଁ ପେଟପୂରା ଖାଇବ। ରାଜା ତ ରାତିରେ ଖାଇବ ହେଲେ ତମେ ଆଉ ଖାଇବନି।

ମୁଁ ହସେ। ଖୁସିରେ ମୋ ପେଟ ପୂରିଯାଏ।

କେତେ ଗେହ୍ଲା କରନ୍ତି ଏମାନେ। ରାଜା ଖାଇବା ଭିତରେ ଥିରି ଥିରି କହେ, ବୁଝିଲୁ ଅପା ନ ଆସିଥିଲେ ଗାଆଁରେ ଭଲ ଲାଗିନଥାନ୍ତା ମ। ବାପା ଯେମିତି ମନା କରିଦେଇଥିଲେ ମୋର ତ ହୋସ୍ ବୁଡ଼ିଗଲା। ଯୋଗକୁ ସିନା କ୍ଲାସ୍‌ରେ ଆମେ ଫାଷ୍ଟ ହେଲେ ଆଉ ମାମୁ ବି ଆଣିବାକୁ ପହଂଚିଗଲେ। ସତରେ ଅପା, ମାମୁଙ୍କୁ ଦେଖି ମୋ ମନ ଭିତର ଖାଲି କୁରୁଳି ଉଠିଲା। ଯା ହେଉ ଏଥର ବାପା ମନା କରିପାରିବେନି। ସେୟା ହିଁ ହେଲା।

"ହଉ ହଉ ଚୁପ୍‌ଚାପ୍ ଖା"। ସବୁ ନଖାଇଲେ ନା, ଆଈ ମାରିବ। - ମୁଁ କହିଲି। ସତକୁ ସତ ଆଈ ପହଂଚିଲା। କହିଲା କିରେ ନାତିଟୋକା କଣ ଦୁଇଜଣ ଫୁସରଫାସର ହେଉଛ? ମୋ ବିରୁଦ୍ଧରେ କିଛି ଗାତ ଖୋଳୁନା ତ? ଆମେ ଦୁଇଜଣ ହସୁ। ଆମ ସାଂଗରେ ମାଇଁ ମଧ୍ୟ।

ସାଂଗ ସାଥି ମେଳରେ ଯୁଆଡ଼େ ବୁଲିଲେ କି ଖେଳିଲେ ଆଈ କିଛି କହିବନି। କିନ୍ତୁ ଗୋଟିଏ କଥାରେ ବାରଣ କରେ ସେ। ତା'ହେଲା ନଈକୁ ଗାଧେଇଯିବା। ମାମୁ ଘର ପାଖରେ ଯେଉଁ ନଈଟି ଯାଏ, ବହୁତ ବଡ଼। ଦି'ଟା ନଦୀର ଧାରା ସେଠି ମିଶି ଯାଇଛି। ଗୋଟିଏ ହେଲା ଚିତ୍ରପ୍ରୋଳା ଓ ଅନ୍ୟଟି ମହାନଦୀ। ବିସ୍ତୃତ ବାଲୁକା ରାଶି। ବର୍ଷାରେ ଫୁଲି ଉଠେ ସେ। ଏପରିକି ବର୍ଷେ ବର୍ଷେ ବନ୍ୟା ହୁଏ। ମାଡ଼ିଯାଏ ଚାରିଆଡ଼େ। ଏବେ ତ ସରକାର ବିଭିନ୍ନ ବନ୍ଧ ଓ ଲକ୍ କରି ବନ୍ୟାକୁ ରୋକି ପାରିଛନ୍ତି। ଖରାଦିନେ

ବି ନଦୀରେ ପାଣି ରହେ। ଆଈର ଭୟ କାଳେ ଆମେମାନେ ଯାଇ ନଈ ଭିତରକୁ ପଳେଇବୁ। ସେଥିପାଇଁ ଗାଧୋଇଗଲାବେଳେ ସାଂଗରେ ଆସେ। ରାଜା ପାଣିକି ପଶେନା। ଆମେ ସବୁ କିନ୍ତୁ ସାଂଗ ହେଇ ପହଁରୁ। ଆଈ ଗାଳି କଲେ ଯାଇ ଘରକୁ ଆସୁ।

ରଜ ପରେ ପରେ ସ୍କୁଲ ଖୋଲିବା କଥା।

ତେଣୁ ଆମକୁ ଫେରିବାକୁ ହବ। ଟିଉସନ୍ ପୁଣି ଆରମ୍ଭ କରିବେ ସାର୍। ନିତିଦିନିଆ ରୁଟିନ୍‌ରେ ଚାଲିବ ଆମର କାମ। ମନ ଭାରି ଦୁଃଖ ହୁଏ। ଭାବୁ ଖରାଛୁଟି ଆଉ ଟିକେ ଲମ୍ବା ହେଇଯାଆନ୍ତା କି? ଆଉ କେଇଦିନ ଥ ଆନ୍ତୁ ମାମୁ ଘରେ।

ସରିଯାଏ ଖରାଦିନ ଛୁଟିଦିନ।

କୁଆଡ଼େ ଗଲା ସେ ଦିନ।

କେତେବର୍ଷ ତଳର ଏ କଥା।

ସମୟର ଲମ୍ବା ଯାତ୍ରାରେ ସେ ସମସ୍ତ ଯେମିତି ରହିଯାଇଛନ୍ତି ବହୁ ପଛରେ।

ସେ ସବୁକୁ ଆଉ ପରେ ପାଇବା ପାଇଁ କେବେବି ପଛକୁ ଫେରିହବନି। ଚେଷ୍ଟାକଲେ ବି ନୁହଁ। ମାମୁ ଘରେ ଅଜା ଆଈ କେହି ନାହାନ୍ତି। କେବଳ ମାମୁ ମାଇଁ ଓ ତାଙ୍କ ପିଲା। ମୁଁ ଭାବେ ହଠାତ୍ କାହିଁକି ଅଜା ଆଈ ମରିଗଲେ ଯେ। ତାଙ୍କୁ ବେଶି ବୟସ ବି ହେଇ ନଥିଲା। କିଏ କହିପାରେ କାଳ କାହାକୁ କେତେବେଳେ ନିଜ ଗର୍ଭକୁ ଟାଣିନେବ। ସେଇ ଅଦୃଷ୍ଟ ସତ୍ତା ଉପରେ କାହାରି ବି ହାତ ନାହିଁ କି ବିଶ୍ୱାସ ବି ନାହିଁ।

ରାଜା ଫୋନ୍ କରି ମତେ କହୁଥିଲା, ମାମୁ ଘରକୁ ଖରାଛୁଟିରେ ଗୋଟିଏ ଦିନ ପାଇଁ ଯିବା। ସେ ତ ଏବେ ଭଲ କମ୍ପାନୀରେ ଗୋଟେ ଭଲ ପୋଷ୍ଟରେ ଅଛି। ଛୁଟି ନାହିଁକି ସେଇ ଲମ୍ବା ଖରାଛୁଟିର ଆଶା ବି ନାହିଁ। ମୁଁ ଯଦି କହିବି, ଅନ୍ୟକୋଉଦିନ ଗୋଟେ ଯିବା, ବୁଲି ଆସିବା, ରାଜା ମନା କରିବ। ନାଇଁ ମ ଅପା। ତୋର କଣ ଖରାଦିନ ଛୁଟି କଥା ମନେ ପଡ଼େନା? ମୋର କିନ୍ତୁ ଭାରି ମନେ ପଡ଼େ। ଜାଣିଚୁ ଅପା, ସୋନୁ ସେଦିନ ମତେ ପଚାରୁଥିଲା, ଆଚ୍ଛା ଡାଡି! ତମେ ଖରାଛୁଟିରେ କୁଆଡ଼େ ବୁଲି ଯାଅ? ମୁଁ କହିଥିଲି ମୋ ମାମୁ ଘରକୁ। ସେ ମୋତେ କଣ କହିଲା ଜାଣୁ? ଏହି ମାମୁ ଘର ତମର କୋଉ ଗାଆଁରେ ମ? ସେଠି କଣ ପାର୍କ ଥିଲା? ଝରଣା ଥିଲା? ବଡ଼ବଡ଼ ମଲ୍ ଥିଲା? ରେଷ୍ଟୁରାଣ୍ଟ ଥିଲା? ମୁଁ ସବୁଥିରେ ମୁଣ୍ଡ ହଲାଇ ମନା କରୁଥିଲି। ସେ ପୁଣି କହିଲା, ତାହେଲେ ସେଠାକୁ କାହିଁକି ଯାଉଥିଲ ଯେ? ତମ ସାଙ୍ଗରେ ପୁଣି ଆଈ ଯାଉଥିଲେ ବୋଲି କହୁଛ? ପୁଣି କହୁଚ ମାସେ ରୁହ। ସତରେ ନା ଡାଡି

ଛୁଟିଟାକୁ ତମେ ନଷ୍ଟ କରିଦିଅ ! ଆଚ୍ଛା ଡାଡି ଏଥର ଖରାଛୁଟିରେ ଆମେ କୁଆଡ଼େ ଯିବା ଯେ ?

ମୁଁ କହିଲି ତୋ ମାମୁ ଘର। ସେ ରାଗି ପଳେଇଲା। ଶ୍ରଦ୍ଧା ମୋ ଉପରେ ପାଟିକରି କହିଲା କାହିଁ ତାକୁ ଏମିତି କହିଲ ଯେ ? ସତରେ କଣ ଛୁଟିରେ ତାକୁ ଆମ ଗାଆଁକୁ ନବ ?

ମୁଁ କହିଲି, ଶ୍ରଦ୍ଧା ! ତମେ ତମ ଗାଆଁକୁ କଣ ଭଲ ପାଅନା ?

ଶ୍ରଦ୍ଧା ନିରବ ରହିଲା। ହଁ କି ନାଁ ସ୍ପଷ୍ଟ ଭାବରେ ଉଚ୍ଚାରିତ ହୋଇପାରୁନି ତା' ପାଟି ଭିତରୁ। ସମୟ କେମିତି ବଦଳେଇ ଦଉଚି ସମସ୍ତଙ୍କୁ।

ରାଜା କଥା ଶୁଣି ମୋ ଛାତି ଭିତର କୋରି ହୋଇଯାଉଥିଲା। ଦୀର୍ଘସମୟ ତା'ଫୋନ୍ କଥାରେ ମୁଁ କେବଳ ମିଛରେ ହଁ-ହାଁ ମାରୁଥିଲି ସିନା ମୋ ହୃଦୟ କିନ୍ତୁ ତରଳି ଯାଉଥିଲା ଉତ୍ତପ୍ତ ଲାଭା ଭଳି। ମୁଁ କେମିତି ରାଜାକୁ କହିଥାନ୍ତି, ମୁଁ ସେମିତି ଏକ ସମୟ ନଦୀର ଖସିଯାଉଥିବା ଅତଡ଼ା ଉପରେ ଠିଆ ହେଇଚି। ଖସି ପାରୁନି କି ଠିଆ ହେଇ ପାରୁନି।

ମୋ ଝିଅ ଗୁଡ଼ୀ କିନ୍ତୁ ମୋତେ କହିଲା- "ମାମା ତମେ ଯେଉଁ ତମ ମାମୁଁ ଘରକଥା କହୁଥିଲ ଖରାଛୁଟିରେ ମଜା କର ବୋଲି, ଆମ ମାମୁ ଘରେ ତ ସେମିତି ଥିବ ନା ? ମୁଁ ଏଥର ଡାଡିଙ୍କୁ କହିବି, ଗ୍ରୀଷ୍ମ ଛୁଟିରେ ମୋ ମାମୁ ଘରକୁ ଯିବା।"

ମୁଁ ଗୁଡ଼ୀକୁ କିଛି ହଁ କି ନାଁ କହିପାରିଲିନି। ପୁଣି ଗୁଡ଼ୀ ପଚାରିଲା, ମାମୁ ଘରେ ଦୋଳି ଲାଗିବ ନା ? ଆମ୍ବ ତୋଟାରୁ ଆମ୍ବ ତୋଳିବା। ମନ ଇଚ୍ଛା ବୁଲିବା। ତା' ସାଂଗରେ ଦୋଳି ଖେଳିବା। ଭାରି ମଜା କରିବା ତମ ଭଳି।

ଗୁଡ଼ୀ ଛୋଟ ପିଲା।

ସମୟର ଗତିବଧି ଉପରେ ଏତେ ଜ୍ଞାନ ବି ନାହିଁ। ମିଛ ସଭ୍ୟତା ପୋଛି ଦେଇଛି ଗାଆଁ ସଂସ୍କୃତିର ବାସ୍ତବ ସତ୍ୟକୁ। ଆସ୍ତେ ଆସ୍ତେ ସହର ପାଲଟି ଯାଉଥିବା ଗାଆଁରେ ସେ ଏସବୁ ପାଇବନି। ତଥାପି ତା' ମନ ମୁଁ ଭାଂଗିଲିନି।

ମୁଁ କହିଲି - ନିଶ୍ଚୟ ଯିବା। ତୋ ମାମୁ ଘରକୁ ଯିବା।

ଗୁଡ଼ୀ ଦୌଡ଼ି ଦୌଡ଼ି ଯାଇ ଡ୍ରଇଁରୁମ୍‌ରେ ପେପର ପଢୁଥିବା ତା ଡାଡିଙ୍କୁ କହିଲା ବୁଝିଲ ଡାଡି ! ମାମା କହିଛନ୍ତି ଏଥର ଖରାଛୁଟିରେ ମାମୁ ଘରକୁ ବୁଲିଯିବା। ଗୁଡ଼ୀ କଥାରେ ତା' ଡାଡି ହଁ ବୋଲି ମୁଣ୍ଡ ଟୁଙ୍ଗାରିଲେ। ସେ ଭାରି ଖୁସିରେ ଡିଆଁ ମାରିଗଲା। ମତେ ଡାକି ସେ କହିଲେ- ତମେ କେମିତି କହିଲ ମାମୁ ଘରକୁ ଯିବା କଥା ? ସେଠି ଅଛି କଣ ଯେ ? ଆମେ ସମସ୍ତେ କେବଳ ବୋର୍ ହବା କଥା। ମୁଁ ତ ସିମିଲା ଯିବା

ପାଇଁ ଟିକେଟ୍ କରିସାରିଛି। ଖରାଛୁଟିଟା ସେଠି ଯେମିତି ଲାଗିବ, ତମ ଗାଆଁରେ
ନୁହେଁ। ମୁଁ କିଛି କହିଲିନି। ଭାବିଲି ଏମାନେ ଯେମିତି ସମସ୍ତେ ମିଛ ସଭ୍ୟତା ରାକ୍ଷସର
ମାୟାରେ ମେଣ୍ଢା ପାଲଟି ଯାଇଛନ୍ତି।

BLACK EAGLE BOOKS

www.blackeaglebooks.org
info@blackeaglebooks.org

Black Eagle Books, an independent publisher, was founded as
a nonprofit organization in April, 2019. It is our mission to
connect and engage the Indian diaspora and the world at large
with the best of works of world literature published on a
collaborative platform, with special emphasis on
foregrounding Contemporary Classics and New Writing.